鏡獄島事件

時晨 著

目錄

主要登場人物

陳爝

原爲加州大學洛杉磯分校的數學系副教授，身兼洛杉磯警察局犯罪刑事顧問，因一些個人原因，被校方開除。回國之後協助警方破了幾起殺人事件，受市公安局之邀成爲刑偵顧問經常參與事件偵辦。本次受刑警唐薇邀請至鏡獄島調查密室殺人案件。

韓晉

陳爝室友，原爲一位歷史老師，時常協助陳爝參與辦案，於是將事件紀錄下來，出版成推理小說，同時身兼小說家頭銜。辦案能力與談戀愛的速度不成正比，夭折的戀情數量可榮登失戀王寶座。

唐薇

刑警，曾獲武術比賽冠軍，任職短短兩年內，破獲近兩百起搶劫、殺人等重大案件。本次負責調查鏡獄島上的密室殺人案件，在看過韓晉記錄陳爝辦案所出版的小說後決定尋求兩人協助。

◎南溟精神病院・工作人員

徐鵬雲（60歲）　前任院長
郭宗義（55歲）　現任院長
莊　嚴（47歲）　主治醫師
吳　超（35歲）　主治醫師
袁　晶（48歲）　護士長
梁夢佳（25歲）　護士
齊　磊（40歲）　警衛隊隊長
謝　力（25歲）　警衛
姚羽舟（27歲）　警衛

◎南溟精神病院・病患

朱　凱（33歲）　綽號「瘦子」
于金龍（41歲）　綽號「佐川」
司紅豔（30歲）　綽號「新娘」
楊　俊（32歲）　綽號「唐吉訶德」
葉　萍（36歲）　綽號「奶媽」
黃文正（60歲）　綽號「教授」
姓名不詳（？歲）　綽號「密室小丑」

陽世犯罪，雖能瞞天過海，不為人知。
凡此之人，死皆有報。
至冥司，墮孽鏡地獄，照此鏡現其罪。

序章

韓晉老師 台鑒：

東風握別，春復徂秋。這個月來多爲雜事忙碌，未由一晤，不知近來身體可好？

因爲工作的關係，近期我都會在紐約，暫時不回國。書籍出版的事宜，老師可以和我的助理小劉商議。是的，就是老師曾經見過的那個戴眼鏡的女孩。另外，老師拜託我搜集的資料，連同這封信，一起快遞給您了。近聞上個月，爲了調查一起殺人事件，您和陳教授去了一次海南。不知這次需要的資料，是否同案件有關？如果方便的話，老師能否將案件相關的筆記快遞給我。關於陳爝先生參與調查的案件，讀者還是很有興趣的。

言歸正傳。昨天正巧去拜會了美國著名的精神病學家拜爾德·布朗（Baird Brown），想起老師讓我幫忙收集精神疾病方面的資料，便和他交流了一番。回去之後，頗有感觸，布朗先生的淵博和幽默令我難忘，更重要的是，他讓我重新認識了精神病學，顛覆了我對精神病人的看法。他給我講了一則關於盎菲斯比納島（Amphisbaena）的故事。

在古希臘羅馬時代，精神病被認爲是體內的黑膽汁過多造成的。提出這個說法的人，是希臘醫學家希波克拉底。他認爲，人體內存在著四種基本的體液：血、黏液、黃膽汁和黑膽汁。四種體液如果正常地混合起來則健康，如果其中某一種過多或過少，或它們之間的相互關係失調，人就會生病。現在看來，這種體液學說自然是可笑之極的，但在當時，這種說法是主流，信奉的人不少。

但到了中世紀，對於精神病的解釋權又回到了宗教學家的手中。當時的人們堅信精神病發作的原因，是惡魔作祟。精神病人被視爲魔鬼附體，他們被送進寺院中去，用禱告、符咒、驅鬼等方法進行「治療」。不僅如此，他們還殘酷地對待那些精神病患者，對他們用刑，比如烙鐵燒炙皮膚、用長針穿舌頭等。人們天眞地以爲，躲在人體中的魔鬼能夠感受到宿體的痛苦，這樣可以使之無法棲身。當時，無數支持精神病人的智者被迫害，成千上萬的精神病人被侮辱，被殺害。

就在這之後，愚人船（Narrenschiff）出現了。

在專門的精神病院設立之前，大多數精神病人會被送到一艘船上，接著被放逐到海上自生自滅。這種船載著那些神經錯亂的乘客，從一個城鎭航行到另一個城鎭。這種習俗在德國尤爲常見。十五世紀上半葉，紐倫堡有六十三個瘋子登記在冊，其中三十一人被驅逐。一三九九年，在法蘭克福，海員受命帶走一個赤身裸體在街巷中遊走的病人。十五世紀初，美茵茲以同樣的方式驅逐了一個瘋人罪犯，將其送到茫茫無際的大海上。

就這樣，無數艘愚人船在大海上飄蕩。水域和航行隔離了他們。病人被囚在船上，無處逃遁。

船上的精神病人們面臨的首要問題就是生存。但是，在一望無際的海上，精神病人要如何生存呢？他們沒有水和食物，思維又不正常，那麼，接下去會發生的事情，想必您也能猜到了。是的，慘烈的殺戮在愚人船上開始了。精神病人爲了食物，開始互相殘殺，因爲生存是本能，活下去才是最重要的。

愚人船上的病人越來越少，能夠活下來的，都是一些窮凶極惡的精神病罪犯。他們無所畏懼，即便面對神靈也會肆無忌憚地嘲諷和唾罵，對於普通的民眾來說，他們就是來自地獄的惡魔。傳說，這些愚人船上的惡魔並沒有死在海上，而是一同漂流到了一座荒島上。您能想像嗎？成百上千個精神失常的罪犯，登陸一座島嶼，他們占島爲王，使之成爲眞正的地獄。人們稱這座島爲盎菲斯比納島，或者地獄島。

第一個發現並活著從盎菲斯比納島回來的人，是一個名叫赫布・朗費羅（Herb Longfellow）的青年水手。

朗費羅跟隨一艘貨船遠航，這條航線他走了十年，從未發生過意外。只是那一次，不幸降臨在他的身上。滔天巨浪毫不留情地把他們的船隻拍得粉碎，水手們紛紛掉進大海。

正當他們感到絕望的時候，海浪又將他們推上了一座孤島。慶幸大難不死的水手們相互擊掌表示慶祝，感謝上帝沒有拋棄他們。可是，這些可憐的水手並不知道，他們所在的這座島，是比地獄恐怖十倍的盎菲斯比納島。

水手們起初並沒有感到奇怪。他們生火烤魚，準備在晚上好好休息一番。雖然經歷了一場劫難，失去了許多夥伴，但他們並不灰心，至少他們還活著。吃飽喝足後，疲倦的水手們開始漸入夢鄉。他們很疲憊，睡得很沉，似乎沒有什麼事情可以打攪他們的美夢。可是，一聲悽慘的尖叫把他們吵醒了。

「怎麼回事？發生什麼事了？」年長的水手揉著惺忪的眼睛，問道。

眾位水手面面相覷，大都顯得莫名其妙。老水手感覺不對勁，又點了一次人數，發現他們少了一名同伴。大家一致認為，剛才的慘叫一定是這位失蹤的水手發出的。月亮冷冷地掛在半空，四周一片漆黑。水手們心裡毛毛的，對於未知的事物，誰能不怕呢？可是，同伴有難，總不能見死不救吧？最後，大家互相打氣，手裡摘了些樹枝木棍當武器，一同朝傳出尖叫聲的地方走去。

周圍除了蟲鳴聲，什麼都沒有。或許是害怕吧，水手們相互間靠得很近，彷彿能感受到對方呼吸時吐出的氣流。他們小心翼翼地進入叢林，走了大約十幾步，帶頭的人停下了。接著，又是一陣悽慘的尖叫聲。而這一次的尖叫，並不是受到了傷害，而是受到了前所未有的刺激。是的，他們找到了那位失蹤的同伴。遺憾的是，無論怎麼看，那位同伴都不可能再活過來了。因爲一個四肢被切除，開膛破肚並且掛在樹上的人，無論如何都不會活著。

「這座島上有魔鬼！」年長的水手驚呼起來。他想起了海上的那些傳說，流傳於水手之間的那些故事。「快走！我們必須離開這裡！」

重新打造一艘可以出海的船並非易事，就算十幾個水手齊心協力，也非一朝一夕之事。上帝並沒有給這些可憐的人們太多時間，第二起殺人事件，在他們登陸盎菲斯比納島的第二天發生了。而這一次，被殺死的是兩位水手。水手們的頭顱被魔鬼帶走了，沒有人聽見夜裡有動靜，更別提尖叫聲了。恐懼像一把巨大的雨傘，籠罩在水手們的心頭。從那天之後，每個晚上都會有人被殺，死狀一個比一個慘烈。就算每個晚上有人輪流守夜，也仍會有水手失蹤。他們堅信這是惡魔的力量，可以在眾人的監視下，輕易地殺人。

「我們必須離開這裡！一秒鐘也不能等了！」朗費羅提議道，「現在就離開這裡，或許還有一線生機。不然，我們都會被島上的魔鬼殺死！」

「可是，我們沒有船啊！如果用簡易的木板做成木筏，很快就會被海浪沖散，結果還是會死。」水手們的擔心不無道理。畢竟他們要渡過的是一片海洋，而不是一條河流。朗費羅的建議沒有得到同伴們的支援，他們打算繼續留守在盎菲斯比納島上。

時間一天天過去，每天都有人被殺害，凶手的殺人手法極其殘忍，而且極不符合常理。

就算在眾人監視下，魔鬼依舊可以隨意地殺人，沒人知道它是如何辦到的。精神上的壓力大過肉體上的，剩下的水手們精疲力竭，不少人開始嘗試自殺。不僅如此，大部分人開始產生幻覺，有的說目擊到許多赤身裸體的男人在樹林裡走來走去，也有人聲稱見到了渾身是血卻像蜥蜴般爬行的女人，更有甚者，說見到了這座島的主人，是來自地獄的撒旦。

「是愚人船上的罪犯。」不知道誰說了這麼一句話，「他們都是瘋子，會把我們全都殺死。」

水手只剩下五個人了，他們目睹了同伴的死亡，行爲開始變得奇怪。其中，有個男人開始對著大海唱歌，跳著詭異的舞蹈。他瘋了。朗費羅知道他們都會瘋，他告訴自己，必須要離開這座島，就算死在海上，也不能留在這裡等死。計畫已定，朗費羅一整晚沒合眼，連夜把木筏紮緊，又帶足了水和食物。他勸說另外幾個人同他一起走，可是大家都不願意。作爲航海專家，他們知道這等同於自殺。

百般無奈，朗費羅只能相信自己了。他乘上木筏，離開了盎菲斯比納島。

經過一天一夜的漂流，木筏實在是支撐不住了，散了架。朗費羅抱著殘木，浮在海面上，奄奄一息。就在這個時候，奇蹟發生了，一艘遠航的貨船救了他。船員們給他麵包和熱湯，但是，恢復精神的朗費羅依舊不肯說話，問他任何問題，他都一言不發。大家覺得這個人一定是受了刺激，腦筋出了問題。直到一週後，朗費羅才慢慢恢復正常，開始給大家敘述那一段詭異至極的事。於是，盎菲斯比納島的恐怖傳說，逐漸開始在遠洋水手間流傳。

怎麼樣，老師聽了這個故事，是不是覺得極不可思議？一座淨是瘋子的島，光是想像就令人毛骨悚然了吧！這種奇怪的地方在世界上到底存不存在呢？我想應該不可能吧！這種地方，只會存在於傳說中。

眞是不好意思，不知不覺寫了這麼多廢話，又打擾老師休息了吧？我這個人太囉唆，一動筆就停不下來，還請老師多多包涵。書短意長，很多話就不一一細說了。另外，關於陳爝教授最新的案件筆記，請您務必影印一份，寄送給我。眞想早日讀到！

多勞費心，敬候老師回諭。

薛飛敬上

二〇一六年一月

第一章

1

最先感覺到的，是一陣劇烈的疼痛。

彷彿有幾百支鐵錘，同時敲擊著我的大腦。我強忍住那猛烈的眩暈感，睜開了彷若黏合般沉重的雙眼。我最先看見的，是灰白色的天花板。視線移動，在天花板的右邊角落，有一張巨大的蜘蛛網，蜘蛛很壯實，個子也不小，我甚至能望見牠長腿上細細的絨毛。此刻，牠蟄伏在網上，動也不動。

環視周圍，這是一個四面由灰色牆壁圍繞，二十平方公尺左右的房間。

房間的中央，有一張鐵床，床上鋪著白色的被褥，而我就躺在這上面。白色的棉被上有許多小塊的污垢和星星點點的霉斑，除此之外，還覆了一層厚厚的灰塵。在我左邊的牆壁上，有一扇窗。可是，窗戶被鐵絲網焊死了，除了鐵絲網外，還有幾根鋼柱佇立在窗口。惡濁的房間裡，散發著一股消毒藥水的氣味。周圍暗沉沉的，對我來說，這裡看上去很陌生。

想舉起右手，可是失敗了。我發現四肢被深褐色的皮條固定在了鐵床上，只能微微抬起頭，查看一下四周的情景。我穿著藍白條紋的病服，沒有內衣。衣服並不合身，套在我身體上，顯得很寬大。病服不僅骯髒不堪，還有一股聞之欲嘔的霉味。

我就這樣一動不動地躺著，盡量集中精神，思考著一個問題。

——我是誰？

好冷，我感到全身冰涼，背心沁出了冷汗。

大腦一片空白，猶如失去了思考的能力，腦袋也嗡嗡地響起來。除了我是個女人，對於自己的資訊，什麼都想不起來。一種深深的恐懼感將我包圍，令我屏聲靜氣，身體的每個細胞都在戰慄！

是做夢嗎？我是身處夢境之中嗎？

雖然我盼望如此，可是，意識卻如此清醒，手腕被皮條勒得生疼，這一切都否決了我的想法，澆滅了我僅存的一絲希望。

——我是誰？

房間充滿惶惶不安的氣氛，我不知道下一秒會發生什麼。未知的事太多了，像是一個漩渦，把我生生拖入其中。上帝，求求你，讓我記起一切！我不由自主地開始發抖，全身的肌肉都在搐動，大腦的血管似是隨時會脹裂開來。

陡然間，一股血直沖腦門，我的喉嚨口湧出一聲撕心裂肺的驚叫！

驚恐的聲音在房間裡迴盪……

戰慄的感覺一直徘徊在近旁，驅散不去。我試圖讓自己冷靜，讓大腦運作起來。這裡看上去像是醫院，但是，醫院爲什麼要把窗戶全都堵住呢？就算是因爲樓層太高，考慮到安全，這樣的設計也太奇怪了！況且，如此污穢的房間，眞的是醫院嗎？如果是在醫院，那爲什麼要把我囚禁起來？

我有好多問題想問，然而，房間裡卻只有我一個人。

就算使出了全身力氣掙扎，四肢也紋絲不動，我被死死地綁在了床上。嘴唇哆嗦著，想說些什麼呢？我不知道，說了也沒人會聽吧！熱淚滑落，現在的我，恐怕連自殺的能力都沒有。想到這裡，我不禁狂笑起來，像個瘋子。

瘋子？對，或許我就是個瘋子！目前看來，這只怕是唯一合理的解釋了。

吱嘎——

伴隨著沉重的聲音，有人推開了我右邊的鐵門。這猝不及防的變故，令我發出一陣短促的叫喊聲。同時，我的心也撲通撲通，激烈地跳動起來，好像隨時會從我的胸膛竄出來一樣。

「你醒了？」進屋的人說道。

我努力抬起頭，視線追隨著他。這是一個身材高䠷的中年男子，四十歲上下。他披著一件白大褂，像是醫生。皮膚看上去有些黝黑，一張國字臉和寬廣的下巴，方方正正，有種堅毅的感覺。他的眉毛很低很粗，眉骨突出，鷹鉤鼻，嘴角兩端微微下垂，形成ㄟ字形，給人以嚴肅的印象。鼻子下面留著兩撇八字鬍，又爲他增添了幾分英氣。

總而言之，這個男人的外貌並不惹人討厭。

「這究竟是怎麼回事？我爲什麼會在這裡？你是誰？」我大聲尖叫，上氣不接下氣。

中年男子並不急著回答我的問題，或許他根本沒想要給我答案。他只是拖過一張椅子，坐在我右邊，然後拿出一枝筆，在記事本上寫著什麼。我猶如被施了魔法，明明有許多問題想問，關鍵時刻卻啞然失聲，只是呆呆地瞧著他寫字。房間內異常的安靜，我能聽見筆尖和紙張摩擦發出的沙沙聲。

「我是你的主治醫生，我姓莊。」他語調很平靜，也沒有抬頭。

「我是誰？這裡是什麼地方？爲什麼我會被綁著？」我只覺得思緒紛亂，問題脫口而出。

「病情越來越嚴重了，你還記得你的名字嗎？還有，你爲什麼會被綁起來？」他合上筆記本，站了起來，瞇著眼睛看我，「或者說，這裡是什麼地方？眞的一點都不記得了？」

我衝他搖了搖頭，像個白癡。

「看來必須進行手術。」莊醫生看著我，臉上的表情像憐憫又像嘲諷。

「手術？爲什麼要手術？我得了什麼病？」

「你還不明白嗎？」莊醫生沉聲道，「這裡是南溟精神病院，你是我的患者。因爲你襲擊了其他病患，並且情緒非常激動，我們必須把你控制住。我給你注射了鎮靜劑，讓你好好睡了一覺，只是沒想到竟然會導致失憶症的發作。」

南溟精神病院？我絕望地閉上了雙眼。無論如何抗拒這個消息，我內心深處明白，這一切都是眞的。是的，我是一個精神病人，不然又如何解釋我的記憶呢？如果大腦沒有損傷，爲什麼我什麼都記不起來？除了我是個女人——這恐怕是我唯一知道的事了，我幾乎對自己的身世一無所知。我聽見自己哭出了聲，四肢依舊被死死地捆在床上。

也許是出於憐憫，莊醫生把筆記本插入口袋，然後給我解除了皮帶的束縛。

我支起身子，弓著背坐在床上痛哭，熱淚從臉頰滾落，怎麼擦都止不住。莊醫生沒有阻止我，只是安靜地站在一旁。我從一開始的輕輕啜泣，到用盡渾身力氣放聲大哭，以此來釋放內心的悲憤之情。

「你還記得自己的相貌嗎？」莊醫生柔聲問道。

「不……不記得……」我用牙咬著自己的拳頭，想竭力制止抽泣。

我會是什麼樣？醜陋或者美麗，對現在的我來說，早已沒有任何意義了。

莊醫生從床邊的抽屜裡，取出了一面橢圓形的鏡子，然後交到了我的手中。我接過鏡子，心中卻有另一個聲音在吶喊：別看！別看！我知道自己在怕什麼。

雙手緊緊握住鏡子的兩端，在面前舉起。然後，把視線投射到鏡面。

然而，鏡中回望著我的那張臉，是如此陌生。

我在心裡尖叫起來。鏡子裡的女人大約二十多歲，瓜子臉，皮膚白皙，五官十分清秀。雙唇閉合時，嘴角下方還有一對淺淺的梨窩。鏡子裡的我，一頭栗色的亂髮披在肩上，雙眸充滿了驚恐的神色。這是我的眼睛？說不上大，但眼角斜長，顯得很寬。這是我嗎？爲什麼感到如此陌生？雖然已經做了心理準備，但面對著鏡中陌生的自己，我受到的衝擊力還是太大。

我渾身發抖，心情難以言喻。

這時，站在我身邊的莊醫生問道：「想起些什麼了嗎，名字也好，身世也好？」

見到自己的容貌，除了驚訝外，我什麼都感覺不到，還是什麼都記不起來。

我抬起頭看著莊醫生問道：「你說我因爲襲擊其他病人，才被注射鎮靜劑，導致失憶的。那從前的我有沒有記憶？我精神方面的問題是什麼，精神分裂症、抑鬱症還是人格障礙？」當我說這些話時，連我自己都感到不可思議——潛意識中，我似乎對精神方面的疾病有一定程度的了解。

而莊醫生似乎不太想和我解釋清楚，他說：「我下午還有個討論會，而你，現在必須回病房休息。根據你的病情變化，我會重新擬一份治療計畫。無論如何，你需要手術。放心，手術很安全，到時候你的病症會緩解，甚至痊癒。」

聽不懂他在說什麼，但我感覺到內心緊張起來。

「那我的名字呢？我叫什麼？你總得讓我知道我是誰吧？」我說。

「編號A2047，是你在這裡的名字。」莊醫生用平淡的語氣回答道。

「可是……」

「其他方面的事，你以後會了解的。」他抬起手腕看了看錶，這個動作在我看來十分做作。「我沒時間了，待會兒我會讓護士帶你回病房。」

他轉身朝大門走去，離開房間後順手帶上了門。

2

莊醫生走後，我就一直坐在床上，怔怔出神。

沒有一點記憶，腦子裡完全是空蕩蕩的。彷彿在一個黑暗的空匣子裡尋找什麼，什麼都看不見，什麼都摸不著。我閉上眼睛，努力回憶，我是什麼職業？哪所大學畢業？學的是什麼專業？結婚了沒有？戀愛了沒有？父母是誰？什麼也想不起來。我站起來在房間裡走動，走得很慢，直到窗口才停下了腳步。

我站在被鐵絲網焊死的窗內向外眺望，看見墨色的烏雲在天空翻滾，沉沉的似要墜下來，猶如一張拙劣畫家的素描習作，給人一種恐怖的感覺。天色變暗，陰沉壓抑。一陣風穿過鐵絲網拂來，我的臉變得很潮濕，嘴唇沾了海水的鹹味。

我怎麼落到這個地步？囚禁、瘋子、治療這種詞彙怎麼會出現在我的生命中？我又坐回到床上，小心翼翼地拿起鏡子。我凝視著鏡子裡的那個女人，從她的眼神中，我找不到一絲瘋狂的痕跡。我伸出手撫摸自己的額頭、臉頰、嘴唇、下顎，從上至下地輕觸，如果能找回哪怕是一點點熟悉的感覺也好。可惜，我再次失望了。盯著這張算得上漂亮的臉，我感覺不到分毫的親近。指尖傳來的陌生感，宛如觸碰的是另外一個女人的面容。

這時，餘光瞥到了手背，我注意到那兒有條傷疤。

我挽起袖子，看見的是一副觸目驚心的景象。手臂上橫七豎八排列著各種大大小小的創痕，一條條狹長恐怖的疤，橫臥在我的手上，有的結了痂，有的還在滲血。我脫下病服，仔細查看身體。渾身上下，竟然沒有一處是乾淨的，到處都是猙獰醜陋的傷口。看著凋敝衰敗的皮膚，滿目瘡痍的軀體，我目瞪口呆。一種怪異的感覺浮上心頭。我肯定這裡有人在傷害我，而且，這家精神病院並不簡單。比起傷疤，更令我驚訝的是我的心理素質。說實話，我感到恐懼，但並不慌亂，我很鎮定。

門口傳來了腳步聲，我忙把鏡子放在一旁，仰躺在鐵床上。

伴隨著鐵門笨重的開啓聲，有人走進了房間。我條件反射般地向那人看去——在我眼前的，是個年紀約五十歲，身穿白色護士服的女人，體型巨大，身高目測在一七五上下。我注意到她的皮膚上有些褐色的斑，整張臉顯得很肥，鬆垮垮地垂下來，無論是嘴唇還是臉頰都嚴重下墜。她的眼角布滿了皺紋，我還注意到她化了妝，她或許不知道，這拙劣的妝容使她加速衰老了十年。

「Alice，你該回病房去了。」她說話的聲音像是用鐵棍在水泥地上摩擦，令我不適。

「對不起，你剛才叫我什麼來著？」

「我警告你，不要在我面前裝瘋賣傻。我不吃這套！」老女人大踏步向我走來，「別再給我要花招！如果有下一次，可沒這麼好運了！莊醫生不會每次都保你，在這裡，我說了算。」

她是在威脅我嗎？我做錯了什麼事，惹惱了她？完全沒有印象。我只想知道她喊我什麼，僅此而已。如此看來，我在這裡的名字不單單是A2047這個冷冰冰的號碼。

「請問，我得的是什麼病？我失憶了！你一定認識我，對不對？」

「這裡是瘋人院，你還問我你得的是什麼病？」老女人諷刺道。

「那我的家人呢？我叫什麼名字？我的過去是怎麼樣的？請你告訴我好嗎？」

面對我一連串的提問，她顯得有些惱怒，破口大罵道：「你最好給我老實一點！你是誰？記不記得過去的事已經無關緊要了！你要做的，就是服從、服從、服從！明白嗎？」

我衝她點點頭，表示服從。

於是，老女人臉上的表情緩和了不少。

「走吧，我可不想浪費時間，還有好多活兒等著我去幹呢。」老女人催促似的說道，態度極不耐煩。

起身的時候，我注意到她胸口的名牌，刻著「袁晶」兩個字。

我跟著她出了房間，門外是昏暗潮濕的走廊。走廊很深，似乎無邊無際，左右兩邊各有好幾扇和我剛才房間相若、鏽跡斑斑的鐵門。我無意間注意到，水泥地上附著不少黑色的血痕，也許是時間太久，它們早已和地面融為一體。我抬起頭，看見天花板上懸掛著一塊金屬板，上面寫著「病房Ａ區」。走廊的盡頭，立著一座石像。那是一座用布條蒙住眼睛的女人雕像，背上有著一對翅膀，如同天使一般；左手握著一把匕首，右手持盾，動作彷彿隨時會對敵人發起進攻。當我想進一步觀察的時候，我便被袁晶帶到了位於石雕左側的房間。不，或許用「押送」來形容更爲妥當。

這是個褊狹的房間，門是用整塊鋼板製成的，朝裡開。右邊是一整面牆，房間裡有一張殘破的木床和用石板隔開的馬桶。馬桶前方有個鐵質的台盆，洗臉洗手用的。這裡沒有鏡子，畢竟對於瘋子來說，玻璃太危險了。房間中央還設有一張桌子和椅子，但桌腳都被釘死，無法搬運。我被老女人推進這間屋子，身後的門關上了。這裡與其說是房間，不如說是監獄更加合適。站在這裡，我產生了一種前所未有的禁閉感，像是在心頭壓上了一塊幾噸重的石頭。

咔嚓，咔嚓——

鐵門已從外部上鎖，我無法離開這裡了。

這裡有窗，但是它太高了，起碼有兩公尺高，我無法透過窗看見外面的景色。窗口用手指粗細的鐵欄杆封住。

我在房間內來回走動，試圖理清頭腦中的問題。首先，我被關在了一所精神病院，這裡戒備森嚴，不同於一般的精神病院，更像是一座監獄。其次，我失憶了，不記得自己是誰，更不明白自己犯了什麼錯被拘禁在此。我的親人呢？是他們把我送進這裡？或者是我犯刑事罪而被送到這裡？第三，很明顯我被虐待過，除非我是個自虐自殘的愛好者，如果不是，那麼，無論我的精神有多不正常，醫院也沒權力傷害我，因為我是個病人！好了，綜上所述，我能條理清晰地整理出這些資訊，說明我的大腦很正常，至少此時此刻，我並不是個瘋子！按這個思路推理下去，我沒有精神病，可是卻被人帶到了精神病院，極有可能是被人陷害了！

想到這一層，我不禁擔心起來。如果說是有人故意置我於死地，為何不乾脆殺了我，而是把我帶來這邊？答案很明顯，殺了我很簡單，但是折磨我恐怕是此人的根本目的。能有這種手段的人，一定不是個普通人。

那我是不是一個普通人呢？

我看著自己的雙手，想像著自己從事的職業。每天早上擠著地鐵、啃著麵包去上班的都市白領？還是賦閒在家，靠著網拍賺零用錢的家庭主婦？無論哪種職業，都和這座精神病院沒有半點關係。等等，如果我是被人故意帶入精神病院的話，那麼身體上的傷疤可以證明，這人還在這座醫院中。他有一定的權力和威望，能不動聲色地折磨我。我的失憶和肉體上受到的摧殘一定有關。不但如此，他還可能使用了藥物，損害我的腦部神經。

從老女人方才對我說的話來分析，我一定嘗試過逃離這裡。所以她警告我別耍花招。

顯而易見，我失敗了，又被他們抓了回來。我敢肯定我離開過這間牢房，戰勝過這間密室，不然不會惹得她如此憤怒——我給他們帶來了麻煩。但問題在於，我是如何逃離這裡的？

面對這嚴絲合縫的混凝土密室，我毫無頭緒。

必定是有過詳細縝密的計畫，才得以脫身。那麼，我的越獄計畫是寫下來了，還是記在了某處，被他們發現了？不知道，一點也記不起來。看著手腕上的疤痕，我想，那個傷害我的人一定會回來的，事情不會就此結束。而現在的我，比以往的我更弱小——至少那時我還記得些什麼，最起碼知道事件的來龍去脈，也知道誰是陷害我的人。此刻的我更像是一個白癡，任人魚肉、任人宰割的白癡。想到這裡，我不由自主感到悲觀。

四周異常的安靜，我開始環視這個陌生的房間。我曾在這裡待過很久，我希望能有什麼東西可以激發我的記憶。我來回走動，不時拍拍桌子，坐坐椅子，甚至躺在床上。可記憶就像是倒映在湖中的月影，如一盞夜燈般在水波上蕩漾，當我努力想伸手抓住這輪銀鏡時，它卻融化在了夜色深處，散入了風中，消失殆盡。

我歎了一口氣，在布滿灰塵的床邊坐下來。現在和過去之間，只剩下了一段悄然寂寞的空白。我的人生彷彿像是經歷了時光旅行，一下子跳過了人生最重要的時刻。相信我，這種感覺是無法用簡單的文字描繪的。即便是用全世界最複雜的語言，也無法形容我的心境。

「可惡！」

盛怒之下，我站起身來，朝那把椅子狠狠踹了過去。

令我意外的是，那張看似堅固的椅子，隨著「咔嚓」的聲響，竟生生被我踢得粉碎！而我的腿並沒有受傷。原本我只想發洩一下自己的情緒，誰知眞把椅子踢壞了。出乎意料，我竟然身手不凡？難道我受過格鬥訓練？

困擾我的謎團，又多了一個。

突然，我聽見身後混凝土牆壁傳來奇怪的聲音。我轉過頭，注視著那面牆，並豎起耳朵，仔細凝聽。

咚——咚——咚——

像是有人在牆壁的另一邊，用拳頭敲擊一般。

「誰？誰在那邊？」我專注地盯著這面灰牆，彷彿自言自語般說道。

「是 Alice 嗎？」

聲音從牆壁中滲透出來。說話的，好像是個女人，雖然輕若蚊吟，但在我耳中，卻聲如洪鐘。

又是這個名字！

我的呼吸開始急促，心也跳得越來越劇烈。

「你……你是誰？」

我聲音抖得厲害，不確定對方能否聽見。

「你必須離開這裡！」

3

此刻，我的思緒混亂極了，大腦失去了思考的能力。

隔著一堵牆，另一邊的女人正在告誡我。

「你失敗了，對嗎？」她繼續說。

「什麼？」

「越獄，可是你失敗了。Alice，不要氣餒，你很聰明，你還有機會的。」

「我什麼都不記得了。」我說。

「Alice，我不太明白你的意思。」

「我也不明白。」我回應道，「剛才一覺醒來，我連我是誰都不記得了。當然，我也不記得你，不記得我被關在這裡的理由。」

一陣沉默。

「你是說你失憶了?」牆的另一邊傳來了歎息聲,「怎麼會這樣?一定是他們搞的鬼!」

「誰?」

「所有人!Alice,聽我說,你必須想辦法,和從前一樣……」

「我的名字叫什麼?我想知道我眞正的名字!還有,你是誰,我怎麼會來到這裡的?之前我是怎麼逃出去的?請你把所知道的一切,原原本本地告訴我吧!」我用手拍打著牆壁,發現牆很薄,怪不得對面的聲音能夠清晰地傳到我這裡。

「我叫葉萍,是一個母親。他們把我抓到這裡,硬說我有病,可我知道我沒有!你也知道你是正常的,對不對?他們習慣了撒謊,彌天大謊!騙過了警察,騙過了政府,世界上沒人能夠揭穿他們。在這座島上,他們一手遮天!」

「島?」我驚叫起來,「什麼島?」

「是的,島,一座孤懸海外的島。沒有人會在乎我們,他們把我們丟在這座島上,讓我們一天一天腐爛下去,直到發臭,被蛆蟲腐蝕殆盡。如果不救自己,我們就完蛋了!」

我能感覺到她的情緒非常激動。

「爲什麼精神病院會建在一座島上?」我有一籮筐問題等著問她。

「我們是被流放的一群人。他們盡量讓我們和塵世隔絕起來,禁錮在一個地方。這裡與其說是醫院，不如說是地獄，是人間煉獄！Alice，失憶症對你來說，未必不是一件好事。至少你可以忘記很多痛苦的事，不像我，每晚睡覺都會被噩夢驚醒，整夜垂淚。你來之前的生活，我一無所知，至於你的眞名，抱歉，我也不知道。」

「那你知道我被關在這裡之後的事？拜託，能不能告訴我一些？」我急切地問道。

「你剛來的時候，一直在反覆說著同一句話……」

「說了什麼？」

「你說，你已經知道這座島的秘密了。」

「島的秘密？」

如果葉萍所言屬實，我已洞悉了這座島的秘密，這就是他們把我關起來的原因。可是，我是以什麼身分來到這裡的呢？爲什麼我會知道這裡的秘密？最開始，我怎麼會出現在這個島上的？我用拳頭敲擊著自己的前額，卻什麼都想不起來。

「是的，他們有不可告人的隱秘之事。」她故意壓低了音量，像是怕人偷聽。

「那秘密是什麼，我有沒有告訴你？」

「沒有，你不和其他人講話，偶爾才會和我說兩句。」

「那爲什麼你會知道我的越獄計畫？」

「讓我想想……你跟我講過，沒錯，一定是這樣，你和我講過這事。你說你打算離開這裡，然後想到了辦法。至於具體如何實行，這方面你守口如瓶，不肯講。既然你自己不願意說出來，那我也不能勉強你，是不是？所以我就不知道，你準備怎麼出去。嗯，我一點也不知道。」她說話開始語無倫次。

「可惜我什麼都想不起來……」

「這裡有陰謀，Alice，你要揭穿他們，把這裡的一切公之於眾。沒有人比你更適合做這件事。」

謎團越來越多了。一開始，我只是以為自己被送進了一間普通的精神病院，或許我的家人會來把我領走，但我現在知道，這不可能。這是一座島，像是上帝給我開了個玩笑。葉萍說的話，我不敢相信。

「這裡的醫生都是壞人嗎？」

「壞人？呵呵，他們不是人，他們是惡魔！整天逼我們吃藥，把我們浸在滾燙的熱水裡面，還用電椅拷問！我們肉體飽受折磨，痛苦不堪，可是他們不會停止暴行，除非哪天我們死了。不然，『治療』還會繼續……」

「這裡定期會給我們治療嗎？」

「用他們的話來說，是為了治好精神病！太可笑了，我們根本沒病！正常得很！他們是怕我們把這座島的秘密洩漏出去，所以要把我們一個一個弄成瘋子！變成瘋子，說的話就不會有人信了。Alice，從來沒有病患能從這座島活著出去，你懂我的意思嗎？」

「我明白……」

「我們被全世界遺棄了。」葉萍無不感慨地說，「就像被人丟在垃圾桶裡的玩具，已經壞了，沒人有興趣去修理它。這裡就是廢品回收站，把我們這些次品壓扁，絞碎，從這個世界徹底消滅。」

這些事原本我都知道，或許比葉萍知道得更多。可是，就算我現在想破腦袋，腦海中依然一片空虛。別說關於島的記憶，就連我昨天在幹嘛，都一頭霧水。

我忽地感到一陣眩暈，眞的好累。

「哎喲！」她突然驚呼一聲，旋即柔聲道，「乖……我的乖寶寶怎麼醒了？寶寶乖，媽媽說話聲音太響，吵到了你是不是？乖，聽話，好好睡覺……媽媽明天帶你去買玩具，好不好？你知道，媽媽最愛你了，你是媽媽的心頭肉……乖……乖……」

剛才葉萍說她是個母親，難道身邊還帶著孩子？我突然覺得有些不對勁，這裡的管理人員，怎麼會允許這種事發生！不對，葉萍不可能有小孩，她在撒謊！可是，她爲什麼要說這種話呢？這時候，隔壁響起了葉萍吟唱搖籃曲的聲音：

睡吧，睡吧，我親愛的寶貝

媽媽的雙手輕輕搖著你
搖籃搖你，快快安睡
夜已安靜，被裡多溫暖

睡吧，睡吧，我親愛的寶貝
媽媽的手臂永遠保護你
世上一切，幸福願望
一切溫暖，全都屬於你

睡吧，睡吧，我親愛的寶貝
媽媽愛你，媽媽喜歡你
一束百合，一束玫瑰
等你睡醒，媽媽都給你

悠揚的歌聲在囚室中迴盪，有種說不出的恐怖感。

「請問……」

「閉嘴！閉嘴！閉嘴！你吵到我的寶寶了，爲什麼還不閉嘴！不准說話，不准打擾我的寶寶，不然我殺了你！殺了你！」葉萍歇斯底里地吼叫著，即使隔著牆，也聽得很清楚。她的嘶吼持續著，還能聽見隔壁傳來了幾陣悶響，像是用拳頭或者頭部在撞擊著什麼。

我開始後退，直到牆壁另一頭的怒吼聲逐漸減弱，才停下腳步。如今，我可以百分之百肯定葉萍的精神有問題。我的心裡一陣難受，唯一的救命稻草沒了。原本我還想從她那邊多打聽一下信息。前所未有的無助感，登時向我襲來。葉萍雖然不太正常，可剛才所說的話，未必都是編的。我打算待她心情平復之後，再去找她談談，看看能否打聽出一些新線索。想到這裡，我不由苦笑起來——眼下能夠仰仗的，竟然只有一個瘋女人。

我回到床上，雙手環抱彎曲的雙腿，把下巴埋進雙膝中央，凝視前方的鐵門。

銀白色的鐵門下方，與地板的結合處，有一扇小門。只聽吱的一聲，一盤盛滿各種食物的白色托盤送了進來，放置在了地上。托盤上有一個白饅頭、一袋牛奶和一些蔬菜。門外的人用不帶任何感情色彩的聲音說道：「午飯時間到，吃飯吧。對了，吃過午飯，待會兒有人帶你去見吳醫生。」

「吳醫生？等等，誰是吳醫生？莊醫生呢？」我還想繼續提問，可對方絲毫沒有理睬我的意思，只留下一串離開的腳步聲。

她口中的吳醫生又是什麼人？我的主治醫師不是莊醫生嗎？我的內心有些好奇。一方面，我知道身處險境，所有人對我來說都很陌生，我都必須防備。不接觸任何人，對我來說是最好的自我防衛；另一方面，我又按捺不住心裡蠢蠢欲動的欲望，想一探究竟──這座所謂的監獄島，究竟隱藏著什麼樣的機密？想知道更多，就必須和各種人交談，包括精神病人，也包括這裡的醫生。

咕嚕──

胡思亂想之際，肚子竟咕咕叫起來。看來我早已飢腸轆轆，必須補充一點能量了。我伸手拿起盤子上的饅頭，大口啃了起來，但腦袋並沒有休息，而是飛速運轉著。

當務之急，我先要搞清楚自己的身分，以及被禁閉在此的原因。這點說起來容易，操作起來很難。醫生不值得信任，而病患思路混亂，很難交流。唯一的辦法，就是一點一滴，從醫院工作人員的口中，探得一些資訊，然後拼湊起來。其次，關於這座監獄島本身的問題，我想在搞明白自己的身分之後，真相也會呼之欲出。

看來我是餓壞了，瞬間就把盤中餐席捲一空。吃飽喝足後，我重新躺回床上，閉上了眼睛。既然待會兒吳醫生會來找我，趁現在左右無事，先打個盹，小睡一會兒，待養足精神，再想脫身之計吧。我伸個懶腰，可能是之前精神一直緊繃的關係，稍一放鬆，意識就開始模糊起來，漸漸進入了夢鄉。

4

我再次醒來後，發現有個陌生的男人坐在我的床邊。

這一驚可不小！我尖叫一聲，條件反射地跳了起來，從床上掉到地上，然後向後退去。可那個男人卻沒有任何表情，似乎早就習慣了這一切。他還是坐在床邊，手裡拿著筆，在一本黑色的皮革手冊上不停地寫字。

「你醒了？」他問，「我想讓你多睡一會兒，所以沒讓護士叫醒你。」

「莊醫生呢？」我不知道爲什麼會問這個。

聽到這個問題，他顯得有些意外，隨即便笑著說：「莊醫生有個重要的會議需要參加，所以今天由我替他來和你聊聊。對了，還沒自我介紹呢，我叫吳超。其實我們認識，只是，我聽莊醫生講，你得了嚴重的失憶症。眞是不可思議，你什麼都不記得了？」

他披著白大褂，鼻梁上架著金絲邊眼鏡。整個人看上去很年輕，至少比莊醫生小了一輪，應該三十歲出頭。和健碩的莊醫生不同，吳超給人一種文弱的感覺——說好聽點是斯文，說難聽點是有脂粉氣。

「我叫什麼名字？」我問。

「看來眞的不記事了呀。」吳超把眼睛瞇成一條縫，「我從未遇到過這種事，看來我要給你做一個全面的檢查，看看是不是顱骨受到了損傷。還有可能是創傷後的防衛機制導致的。不過你連自己是誰都不記得了，屬於全盤性失憶。你不用怕，我們會想辦法治好你的。」

「我叫什麼名字？」我又問了一遍。

他笑了：「你叫徐儀，英文名字叫 Alice。」

「Alice？」我自己念了一遍，還是沒有印象，「我為什麼會被送到這裡，我得了什麼病？為什麼精神病院會建在一座島上？」

我提問時，他一直在點頭。

「第一個問題，你因為觸犯了刑事法律，傷害了別人，但被證明有精神方面的問題，所以到了這裡。另外，你得的是一種極其複雜的疾病，之後我會詳細和你說明。第二個問題，這座醫院——南溟精神病院，是專門關押刑事精神病患者的地方。怎麼樣？聽起來是不是特別像懸疑小說的設定？沒想到現實中還有這樣的地方吧？」吳超又笑了，我潛意識覺得他很不可靠，也許是性格輕浮的關係。

「我犯了什麼罪，必須關押到這種地方？是不是殺了人？」

這是我最怕的答案。

「去我的辦公室吧，我給你看些東西。」

我答應了。跟著他穿過了長長的甬道，離開了好幾扇帶鎖的鐵門。我邊走邊在想像，這一扇扇門內，囚禁著怎樣的人物？據吳醫生所說，這座島是專門禁錮精神病罪犯的地方，那麼，這裡的所有人，都是極爲可怕的人物。可笑的是，我也是他們中的一員。如果我離開這裡，回到社會，普羅大眾一定會用異樣的眼光打量我，像是在看一隻怪物。

通道盡頭，是如同監獄入口般的沉重鐵門。推開這扇門，我第一次見到了太陽。午後的陽光斜射下來，像是給我渾身上下注入了新的能量。我們穿過外廊，走進了一棟更大的深灰色混凝土建築，外形看來就像是一個方方正正的水泥盒子，毫無美感可言。爬上二樓之後，左轉來到亮堂寬敞的通道，通道右側可以見到一扇掛有「吳超醫師辦公室」名牌的房門。吳超用鑰匙打開門，然後招呼我入內。

房間不算大，但很明亮。南側放置著一個書櫃，櫃子裡堆滿了各種關於腦科學方面和精神分析的專著，全是英文書。我很詫異自己竟然識得外文，這麼說，我的外語水準還算不錯，學歷應該也不會太低。房間中央有一張大寫字台，吳超示意我坐在對面的皮質雙人沙發上。我環視這裡，心情稍顯平靜。

他在書桌後方坐下，然後在抽屜中尋找什麼。

「你想讓我看什麼？」我問。

「一些……資料……」他心不在焉地回答我。

「關於我的？」

「是的，可是……」吳超微微皺眉，「我明明放在這兒的，怎麼不見了？」

「我的資料不見了？」

吳超不太想搭理我，他站起身來，去到書櫃邊上的鐵架子尋找。他把架子上的塑膠盒取下，認真地搜了一遍。整個過程大約有十幾分鐘，或者半個小時。總之，他什麼都沒有找到。他歎了口氣，閉上了眼睛，說道：「可能是被誰取走了。我早就提醒過小孫，沒事別讓雜七雜八的人進我辦公室，亂翻我的東西。」

「我會不會永遠這樣？」

他轉過頭來看我：「你說什麼？」

「永遠這樣，記不起從前的事，如行屍走肉般活著？」

「Alice，你不用太擔心，我們會盡力的。你要知道，人類的大腦非常複雜，導致失憶的因素也有千百種。以我們目前的科學水準，還無法完全搞清楚人的腦子是怎樣工作的。舉個例子，當發生不愉快的事情時，有些人會選擇通過遺忘來達到讓自己釋然的目的。然而，長此以往，就有可能造成強迫性失憶症的發生。強迫性失憶症是強迫症的一種，是病人刻意催眠自己去忘記某件事。這種失憶，是自主式的失憶，完全由潛意識操控，你本人不能察覺。另外一種，屬於外部力量導致的失憶。美國維吉尼亞州有一個女人，因爲多發性硬化症，出現了認知障礙、健忘、記憶混亂、感覺無助和失語等症狀，最後失去了三十年的記憶。至於導致你失憶的原因，除了做全面檢查之外，還需要長時間的觀察。」

吳超說這段話時，語速很快。可見對於專業內的事情，他已了然於胸。

我點點頭，什麼話也沒說。

「我去其他地方找找，你坐在這兒等我。」

說完，他便走出了房間。

確定吳超走遠後，我坐到了他的椅子上，開始翻看他的抽屜。我知道這個舉動很危險，但除此之外我沒有其他選擇。在書桌第三層的抽屜裡，有一沓厚厚的病患資料，我小心翼翼地翻開這本厚重的冊子，一頁一頁看。

這個資料本令我想起了阿根廷作家波赫士的《惡棍列傳》（我竟然記得波赫士，卻不記得我是誰，真是諷刺）。原本只能在小說中讀到的那些窮凶極惡的殺人狂，就被關在離我咫尺之遙的地方。這讓我產生了一種似夢似幻的感覺。我如飢似渴地讀著這些像恐怖小說般的案件介紹，以及聞所未聞的精神疾病。翻到「葉萍」這一頁，我不禁怔住了。

二〇〇三年八月至二〇一一年九月期間，葉萍秘密生下六名嬰兒，每次都以極其殘忍的手段將新生嬰兒殺死。根據法庭記錄，她憋死了四名嬰兒，勒死另外兩個嬰兒。然後，她將其中五名死嬰和他們的髒衣服一起放在一個密封塑膠袋裡，藏在地下室，另外一名死嬰則被丟棄在垃圾桶裡。二〇一一年十月，葉萍的罪行被她的鄰居發現，她隨即被捕。葉萍的家屬向法院申請精神鑑定，鑑定結果，葉萍患有代理型孟喬森症候群，被送入南溟精神病院接受治療。

我不知道什麼叫「代理型孟喬森症候群」，但是能連續殺害六個嬰兒的女人，一定是惡魔。想到自己剛才還和這樣的人說話，我就覺得噁心。

門外響起了腳步聲，我忙把資料本塞入抽屜，然後順帶將半截鉛筆和幾張白紙揣入口袋中。爲了防止我的記憶力產生退化，我必須把已知的情況記錄下來。我生怕明天醒來，會把今天的一切忘得精光。回到椅子上，我一動不動，裝出一直在等待吳超的樣子。

耳邊的腳步聲越來越近，可是有點奇怪……

沒錯，太奇怪了！原本是緩步走路，怎麼突然變成了奔跑！

就在我轉過頭的一剎那，我看見一個從未謀面的男人朝我撲來！那男人長了一張長臉，頭髮並不濃密，前額很窄，鼻梁彎曲。他的臉頰像是被刀削過一般，深深凹陷進去。最令人恐怖的是，他一對發亮的眼睛如同餓狼一般。

我一個側臥，躲過了他的攻擊。但他並沒有放棄，當我起身準備奪門而出的時候，趴在地上的他一把抓住了我的腳腕，將我扯倒在地。這人速度極快，翻身騎在了我的腰上，用雙腿的膝蓋壓住我的手，對著我獰笑。無論我怎樣掙扎，都無法將其放倒。他反而很享受我的掙扎，不斷舔舐著自己乾裂的雙唇。

「嘿嘿，老子好久沒碰女人啦……」

就是這張臉！我剛才在資料本上，見過這張臉！

朱凱，綽號「瘦子」，在南京轟動一時的連環姦殺狂，性變態患者！

我的天，他是怎麼逃出來的？

沒有時間去思考這個問題，我死命抵抗，可雙手卻使不上勁。被他先發制人，處了劣勢。「瘦子」開始瘋狂撕扯我的衣服，一種前所未有的屈辱感湧上心頭，淚水也不受控制地從眼眶中流出。我想叫喊，可嘴卻被這個噁心的男人用髒手堵住了，雙腿無力地蹬踏，卻一腳都踢不中他。就在這危難的關頭，我心中突然產生了一個可怕的念頭——吳超，如果是故意離開的呢？「瘦子」，會不會是他放出來的？

強烈的恐懼感將我束縛住，連反抗的力氣都沒有了。我感覺他將要進入我的身體，眼下的我，就像一頭任人宰割的羔羊。最後，我會被他殺死吧？就像那些可憐的女孩那樣，永遠從這個世界上消失。

第二章

1

發生在二〇一五年冬天的這樁恐怖殺人事件，實際上，我是不願意再提起的。原因有很多，但最主要的，還是那匪夷所思的殺人手法帶給我的震撼，導致我在那段時間，只要一閉上眼睛，就會回想起那個遙遠的海島上所發生的事。按照陳㜿的說法，時間可以治療我精神方面的創傷。確實如此，正如去年發生在黑曜館的連環殺人事件，我也是採納了心理醫生的建議，通過記錄事件來治癒我的心靈。

或許是因禍得福吧，經過出版社編輯仔細的整理及修訂，書稿在同年竟然以《黑曜館事件》爲名出版了！這或許還是要感謝我的損友石敬周，若不是由他介紹認識了出版社的圖書編輯薛飛，我的手稿恐怕只能躺在抽屜裡，慢慢腐爛。

這本小說的出版，引起了陳爝極大的不滿。他對我說：「韓晉，你公開了朋友的秘密（這裡我不知道他指的是古陽還是他自己），用這種方式賺錢，我非常不理解，而且感到很失望。」他認爲我把他的隱私公之於眾的行爲非常可恥，甚至一度想要與我絕交。當然，最後他還是原諒了我。與我不同，他是一個十分注重個人隱私的人。在這個年代，沒有微博，沒有微信，沒有部落格，也沒有推特，甚至連手機都時常關機的人，恐怕不多見，陳爝絕對算一個。而我時常調侃他是生活在二十一世紀的古代人，他也並無異議，反而欣然接受。

相比看過此書的讀者，編輯薛飛似乎對陳爝本人更有興趣，不斷催促我多記錄一些他的故事。萬般無奈下，我只能瞞著陳爝，將他近期破獲的一件醫院殺人案[1]的案件記錄給了薛飛。於是，薛飛很滿意地把這個故事編入了他主編的精選集中。自然，當他得知我和陳爝又經歷了一次地獄般的旅程後，又怎麼會輕易放過我呢。

所以，在我反覆斟酌下，還是決定把這次的案子，原原本本地記錄下來。

那是在十二月初的某個夜晚，有一通陌生的電話突然打進我們家中。陳爝正在客廳裡看電視，電話是由我接的。來電的人說是滬東大學的齊博裕，請陳爝先生接電話。這讓我很驚訝。我曾經說過，陳爝的情商很低，社交能力差，身邊幾乎沒有什麼朋友。除了刑偵隊的宋伯雄隊長外，很少有人找他。這個齊博裕是何許人也？這實在令我感到好奇。

陳熘接過電話，應了幾句就掛了。

「是誰啊？」我假裝漫不經心地問道。

「一位學界的前輩。」陳熘接完電話，走到沙發處坐下，然後像是想起什麼似的說，「待會兒可能會來我們這兒。有些事找我談。」

「齊博裕，這個名字有些耳熟啊。」我撓了撓頭髮，想不起來是哪裡見過。

「他是滬東大學數學科學學院的院長。咦，韓晉，你怎麼會耳熟？難道趁我不在的時候，偷偷看過我的雜誌？齊教授是中國研究微分幾何學與非線性偏微分方程的先驅，也是我很尊敬的一位前輩。」

難得聽見陳熘誇人，眞是太陽打西邊出來了。被陳熘這麼一說，我倒是記起來了。這人的名字確實是在陳熘訂閱的科學雜誌中出現過。

「他什麼時候到？要不要我迴避一下？」我問。

「二十分鐘後吧。你待會兒上樓去，別打擾我們。」陳熘躺在沙發上，說話的神態不像是開玩笑，「我沒叫你，你可別下樓，聽見沒？」

「就算你請我，我也不下樓，這下你滿意了吧？」

---

1 詳見作者《五行塔事件》短篇作品〈瀕死的女人〉。

我的口氣雖然溫和，但心裡總有些不爽。竟然用這種口氣和我說話。當然，我也沒必要和這種情商極低的人爭辯什麼。端起我的咖啡杯，隨手拿了一本小說，我便回到了自己房間。原本打算出門逛一圈，可最近上海的天氣濕冷，室外總比不上家裡溫暖。

打開暖氣，舒服地躺在臥室的床上，閱讀自己喜歡的推理小說，喝著微燙的拿鐵，在寒冬的夜裡，沒什麼比這更令我滿足了。我手裡捧著的，是日本推理作家綾辻行人的《殺人黑貓館》。這個系列的前幾本作品我都讀了。可能是有過類似的經歷，能夠產生共鳴，我非常喜歡這種類型的推理小說。

光陰似箭，兩個小時轉眼就過去了。我合上書，一邊回味精采的故事情節，一邊起身準備下樓倒點熱水喝。走到底樓，才發現客廳只有陳爝一個人的身影。

「咦？齊教授走了嗎？」我問。

「嗯，走了。」

陳爝沒有抬頭，正聚精會神地讀著什麼書。

我悄悄走到他身後偷瞄，結果很失望，雖然每個字母我都認識，可拼在一起，我就完全看不懂了。茶几上還放了好幾本磚頭書，都和數學有關，看名字就很枯燥。看來，這些著作都是齊教授帶給陳爝的。

「這是什麼？」我伸手往書上隨便一指。

「鏡像對稱。」

「啊？完全聽不懂嘛！」我抱怨道，「你就不能解釋得詳細一些？」

「卡拉比—丘流形之間的一種特殊關係。對了，韓晉，你知不知道卡拉比猜想？」陳熵把視線從書上移開，投向了我。

「也是一個數學難題嗎？」我瞎猜的。

陳熵點點頭，繼續說道：「在封閉的空間，有沒有可能存在沒有物質分布的引力場？這是義大利數學家卡拉比提出的。他本人認爲是存在的，可是沒有人能證實。卡拉比猜想可以認爲是單值化定理在高維不可思議的大膽推廣，要知道，當時人們知道的愛因斯坦流形的例子都是局部齊性的，在這樣一種情況下，卡拉比竟然做出如此大膽的猜測，可見其膽識過人。然而，天才總是會出現的……」

「難道齊教授解決了卡拉比猜想？」我驚愕道。

陳熵的表情失望透頂，責怪道：「韓晉，請你有一點常識好不好？證明卡拉比猜想的是丘成桐教授，這是三歲小孩都知道的常識！不過，齊博裕卻是丘成桐的關門弟子。成就雖然無法和天才丘成桐教授相比，但在學術界也是響噹噹的人物了！」

我深深懷疑三歲小孩是否知道卡拉比猜想。

「他來找你，不僅僅是爲了送書給你讀吧？」我問。

「嗯，爲了兩件事而來。」

「哪兩件事？」陳爝的話引起了我的好奇心，使我忘了要倒水的事，反而拿著空杯子，坐到了他對面的沙發上。

「第一件，他代表滬東大學數學系，正式向我提出任職的邀請。」

「眞的嗎？好事啊！對了，你答應了沒有？」

「我對齊教授說，再讓我考慮一下。我沒打算這麼快就重回象牙塔。」

我想起了他在加州大學洛杉磯分校任教時發生的事件。據他自己所言，那是一起嚴重的事故，因爲他的失職，使得一個年輕的生命隕落。爲此，即便學校處分了他，在陳爝內心還是有著深深的愧疚感。但具體是怎麼回事，事情的來龍去脈如何，陳爝從來沒有和我提過，過去沒有，將來可能也不會。

「那麼，第二件事呢？」我故意扯開話題。

「第二件，說起來就有些複雜了。」陳爝換了個舒服的坐姿，接著說道，「齊教授的妹妹的女兒，也就是他的甥女，是隸屬於公安局的刑警。這次被委派調查一宗刑事案件，希望我能夠參與調查。據說是因爲看了黑曜館殺人事件的報導，才做出這個決定的。說起來這都怪你！韓晉，要不是你在書裡把我描繪得這麼神乎其神，她怎麼會找我幫忙？你這不是在給我添麻煩嘛！」

「請你參與調查案件？很好啊，你不也協助宋隊長辦過案嘛，對你來說沒什麼可困擾的。我關心的是，什麼樣的案子，公安局竟會求助於你？」

「這可不是個輕鬆活兒啊！韓晉，你知道案發地點在哪裡嗎？」

「哪裡？」

「南海的一座孤島，位於西沙群島附近。」

「什麼！」我驚愕得從沙發上跳起，「西沙群島？你有沒有搞錯，是海島啊！」

陳爝緩緩點頭，面色沉重。

「幸好你拒絕了！不然，漂洋過海去西沙群島，半條命都要沒了呢！」我慶幸道。

「拒絕？我沒拒絕啊。」陳爝看著我說。

「你……你答應了？」

「是啊。」

「陳爝！你瘋了吧！」

「我沒瘋啊。」

「好吧，隨便你，這事我也做不了主。我只是警告一下，這一路奔波的，怕你吃不了苦。反正去的人是你，又不是我。」

「不，我們兩個一起去。」陳爝語氣堅決，不容置疑。

「我答應過你嗎？爲什麼我要和你一起去？」

「你沒答應過。不過，我想你一個人待在上海也無事可做，不如一起去散散心，我是完全出於好意啊。海島多美啊，你就不想去看看？」

聽到這句話，我差點兒氣瘋。他總是這樣，從不尊重我的決定，甚至是漠視我的決定。

「不去，打死我也不去。」我拒絕了。

「你會去的，韓晉，我知道。」陳爝表情帶著幾分狡黠，用極慢的語速說道。

我更來氣了，高聲道：「我再說一遍，不可能！我絕不會離開上海，去什麼西沙群島！而且我暈船，怕海怕水，吃海鮮會發疹子，完全適應不了。陳爝，你就死了這條心吧！這是你自己攬下的活兒，可別把我拖下水！哼，我還就不信了，難道你還有魔法，能夠改變我如此堅定的信念？」

「魔法我是沒有，可是我知道，你的房租還沒付過呢。」陳爝面帶微笑地說，「據說今天零下一度了吧，如果一個人徘徊在街上無家可歸，又冷又餓，這個畫面我光是想像就覺得非常悽慘啊！韓晉，你說是不是？」

「你……你這是在威脅我！」我氣得雙腿發抖。

「沒錯，韓晉你變聰明了嘛。好啦，反正我也不是在請求你，而是在通知你。今天早點兒休息吧，明天上午，我約了那位女警，了解一下整個案子的詳情。」說完，陳爝便丟下目瞪口呆的我，獨自上了樓，然後消失在扶梯的轉角處。

我長歎一聲，仰面倒在沙發上，欲哭無淚。

2

第二天，我和陳熵來到了一家位於巨鹿路，名爲「La Mer Café」的咖啡店。陳熵和那位女警約在這裡見面。點了咖啡後，我開始環視四周。這是一家以文學和咖啡爲主題的歐式咖啡店，靜坐其中，給人一種寧靜舒適的感覺。陳熵邊喝咖啡，邊閱讀著報紙，沒有說話，彷彿在享受這片刻的寧靜。

不知何時，窗外竟悄無聲息地下起了小雨。雨落在地上，發出輕微的「滴答」聲，就像上了發條的手錶。雨絲輕撫著玻璃窗，遠處的景色也被洗成了一片通透的水晶世界。路上行人明顯加快了步伐。我不禁擔心起來——齊教授的甥女，會不會因爲天氣原因不赴約呢？

事實證明，我的顧慮完全是多餘的。

「你好，請問……是陳熵先生嗎？」

問候聲是從我後方傳來的，循著聲音，我轉過頭，看見一位美女站在我身後。

她二十來歲的年紀，黑色的長髮往後紮了個馬尾，素面朝天，身材高瘦，目測有一七〇上下。女孩身上披著一件卡其色的雙排扣風衣，圍著一條藏青色的棉質圍巾，下半身穿著一條做舊的牛仔褲，雙腿修長，整個人顯得很幹練。不過，最令我驚訝的是她的容顏。她的眉毛下面，有著一雙神采奕奕的杏眼，睫毛很長，細高的鼻梁使得她本就靚麗的五官輪廓體現得更精緻。

我和陳爝立刻站了起來。

「你們好！」她微笑著朝著我們點了點頭，很大方地和我們握手問好，然後在我對面坐下。我注意到，她笑的時候，嘴角微微上挑，顯得很有韻味。

「叫我唐薇就可以，唐朝的唐，薔薇的薇。」她分別打量著我和陳爝，然後把目光停留在我身上，「我猜，您一定是陳教授吧？」

我忙擺手，然後用手指了指身邊的陳爝，說道：「不，你搞錯了。他才是陳爝，我的名字叫韓晉，是他的朋友。」

「對不起，對不起，我最近老是稀裡糊塗的。您是陳教授吧，沒想到這麼年輕！」唐薇忙捂住嘴，急忙向陳爝道歉，然後又對我說，「韓晉先生是嗎？我看過您寫的《黑曜館事件》，感覺很好啊，能把現實中的案件用推理小說的形式表現出來，眞的很厲害。」

雖然是奉承，但聽在耳中，樂在心裡。我忙謙虛道：「哪裡哪裡，一點都不厲害……」

「嗯，韓晉確實沒什麼厲害的，厲害的人應該是我。」陳爝毫不客氣地打斷了我的話，問道，「請問，唐小姐大老遠從海南島趕到上海找我們，一定是有重要的案子吧？如果方便的話，可不可以簡述一下呢？」

唐薇從包裡拿出一本皮革記事本，在桌上攤開，彷彿怕遺漏什麼細節。

「請問兩位有沒有聽說過惡魔島？」唐薇瞪大眼睛，看著我們。

「嗯，知道。」我回答道，然後看見陳爝也在點頭。

雖然我知識面狹窄，但如此鼎鼎大名的監獄勝地，怎會不知道？惡魔島是位於美國加州舊金山灣內的一座小島，很多年前，曾被美國政府建設成了監獄島，又稱惡魔島聯邦監獄，是美國歷史上的著名監獄之一。在這座島上，關押著不少臭名昭著的重刑犯。不過，它在一九六三年就被廢棄了。

據說這座島的名字，來源於一本名爲《山姆大叔的惡魔島》（*Uncle Sam's Devil's Island*）的書。作者菲力浦·格羅瑟（Philip Grosser），曾經也被囚禁於此。還有不少好萊塢大片都是從這座恐怖的孤島得來的靈感。

「不過我敢肯定，你們一定不知道，這樣的地方中國也有。」說這句話的時候，唐薇的眼神突然變得銳利起來。

「什麼？在大陸境內嗎？」我想起了陳嫺和我說起過的西沙群島。

「是的，就在南海。」唐薇眨了眨眼。

我聽說過青海省的西寧監獄，深圳市的寶安監獄，但壓根兒沒聽說過南海的孤島上，還建了一座監獄。唐薇的話，就好比告訴我美國紐約市中心有一座三千年前的金字塔、日本東京的街道上建有羅馬競技場，對我來說一樣的荒謬。

「其實，也不能說是單純的監獄。嚴格來說，是一家精神病院。」

「精神病院？」

「是一家收治精神上有問題的刑事罪犯的精神病院。」

「太可怕了，竟然有這種地方存在。」我感歎道，腦海中浮現出蝙蝠俠系列電影中，阿卡漢精神病院的樣子。那裡關押著布魯斯·韋恩的宿敵們——小丑、冰凍人、企鵝、謎語人等各種瘋狂的罪犯。想到這裡，背後覺得有點涼颼颼的。

唐薇稍稍沉默之後，又接著說道：「這座島嶼坐落於南海西沙群島附近，叫作鏡獄島。其實這麼唬人的名字，也是因爲建造了監獄才誕生的。很早之前，漁民們把這座荒島叫鯨魚島，因爲遠遠望去，島的形狀像一條半個身子浮出海面的鯨魚。你們也知道，中國目前登記在冊的無居民海島有六千九百多個，面積都在五百平方公尺以上，面積小於五百平方公尺的海島有上萬個，不可能都有官方稱謂。原本這種無人島，沒什麼可觀的經濟利益，實際上不會有人去開發。可是，很多年前，一家名叫班寧頓（Bennington）的跨國企業，以慈善的名義在島上建立了南溟精神病院。他們向國家海洋局提交了申請，買下了鏡獄島六十年的開發使用權。這間特殊的醫院只收容危險的精神病犯，確切地說他們都是無法擔負刑事責任的罪犯。」

「刑事罪犯？」我問道，「有殺人犯嗎？這種精神病院聽上去和監獄沒兩樣。」

陳熘點頭道：「確實，精神病院作爲一個司法機構是完全獨立的，不承認其他權威。它直接判決，不允許病人上訴。而且，精神病院模仿監獄對罪犯進行懲罰，在監禁和體罰這種行爲上，它和監獄還是很相似的。」

「爲什麼我從沒有聽說過？按理說，這樣有特色的地方，應該在社會上傳得沸沸揚揚才對！」我提出了疑問。

「這間醫院行事非常低調，網上幾乎查不到任何關於它的資訊。不僅如此，就連醫院幕後的老闆班寧頓集團，也查詢不到相關資料。不過這也屬正常，不少大財團的子公司也這樣。不管怎麼說，南溟精神病院的報批材料和各項證書都很齊全，屬於合法的民辦醫療機構。只是，最近鏡獄島出了件大事，讓他們不得不聯繫我們。」唐薇說到這裡頓了頓，像是在等待我們提問。

「發生了犯罪事件？」

「是的，用你們推理小說中的話來說，叫不可能犯罪！」說這句話時，唐薇笑了。陳爝揚起了頭，看來唐薇的話引起了他的興趣。

「你們在黑曜館的時候，也遇到過密室殺人事件吧？但在我看來，那次還算不上完全密室呢，門也只是用防盜鏈拴著而已。而在鏡獄島發生的案件，可以說是完全密室，沒有絲毫縫隙和破綻！一個大活人，就在禁閉室內，在眾目睽睽之下，被人用刀刺殺了。」唐薇一邊說，一邊期待著我們的反應。

「怎麼可能……」我脫口而出。

沉默不語的陳爝突然發問：「唐警官，能不能詳細描述一下案發時候的情況？」

我冷笑道：「喲，自閉症少年終於開口啦？」

陳爝沒有理睬我。

唐薇正色道：「死者名叫徐鵬雲，現年六十歲，說來你們可能不信，他是南溟精神病院的前任院長。可就在幾年前的一個月圓之日，徐鵬雲突然狂性大發，提著刀具在監獄中連傷數人。被制伏後，他被鑑定爲精神分裂症，於是留在了醫院治療。就在數天前，徐鵬雲再次失控，現任院長郭宗義都被襲擊負傷，工作人員忙把他關進了禁閉室。這裡要提一句，精神病院的禁閉室和監獄的禁閉室，還是有本質上的區別的。禁閉室不是用來懲罰病患的。被帶進這個房間的絕大多數病患都是處於癲狂狀態下，而這裡，能夠讓他們平靜下來。牆壁上配備了防撞軟包，能使他們不至於自殘自虐。

「每個禁閉室內，都有監控監視器，病患的一切行爲都在監視之下。每天都有值班的警衛，坐在監控螢幕前。案發那天夜裡，徐鵬雲正坐在床上，突然，他整個人靠著牆壁尖叫起來，然後滾落在地上，不動了。他身上佩戴的心電監護顯示，此刻的徐鵬雲已經死亡。警衛立刻去取禁閉室的鑰匙，試圖打開房間。可是，禁閉室的鑰匙不知被誰替換，找不到了。於是警衛緊急呼叫，院長醫生等工作人員都到了現場。徐鵬雲死亡後，又過了半個小時，他們才用外力破壞了門鎖，進入了禁閉室。醫生上前檢查，發現徐鵬雲在兩小時前就死亡了，心電監護也證明了這一點。死因係心臟動脈破裂大出血，初步懷疑是被人用利刃刺殺的。

「更恐怖的是，現場找不到形同利刃的凶器。當日值班的警衛也能證明，徐鵬雲在進入禁閉室之前，經過兩個警衛嚴密的搜查，決計不會帶入任何東西，連一隻螞蟻都沒可能。他們是把徐鵬雲的衣服脫光，查了又查，才將他關入禁閉室的。那麼，問題來了，刺傷徐鵬雲的到底是什麼？在這間密不透風的房間內，發生了什麼？」

唐薇目不轉睛地盯著陳爝，像是在等待一個合理的答案。

3

「難道警察還沒登陸鏡獄島嗎？」

我很好奇，面對這樣不可思議的案件，警方會如何處理。

「請不要小看我們好嗎？接到報警後，警方第一時間做出了反應，上了鏡獄島。我們運回了徐鵬雲的屍體，並對在場的工作人員做了詳細的筆錄和調查。經過法醫檢驗，死因係右心室壁全層破裂，導致大出血。死亡時間和南溟精神病院提供的時間，也沒有太大出入。這方面，他們沒有撒謊的理由。」唐薇直視著我的眼睛，用事實來回擊我的懷疑。

「有沒有可能，凶手在監視器上動了手腳？」

推理小說中，經常會出現一種詭計，名曰時間差密室。如果把監視器所拍攝的影像做一些剪輯，那麼我們所看到的東西，不一定就是事實。這個常識，不僅在推理小說，甚至在眞實的犯罪事件中都有不少先例。

「完全不可能。無論是醫院的技術工人，還是官方的工作人員，都能證明監視器的工作完全正常，視頻也沒有任何可疑之處。」唐薇一口否決了我的假設。

我又陷入了沉思。

和黑曜館殺人事件不同，這次的案件給我一種不眞實感。也難怪，黑曜館，我是當事人之一，而這次的鏡獄島殺人事件，我只是從別人口中轉述而已。如果當時我也在現場，恐怕也會驚愕得閉不上嘴吧！現在，我終於明白唐薇爲什麼會從海南島飛到上海，請求陳爤協助調查了。密室殺人這種案件，並不是普通的殺人案，可視爲一種不符合物理規則的奇蹟。破解這種謎題，除了縝密的推理能力外，還需要一定的想像力。

而警方，恕我直言，缺乏這方面的能力。

「你怎麼會想到我呢？不單單是讀過這小子的推理小說這麼簡單吧？」陳爝揚起眉毛，笑著問她。

唐薇露出尷尬的神色，過了一會兒才道：「是宋隊長的推薦。他說，你解決這樣的案子有一手。而且根據我的調查，你曾經擔任過洛杉磯警方的顧問，說實話，我很吃驚。正如你所言，不止黑曜館這起案子，包括你之前協助宋隊長以及在洛杉磯破獲的案件，我都關注過。雖然普通人不了解，但是陳爝這個名字，在上海警界可是響噹噹的。」

對於唐薇的誇讚，陳爝並沒有很欣喜，反而表現出了苦惱的表情。

「那你爲什麼不直接託宋隊長來找陳爝呢？你和齊教授，眞的是親戚嗎？」我問道。不知爲什麼，我心裡對眼前這位美女刑警起了戒心。

「這當然是眞的！天哪，他可是我親舅舅！」唐薇噘起嘴，做出誇張的表情，「我可不是滿嘴胡說八道的人。說來你們不信，這事眞的挺巧的。當時我就尋思著，如果直接託宋隊長，你可能會拒絕。認識你的人都知道，你情商低，說話難聽，不會做人嘛。所以，我想如果是舅舅的話，以他和你的私交，你應該會賣個面子答應吧！」

陳熵皺眉道：「情商低，說話難聽，不會做人，都是誰告訴你的？這是誣衊！誹謗！中傷！造謠！韓晉，你認爲我是這樣的人嗎？」

我覺得，你就是這樣的人。沒有比這些形容得再貼切的詞了。

「我這麼說？你會不會生氣？然後一氣之下就不幫我了？」唐薇小心翼翼地問。

「當然不會！」陳熵氣得面色發白，「爲了證明我是一個情商高、說話好聽、會做人的人，我決定和你一起去鏡獄島。對了，韓晉，你也會一起去吧？如果你拒絕，就是情商低、說話難聽、不會做人的人。」

有時候，我覺得陳熵眞的很幼稚。

「韓先生也會一起去嗎？」唐薇瞪圓了驚訝的眼睛，彷彿很期待。

還沒等我開口答應，陳熵就替我拍板了：「唐警官，從外表就能看出，韓晉這傢伙是個色鬼。面對你這樣的美女，他一定會答應的。放心吧！」

「喂，你把話說說清楚，誰是色鬼了？你這才是誣衊！」我怒道。

陳熵一臉戲弄我的表情，說道：「是嗎？唐警官，我想和你分享一個淒美的愛情故事。女主角名叫祝麗欣，而我們那個被拋棄的悲慘的男主角，名字叫韓……」

「既然如此，我們什麼時候出發呢！」我高聲打斷陳熵，心裡七上八下。
唐薇捂住嘴笑道：「你們倆眞有意思。」
「這次的任務，你們公安局不會只派你一個人去吧？」我問道。
「當然不是。」她搖頭道。
「那我就放心了。」
「不是還有你們倆嗎？」
唐薇歪著頭壞笑，面頰生出一對漂亮的梨窩。
「啊？爲什麼這麼重要的案子，只派你一個人去？」我驚呼起來。內心深處，隱約覺得有什麼地方不對勁。
唐薇也不理我，拿出手機，自言自語般地說：「時間很緊，明天我們就出發。飛機票剛才已經訂好了，九點二十分從上海虹橋國際機場起飛，大約五小時可以到達海口美蘭國際機場。下飛機後，會有局裡的同事開車來接我們，送我們去三亞港坐渡輪出海。」
「唐警官，這次不只是調查殺人事件吧？」陳熵注視著唐薇的眼睛，問道。
唐薇一怔，沒有立刻回答，過了一會兒才道：「其實嚴格意義上的調查取證都已經完成了，目前困擾警方的，就是這件密室殺人案。如果不找出一個科學上的解答，案子也結不了。上面委派我去，也是相信我的辦案能力，認爲一個人就能搞定的事，沒必要興師動眾。」

我勉強接受這個答案。我向陳熷望去，發現他在沉思著什麼。

「那麼，就這麼愉快地決定了！多謝兩位的支持，我無以爲報，請你們吃飯吧？哎呀，對不起，我下午還有約呢！先走一步了，下次再請兩位。」唐薇看了一眼手錶，立刻起身，朝門口走去，不時還回首向我們道別，「明天早上，機場見！不見不散哦！再見！」

唐薇剛走，我就問陳熷：「這事你怎麼看？」

陳熷將雙手環抱在胸前，說道：「如果案件眞如她所言，倒是挺有趣的。不妨去鏡獄島看一看。況且，這個島本身就很吸引人，你不覺得嗎？」

「我不是說鏡獄島，我是說唐薇。」

「怎麼？難不成你眞的看上美麗的唐警官了？」陳熷嘲諷道，「眼光不錯啊，韓晉，要不要我替你去說一下？」

「能不能說點正經的？我的意思是，唐薇可不可信？」我沒好氣道。

「唐薇，杭州人。從浙江警察學院畢業後分配到海南省三亞市公安局刑偵支隊工作。次年，奪得全省預審崗位練兵大比武第一名。在任職短短兩年的時間裡，破獲了近兩百起搶劫、殺人等重、特大案件。怎麼樣，韓晉，看看人家的履歷，我勸你還是打消追她的念頭吧！」陳熷取出手機，大聲朗讀起一條短信，然後看著我壞笑，「在你們聊得熱火朝天的時候，我就拜託警局的朋友調查過她了。」

眞是讓我瞠目結舌，除了她的破案效率外，最令我驚訝的，是武術冠軍的頭銜。

「好吧，你厲害。」我舉起雙手，表示投降。

「相比密室殺人事件，我對南溟精神病院的興趣更大一些。」陳爝摸著下巴說道，「你知道在一座島上建立醫院，是多麼複雜的工程嗎？開發一個無人島，水、電、煤氣、交通等問題，都是需要解決的。首先，需要保護島上原有的生態，然後在島上設計通信線路等基礎設施。另外，還得請國內外專家做雷擊、地震、海嘯、颱風、風洞、耐腐的試驗。在孤島上搞建設，成本比陸地上要高十幾倍呢！你想想看，島上用的淡水，也靠船一點點運上去。爲什麼這個企業，不直接在陸地上搞醫院呢？太奇怪了，不是嗎？」

聽到陳爝的疑惑，我也覺得頗有道理。

「那你覺得他們爲什麼要這麼做？陳爝，你別小人之心度君子之腹了，或許別人就是出於慈善的目的呢？你看，住在南溟精神病院的，都是患病的刑事犯，如果在孤島上，就算他們逃離了醫院也傷害不了普通市民。當初美國人建立惡魔島，不也是因爲這樣的設想嗎？」我反駁道。

「總之，到了鏡獄島，一切問題就會迎刃而解了！怎麼樣，是不是有點期待呢？」

陳爝看上去躍躍欲試。

「我嗎？一般啦，你知道我很懶。不過你一定要我去，我就捨命陪君子了。」

「是捨命陪美女吧？」陳爝朝我眨了眨眼。

看來，在很長一段時間，唐薇會成爲陳爝嘲諷我的把柄。眞是冤枉，唐薇雖然很漂亮，可我並沒有像遇見祝麗欣時的那種悸動。我可不是見一個愛一個的渣男，在愛情問題上，我還是很有原則的。至少，當時我是這麼想到。

「我們也早些回去休息吧，明日要遠行，路上肯定會很疲勞。」我提議道。

陳爝臉上的表情十分複雜，其實那個時候，他已經隱約看出了南溟精神病院的秘密。只不過，對於他這種心思縝密的人來說，沒有把握的話是從來不說的。這也解釋了爲什麼，陳爝會爲了區區一起密室殺人案，橫跨半個中國，去孤島探險的原因。

然而，當時的我，對於之後所發生的那些驚心動魄的事件，一點心理防備都沒有。

4

飛機在海口美蘭國際機場降落的時候，我還在呼呼大睡。陳爝把我叫醒，說目的地到了。我揉著惺忪的雙眼，打了個哈欠，感覺還是很疲憊。我倆鬆開安全帶，拿上行李，跟著唐薇走下舷梯。踏上土地的那一刻，預示著我們正式告別濕冷的上海，投入了溫煦的南國懷抱。我們在機場大廳見到了唐薇的同事。吃過午飯後，一行四人上了一輛黑色的別克商務車。汽車左拐右拐進入環島，從第二個出口離開，然後進入海口環島高速公路，晃晃悠悠用了將近四個小時才到港口。下了車我就想吐，問了司機才知道，行駛了三百八十多公里路程。

港口上停泊著十幾艘渡輪，在水面上上下浮動。下午的陽光灑落在船身上，散發出一種炫目、耀眼的光華。

「上船吧，就這艘。」唐薇遙指遠方。她把我們的行程安排得妥妥當當，我內心不由得佩服起她來。這個女孩不僅漂亮，而且非常能幹。

用馬不停蹄來形容我們這次旅行，再合適不過了。我們下了車，又上了船，隨著轟鳴的引擎聲，我們離港口越來越遠。

我站在甲板上，雙手握住欄杆，眺望海面。海水的顏色比我想像中更黑更暗，靠近船頭下方的水面，因為海水的沖擊，激起了翻滾的泡沫。潮濕的海風吹拂在我的臉上，把我全身包圍，嘴裡也彷彿嘗到了海水的鹹味。

「你不會是第一次出海吧？」

不知何時，唐薇站到了我的身旁。迎著海風，她的眼睛瞇成一條縫。

「你怎麼會知道？」

我生怕自己的問題被引擎聲吞噬，大聲問道。

唐薇聳聳肩：「你臉上的表情告訴我的。嘿嘿，我很善於觀察人，而且非常準。」

「我看上去一定非常害怕吧？其實我從小就是旱鴨子，不會游泳而且怕水。」

海水在四周起伏，大海如同黑色綢緞般，向四面八方，無邊無際地展開來。可能是大霧瀰漫的關係，海岸線很快消失在我們眼前，最後只能看到茫茫一片暗黑色的海洋。

「其實，有些話不知道該不該說。」

「什麼事？」唐薇轉過頭來問我，「是關於精神病院嗎？」

「我有種不祥的預感……」

「爲什麼呢？」

我搖搖頭。唐薇似乎在等我說下去，眼睛盯著我。

「唐小姐，你必須承認，對這座精神病院，我們知道得很有限。對於班寧頓集團，也查不到多少相關的資料。而且又發生了這種離奇的殺人事件……」

「你想表達什麼呢？」

「我的想像力很豐富，所以我怕……」

「你怕那座島上進行著某種不可告人的神秘實驗，是吧？比如複製人的研究，外星生物的基地？恐怕你是好萊塢大片看多了！」唐薇大聲笑了起來，「只要是殺人，一定是人爲的。只不過謀殺的手法等待我們去發現罷了。」

忽然聽見有人在叫喚唐薇，她應了一聲，接著向我擺了擺手，就走開了。

我獨自看了一會兒海景，突然感到一陣眩暈。回到艙內，我靠在椅子上，胃開始難受起來。我知道，這是暈船。陳熂走進艙內，坐我邊上，看了我一眼，關切地問道：「你的臉看上去很蒼白，是不是想吐？」

「沒關係，有點暈而已。」

我把目光投向窗外。整個天空的色調開始變化，由亮轉暗，成了灰暗色。在黑色的海面上，無數烏雲糾纏在了一起，它們相互擠壓，翻滾，把天壓得很低。

「會有暴風雨。」陳熂也注意到了天氣的變化。

「我們現在回去還來得及。」我說。

「你說什麼？」

「陳熂，我有不好的預感……這次的行動，不同以往。」

「何以見得呢？」

「島上淨是些窮凶極惡的殺人犯！比殺人犯更恐怖的，是他們的腦子不太正常。如果他們越獄了怎麼辦？」

「醫院是有警衛的。」

「如果警衛被殺了呢？」

陳爝拍了拍我的肩膀，低聲道：「只是一起普通的案子，我們會很快解決，然後回上海。你別怕，一切都會好的。」

他難得這麼安慰我，我也不好再多說什麼。

船上的時間過得好慢。頭暈目眩的我，盯著牆上的時鐘，恨不能伸出手指，將它撥快幾分鐘。耳邊除了嘈雜的引擎聲，就是海浪翻騰的聲音。我心裡還是念叨著剛才同陳爝講的事。並非我膽小怕事，而是對於精神病患者未知的恐懼感，時常盤踞在我的心頭。

在我還年幼的時候，我對門住著一個精神失常的男人。

時間太久，我已經記不清他的名字了。只記得他常常在弄堂裡蹣跚行走，來來回回地走。小朋友都很怕他。他的個子很大，也很壯，沒有人敢惹他，也沒有人和他說話。既然如此，男人就自己和自己說話。他吃著垃圾桶撿來的食物，喝著雨水或者井水，很孤單。大人們說，他年輕時很聰明，什麼都會幹。可是，一場高燒奪走了一切——醫生說，他的腦子燒壞了，開始說話顛三倒四，人也瘋瘋癲癲的。

有一年，弄堂裡出現了許多貓的屍體。大家都說，是他幹的，是那個瘋子幹的。

瘋子爲什麼殺貓？不需要理由，只要把責任推到他身上就行。於是，居民們開始聯合起來，驅逐他，辱罵他，甚至，還打他。在我的印象中，瘋子似乎沒做過什麼傷人的行爲，他只是活在自己的世界裡，笑也好，哭也好。可是當有人介入他的生命時，他反抗了。

據說十九號老黃的腦袋，就是被瘋子給打碎的。

像是顆被敲碎的椰子，乳白色的腦漿和鮮紅色的血液混在一起，塗了一地。

他們說，老黃經常毆打瘋子，驅逐瘋子的理由也是他提出的。

「身邊住個瘋子，晚上連覺都睡不好呢！必須把他趕走！實在不行，就報警！讓警察抓他！」老黃曾咬牙切齒地說。

瘋子在老黃及居民的眼中，是個異類。

那天晚上，瘋子在家裡被警察帶走了。我是看著他被警察押走的，很安靜，不說話，只是走路依舊蹣跚，彷彿隨時會摔倒的樣子。

那天之後，我再也沒見過他。

「韓晉，你看，應該快到了。」是陳爝的聲音。

我睜開眼睛，直起了身子。

透過窗望去，地平線上出現了一個尖角，像是一座島嶼的頂端。天色已經很暗了，但我還是能隱約地看見。又過了一會兒，島嶼下面的部分，也逐步顯露在我們的視野中。島的海岸線像是素描初學者用炭筆勾勒出來一樣，綿長而粗糙。巨浪拍打著島邊緣的岩壁，風聲怒吼著在空中盤旋。慢慢地，島上的建築我們也能看清了，一座巨型建築的輪廓在我們面前呈現出來。我不禁倒吸一口涼氣，這裡眞是一派黑雲壓城、山雨欲來的景象。

「我們上去看看吧？」陳爓提議道。

我沒有拒絕，披上外套，和他一起登到了甲板上。

這裡看過去，鏡獄島的氣勢更加雄偉了。廣闊的大海中央，一座黑暗孤島佇立之上。岔開的岬角彷彿咧嘴獰笑的魔鬼。它那張擁有尖利牙齒的血盆大口，正隨時準備著將我們吞食入腹。這畫面，如同電影中的地獄，觸目所及，都是暗色調的事物。看久了，我的心情也隨之抑鬱起來。

半個世紀前，美國那恐怖的惡魔島，在這片海域重生了！

「到了島上，手機可就沒信號啦。」陳爓說道。

又與世隔絕了嗎？我心想，這是我最怕的情況。經歷過黑曜館殺人事件後，我便對這種封閉的環境有著一種前所未有的厭惡感。

陳爓像是看穿我的心思般，又補充道：「不過既然是醫院，一定會有通信設備。你別怕，黑曜館的意外，不會在這裡發生。」

希望我是杞人憂天。

靠近島嶼的時候，水流開始變得很急，船加足了馬力，朝鏡獄島疾行過去。鏡獄島的一邊是陡峭的懸崖，無法靠岸，船繞島而行，朝另一邊的碼頭駛去。海面和島都是黑色的，連天空中迴旋飛翔的烏鴉，也是黑色的。一種突如其來的恐懼感湧上心頭。

「不吉利的鳥啊！」我說道。

烏鴉似乎聽見了我的話，衝著我們嘎嘎亂叫。

「你不喜歡烏鴉？」

「這種討人厭的鳥，誰會喜歡？烏鴉不是一直被人當作不祥的象徵嘛！」

「其實先秦的時候，烏鴉有凶鳥和祥鳥雙重身分，到了唐宋之後，烏鴉才被當作凶鳥來看待。漢代董仲舒在《春秋繁露‧同類相動》中引《尙書傳》：『周將興之時，有大赤烏銜穀之種，而集王屋之上，武王喜，諸大夫皆喜。』這裡所說的『大赤烏』指的就是烏鴉。關鍵還是烏鴉是食腐動物，所以將死之人經常會看見烏鴉，才會有這種迷信的看法。」陳熠解釋道。

「總之，我就是討厭。」我還是堅持自己的看法。

島嶼的另一邊地勢相對平坦，船繞開礁岩，向那邊開去。又過了約莫十分鐘，沙嘴的深處露出了碼頭。忽然之間，狂風大作，船身被吹得偏離了方向。我的心都提到了嗓子眼。幸好舵手經驗老到，經過幾番努力，搖晃的渡輪才在護堤上靠了岸。

於是，我們一行人，終於踏上了鏡獄島的土地。

第三章

1

每天的八點到十點是團體治療時間，每病區爲一組。前十分鐘是醫生例詢，有問題的病人會現場和醫生提出，也可以約時間單獨聊。通常是吳超醫生充當心理治療師。這個時候，我可以見到其他一些病患。由於特殊情況，今天早上是梁護士領我去活動室的——團體治療一般都在活動室進行，那邊環境溫暖舒適，淡黃色的牆上還懸掛著各種病患創作的藝術作品，房間裡有各種活動設施供病患放鬆。

在梁護士來之前，我從口袋中取出昨天在吳醫生辦公室拿的紙和筆，開始記錄我的經歷。寫到受變態襲擊那段，我不得不讓自己停下來。越想越後怕，若不是大個子警衛及時趕到，我一定被那個心理變態蹂躪了。大個子好像姓姚，人看上去很忠厚，對我的態度也不錯。吳醫生回來後，一直對著我道歉，他說一定會嚴查，爲什麼 S3016 會從病房裡逃出來！

——可能他並不是逃出來的，而是被人放出來的。

這句話到了嘴邊，又被我嚥了回去。現在的我必須保持冷靜，不能和醫生有任何衝突。病號 S3016 的傢伙，就是那個名爲朱凱的連環殺手。這裡關押的，果然都是大奸大惡，爲社會所不容的人。眞不知道，前方還有什麼樣的人物在等待著我。

梁護士是個好人，小姑娘二十出頭，人也漂亮，白白淨淨的。我不明白這樣的美女，何苦來這種地方工作，不怕危險嗎？她的家人又是出於什麼樣的考慮，讓她在精神病院工作？說穿了，這裡和監獄沒有區別。不，應該說比監獄更危險才對。

我跟在梁護士身後走進活動室。房間裡的人沒有我想像中那麼多，大約有二十來人，令我放心的是，那個「瘦子」朱凱不在。我進屋的時候，吳醫生正滔滔不絕地說著什麼，梁護士把我領到座位上坐下，然後朝吳醫生點點頭，退了出去。因爲都是有過刑事犯罪紀錄的人，活動室裡除了吳醫生，還有兩個警衛。昨天救我命的那個大個子警衛也在。

「Alice，你必須離開這裡！」

耳邊傳來熟悉的聲音。

說話的是我身邊的胖女人，四十歲左右的中年人。她整個人活像個白麵團，光是下巴就有三四層，我懷疑她的體重有二百公斤。不僅如此，她那頭稻草似的亂髮，以及病態的神色，都顯示出她內心的焦慮。然而，最令人驚愕的，恐怕是她懷裡躺著的「嬰兒」了。為什麼要打上引號？因為那根本不是人，而是一隻塑膠洋娃娃玩具。那洋娃娃非常髒，整張臉都是黑色的，兩隻圓溜溜的眼睛凸出，彷彿隨時要掉下來；頭頂也禿了一半，只有幾根金黃色的毛還黏連在圓圓的小腦袋上。一個瘋癲的胖女人懷抱著一隻恐怖的玩具娃娃，這個畫面，恐怕只有噩夢中才會出現。

「不能讓他們知道，得悄悄地溜走。」胖女人神色慌張地說。

「你是……葉萍？」我好像又聽見了她的搖籃曲。

「你得重新計畫一下，然後把我的寶貝也帶走。他還那麼小，總不能在這座島上待一輩子，你說是不是？」她壓低聲音，似乎怕被別人聽見。

葉萍口中的寶貝，就是她手中那污穢的塑膠娃娃。

「可我什麼都不記得了。」

「沒關係，你會想起來的。Alice，你的腦子很好，你會想起來。」她說話的時候，一隻手肘托著玩具娃娃，一隻手有節奏地拍打著玩具的背部，像是在哄它睡覺。

我朝周圍張望了一下，這屋子猶如在開萬聖節的化裝晚會，各種奇裝異服的人都有。我很久之後才知道，這是南溟精神病院的特色，也算病患的福利之一。他們可以穿上任何他們想穿的衣服，有人穿著西服，有人披著斗篷，甚至有人把中世紀騎士的盔甲套在身上。

這時，我注意到有雙眼睛，正狠狠地瞪著我。

那是個女人。滑稽的是，她身上穿的竟然是婚紗。細看之下，這女人長得還不錯，至少五官端正，年紀在三十歲左右。她將烏黑濃密的長髮盤起，臉上化了濃妝，像是隨時準備出嫁的樣子。只可惜，她身上的白色婚紗太破舊了，簡直像是從垃圾桶撿來的一樣。我想這座監獄應該不會常常給患者洗衣服吧，這裡所有人看上去都髒兮兮的。

「別理那個婊子！」葉萍也注意到了她，低聲咒罵起來，「她是嫉妒你，從前就一直給你找麻煩！這臭婊子希望全世界的男人都來操她！不要臉的東西！」

「她經常找我麻煩？她是誰？」

「新娘，南溟精神病院出名的公車。」葉萍看來非常厭惡她，「記住了，Alice，離這個婊子遠遠的。別讓她靠近你，她會想盡一切辦法讓你從地球上消失的。你沒來之前，她認爲自己是這座島上最美的女人，呵呵，你來了之後，她就變成白雪公主故事裡的王后了。現在，你能體會她有多憤怒了吧！」

我點點頭，其實並不明白。

吳醫生的團體治療終於在一個老女人聲淚俱下的哭訴中結束了。接下來是自由活動時間，大約有一個小時，病患們可以互相交流。當然，一切行動必須在警衛的監視下。

「她犯了什麼事？還有，爲什麼叫她新娘，是因爲她總喜歡披著婚紗嗎？」

我發現，在不觸及葉萍自身經歷的時候，她的思路異常清晰，道德觀也沒有問題。但是只要提到她的孩子，她就會崩潰。

「婊子的名字叫司紅豔，據說是個性癮症患者，整天想著怎麼找男人。不僅如此，據說還把和她睡過覺的男人都幹掉了。殺人理由是——那些男的只想睡她，不想和她結婚，而這個臭婊子整天念叨著要結婚。」葉萍表情扭曲地說。

我當然知道什麼是性癮症。生理上的解釋，一般是由於體內賀爾蒙的分泌紊亂引起的，男性多於女性。患者常常控制不住自己的欲望，爲了追逐性滿足，他們會想盡一切辦法，甚至不惜犯罪。

「爲了結婚殺人？」我問。

「別驚訝，Alice，這裡很多事你都忘了。在南溟精神病院，什麼奇怪的人都有！瞧見那個人了嗎？和吳醫生一樣穿戴得像個醫生，披了件白大褂的男人。他叫于金龍，我們都叫他『佐川』。他以前也是個醫生，只不過替人手術的時候忍不住誘惑，偷吃了那個倒楣蛋的肝！當然也是好久之後才被逮到的，他吃了好多人肝。」

我順著葉萍的指示看去，見到一個文質彬彬，如同紳士般的中年男子，正和一個白髮老者在談論什麼。那老者的模樣也很正常，從他臉上看不出一絲瘋狂的痕跡。

像是看穿了我的心思，葉萍補充道：「佐川在不餓的時候，和正常人沒兩樣。不過我勸你還是少和他囉唆，誰知道他幾時會餓？我們在他眼裡，和一塊會說話的炸雞沒什麼區別。」

食人癖，我心想，而且對肝臟情有獨鍾。

「和他說話的那人呢？」

「白頭髮的老頭兒？他叫『教授』，人可好啦！一個熱心腸的老頭兒，你如果有什麼困難，他一定會幫忙的。差點兒忘了告訴你，他眞名叫黃文正，曾經是一位了不起的知識分子。院長也很敬重他，醫院好多建議都是他提出的。」

「然後呢？」

「啊？你說什麼？」葉萍不解地看著我。

「你說他是個熱心腸的人，一個好人，可據我所知，這裡關押的都是刑事犯。包括你和我都是因爲犯罪才被囚禁於此的，不是嗎？」

「我和你是被冤枉的！」葉萍提高音量，不少人朝我們這邊看，看來我的話惹惱了她。

「是，當然是！我和你是被冤枉的，這是一定的！」我必須穩住她。

聽我這麼說，葉萍臉上的表情才緩和了不少。

「不過，我覺得教授的事不那麼簡單，他難道也是被冤枉的？和我們一樣？」

葉萍歪著腦袋想了片刻：「Alice，你說得沒錯，教授不簡單。他大多時候都很好，像個慈祥的長者，可是有時候卻……」

卻像殺人犯？我心裡喊道。

葉萍沒有說下去。但我大致明白了。這裡的人都是心智失常的罪犯，教授平時穩重祥和，有時候卻很危險，不是躁狂症，就是多重人格。至於他何時進來的，葉萍也不知道。他在院內算是很有地位的病患，除了犯病的時候，其他要求院長幾乎都會批准。

形形色色的人物都在這裡。社會上的異類，都集中在了這座島上。

「Alice！你在啊！」背後有人在喊我。

是穿著盔甲的男人，中世紀騎士的那種盔甲。我很好奇他是從哪兒搞來的。因爲身上穿著厚厚的鐵甲，我看不清他的身形。不過從頭盔中央露出的臉型來看，應該是個瘦子。

「你好。」我禮貌地朝他點頭，「請問你是……」

「我是唐吉訶德啊！你怎麼了？看上去有點不對勁！」

從他對我說話的態度來看，這傢伙從前應該和我很熟。我們的關係應該處得不錯。

「唐吉訶德。」說話的是葉萍。「大家都這麼叫他。這人是個瘋子，整天胡言亂語地要去拯救世界，然後用了一支長矛，活生生把他媽媽給捅死了！哼哼，眞是個英雄！」

「奶媽，那不是我幹的！到底要我說幾遍？」唐吉訶德朝著葉萍吼道。

這時，我注意到一個奇特的景象。唐吉訶德肩上站著的，竟然是一隻身上有灰斑的鴿子！這毛茸茸的小東西軀體呈漂亮的三角形，腰部平坦，此刻正歪著腦袋，用一對漂亮的白砂眼打量著我。後來我知道，這種鴿子叫作詹森鴿，是一個極純的比利時鴿系，據說是一種飛翔能力極強的品種。當我伸手想去摸牠的時候，鴿子非常機警，拍打著翅膀飛走了。

「桑丘總是這麼害羞！除了我之外，其他人牠都怕。」唐吉訶德說這句話的時候，顯得異常驕傲。

「桑丘？這是牠的名字嗎？」

「是啊，他們給牠起的名字。桑丘可是我的左膀右臂呢！等我離開這座鳥不拉屎的鬼島後，桑丘會和我一起闖出一番事業的。Alice，你看著吧！到時候讓你們都吃驚！」唐吉訶德對葉萍擠擠眼，「包括你，奶媽！」

葉萍冷哼一聲，抱著塑膠娃娃轉過身去，不理他。

忽然，活動室門口一陣騷動，傳來了罵罵咧咧的聲音。不少患者都退到了牆邊，速度非常快，像是在害怕什麼。活動室中央瞬間露出了一大塊空地。我朝唐吉訶德看去，只見他面色刷得變白，渾身開始顫抖，身上的盔甲都發出了咔咔咔的聲音。

我很好奇，他們在害怕什麼呢？

2

「社會垃圾們！活動時間結束，快滾回你們的狗窩去！」

走進屋子的男人身材細長，雙眼像兩顆綠豆般鑲在狹窄的長臉上，散發著陰冷的光；他的膚色很白且微微泛紅，臉看上去像一隻剝了皮的老鼠。這人穿著警衛服，在房間中央來回踱步，手裡拿著警棍，不斷敲擊著另一隻手的手掌。四周很安靜，每個人都不說話，恐懼寫在了他們的臉上。特別是唐吉訶德，我甚至能感覺到他在盔甲裡顫抖；葉萍也是，大氣都不敢喘一下。

不一會兒，那男人又開口了：「我希望你們都聽話！上週老劉的故事，相信你們都聽過了。在南溟不守規矩，就是這個下場。活活打死算輕的，信不信我讓你們上電椅？另外，棍子可不長眼睛，我不管你們在外面有多麼風光，幹掉過多少人，在這裡，我說了算！」

「他是誰？」我輕聲問唐吉訶德。

可他似乎不敢回答，朝我眨了眨眼，然後緩緩搖頭。

男人似乎聽見了我的聲音，把目光投射到我身上。

「啊！Alice？歡迎回家！」男人伸出濕潤的舌頭，舔了舔下嘴唇，像隻醜陋的蜥蜴，「我聽莊醫生說你不見了，我還爲你高興了好一會兒呢！差點兒去和朋友炫耀，咱們南溟精神病院的精神病可能耐了，除了大名鼎鼎的『密室小丑』，竟然還有人能從鏡獄島溜出去度假！我早和齊老大說過，你可不是花瓶，你很聰明，卻一直在裝傻充愣。」

密室小丑是誰？我沒敢問。

男人一邊說著話，一邊朝我走來：「你知道嗎，我一直很想你。」

我覺得想吐。他逼近我，我想朝後退去，可背靠的是一面牆。

「你也一定非常想念我吧？想念謝力哥哥，是不是？」他把臉湊了上來，我能聞到他口腔中噴出的氣體，一股食物腐爛的惡臭。

「我不想你。」我瞪了他一眼。

這個叫謝力的男人對我說的話一點兒也不意外，依舊笑著說：「你總是這麼說，有句諺語叫，女人總是心口不一。我知道你仰慕我，只是害羞罷了。」

他的手開始不規矩起來，搭上了我的腿。我全身緊繃起來。在場數十個人都看見了，可竟然沒有一個人替我說句話！這個謝力在南溟精神院眞的是一手遮天嗎？我能感受到他掌心的灼熱，那種感覺使我反胃！

「滾開！離我遠點！」也不知哪裡來的力氣，我推了他一把。謝力失去重心，一屁股摔在地上，棍子也掉在一邊。

這時，我聽見周圍有人笑出了聲。

「誰他媽在笑?」謝力猛地站起來，掃視四周，把目光定格在了一個瘦小的光頭男人身上，「是不是你，猴子?媽的，就是你!王八蛋!」

「不，不，不是我!」綽號叫猴子的男人直搖頭，眼珠子瞪得很大。

來不及解釋，他剛想開口說話，就被謝力的棍子狠狠砸了一下。由於發力過猛，棍子敲打在男人頭上的反作用力震得謝力差點兒脫手。他把這一變故產生的憤怒也歸咎於那個倒楣蛋。於是，謝力朝著他的頭，報復般的用棍子劈里啪啦地敲打!男人倒在地上，已經沒有了反抗的餘力。雖然雙手護著頭，可光頭的顏色開始變了，最後猶如一顆破了皮的爛番茄，而謝力並沒有停下的意思，反覆拷打著他。

血流了一地，還是沒人敢站出來，爲這個可憐的男人說一句話。

「你會打死他的!」我上前一步，朝著謝力咆哮，「他沒做錯事，你憑什麼這樣幹?這裡是醫院，不是監獄!他是病人!」

謝力果然停下了動作，轉身盯著我說：「你說對了一半，這裡不是監獄，是地獄。」

我分明從他眼中看出了凶光——謝力不是想教訓他，而是想殺了他!這種眼神，讓我想起了荒野的餓狼。而那個躺在地上的男人，已經完全失去了意識，但起伏的胸口告訴我們，他還有一絲氣息。我看見他的腳在抽搐，眼睛是半睜著的，但毫無表情，眼睛裡滿是鮮血。如果讓謝力這一棍子再砸下去，他就沒命了。

講完這句話，謝力又舉起警棍準備下手。當他抬起手準備發力時，一隻粗大的手掌緊緊握住了他的手腕。

「夠了，他會死的。」說話的人，是救過我的大個子警衛。

「老姚，你算個什麼東西，也配來管我？別以爲齊老大撐著你，你就可以無法無天。惹惱了老子，照樣讓你吃不了兜著走！」謝力像狗一樣狂嗥。

大個子放了手，對謝力說：「副隊長，上次老劉的事情，聽說院長很不高興，齊老大這邊已經很難辦了。如果猴子再出什麼差池，這麼短的時間內連續發生兩起意外，我怕上頭怪罪下來，我們警衛部不好交代啊。」

「有什麼不好交代的？這裡都是一群瘋子、傻子、吃狗屎的笨蛋！多一個少一個，對這個世界沒有任何影響！媽的，全死了才好呢！」雖然嘴上這麼說，但謝力聽了大個子的勸告，態度明顯起了變化，口氣也不像之前那麼凶惡了。「給你們十分鐘，都給我乖乖回到自己的狗窩，關上門睡覺。誰要惹事，你們就跟猴子是一樣的下場！老姚，這裡你收拾一下，我先去C區巡查一下。」說完這些話，謝力便大步流星地走出了活動室。

待他一離開，房間中凝結似的空氣，又湧動起來。

「Alice，你膽子可眞大！」葉萍臉上掛著驚恐的表情說，「連警衛隊的副隊長你都敢惹，這個謝力，就連齊老大都讓他三分呢！」

「誰是齊老大？」

「齊磊唄，就是警衛部的隊長，謝力是副隊長。」葉萍進一步解釋道。

「爲什麼讓他這種人當隊長？這人是不是經常虐待病患？難道就沒人投訴嗎？」我憤憤不平地說。

「投訴？你沒開玩笑吧？」唐吉訶德瞪起眼睛，嘴張得老大，「這裡是精神病院，你上哪兒講道理去？」

謝力到底有什麼本事，可以讓院長都對他的所作所爲睜一隻眼閉一隻眼？不知道。但我能感覺到，這傢伙盯上我了，從他對我動手動腳就可以看出來。我不記得從前和他發生過什麼，但願沒有。不然我寧願去死。

大個子正蹲在地上，查看男人的傷勢，並用對講機聯絡救護人員。

能看得出，他是個心地善良的人。

「謝謝你。」我走到他身邊，對他說道，「昨天的事，我還來不及向你道謝，不僅救了我，今天你還救了這個人。」

「沒事。」大個子抬頭看了我一眼，「以後小心一點。那個姓謝的變態有一句話說得對，這裡不是監獄，是地獄。」

我看見他胸牌上刻著「姚羽舟」三個字，應該是他的名字。

也許是直覺，我認為眼前這個男人可以信任。

「你認識我嗎？他們都說我叫 Alice？你還記得我是什麼時候進來的嗎？」我壓低聲音到只讓他一個人聽見的程度。

姚羽舟看了看我，又看了看四周的人，眼神中閃過一絲猶豫。

「不要問。」他皺起眉頭，流露出痛苦的表情，「我什麼都不知道。」

「不，你知道！」我用手抓住他的衣領，「你都知道對不對？我是個正常人，我不應該待在這兒！可是，在我身上究竟發生了什麼，導致我記不起事？能不能告訴我，就當再救我一次！我不想在這個鬼地方待上一輩子！」

姚羽舟輕輕地把我的手撥開，說道：「對不起，我幫不了你。」

說完，他就把我丟在那兒走開了。也許對他來說，精神病院的警衛只是一份工作，即便是有懷疑，他又能做些什麼呢？我相信不只我一個病人曾經對他這麼說過，幾乎所有精神病人都覺得自己是健康的。如果錯的不是這個世界，而是我自己呢？如果我有被害妄想症而不自知呢？我真的這麼確定自己的大腦是健康的？

我的期許落空了。

「必須得回病房了。」一個聲音傳過來，聽上去有些沙啞。是唐吉訶德。我看見桑丘又回來了，在他肩膀上來來回回地走。

我心情很糟，不想說話。

看著病人身著奇裝異服，排著長隊，安安靜靜地離開活動室，這畫面宛如夢境一般。現在的我，是他們中的一員。突然間我有個念頭，和他們相比，我都不知道自己是誰。吳醫生告訴我，我的名字叫徐儀，可是他的辦公室卻沒有我的資料。唯獨我的資料不見了，又恰好是我失憶的時候，這一切是巧合嗎？

如果是吳醫生說謊呢？他離開辦公室，故意引誘瘦子來殺我。可是，殺我的理由是什麼？完全想不明白。但至少我現在有一個調查的方向了。如果有機會，我還可以再去他的辦公室探探，還有院長辦公室。以什麼藉口呢？我抬頭看到了活動室牆上的衛生勞動表。是的，如果足夠老實，就可以得到離開病區去醫院大樓打掃衛生的特權，趁這個機會，我可以想個辦法支開警衛，然後偷偷溜進他們的辦公室搜查一番。

如果沒有關於我的隻言片語留下來，怎麼辦？我又擔心起來。

不會的，假如我確實患有精神疾病，一定會有病例或法院的鑑定書，反之，如果我是被迫害的，那麼也會有線索。我心裡盤算著該如何進行下一步行動，走進了自己的病房。我聽到了鎖門的聲音，房間裡只剩我一個人了。

我悄悄取出紙筆，將剛才發生的一切，用最快的速度記錄下來。

3

房間很黑，也很安靜。但我腦子裡都是聲音，一會兒清晰，一會兒模糊。我完全不明白說話的人想表達的意思。我悄悄地往前走，腳下濕答答的，空氣中充滿了鐵鏽的味道。我感覺事情蹊蹺，爲什麼我會一個人在漆黑的房間行走？可是，就算我使勁睜大眼睛，也看不清前方的路。我索性閉上了眼睛。

漸漸地，說話的聲音開始消失，前方有一束光。

我迎著光走去，腳步放緩，走得很慢。光的顏色開始變了，從黃色變成了紅色，紅光打在我身上。我開始害怕，可是停不下來，我的腦子像是被掏空了，腳完全不受大腦的指揮。我的意識讓它停下來、停下來，完全沒有用。它像是自己長了腦子，有了自由意志，不受我的控制和指揮。完蛋了，我開始絕望，儘管我不知道自己爲什麼會絕望。整個畫面都變成了紅色，我終於走到了盡頭。

——我們需要你，你必須留下。

聲音開始清晰起來，可滑稽的是，我無法判斷說這句話人的性別。這句話反覆在我耳邊重播，這時，我看見了一張臉。我認得這張臉，我甚至都要喊出他的名字了，可是他是誰？彷彿剛剛要浮出水面，卻發現水面之上，還是汪洋大海。

——我們需要你，你必須留下。

他又重複了這句話，一遍又一遍。他伸出手，扼住了我的咽喉，奇怪的是我沒有任何反抗。透過他的肩膀，我見到他身後的那張鐵床，床上躺著一個赤身裸體的女人。可憐的女人，她身上都是紅色的，可這紅色卻不是光，而是鮮血。她被開膛破肚了，身體上到處都是血。我的呼吸越來越急促，可我的目光沒有離開鐵床上的女人。我瞪大眼睛，只是想看清她的臉。不管我怎麼努力，就是看不清，我嚇得說不出話，我抽泣了起來。

——我們需要你，你必須留下。

感覺快要窒息了，就算把嘴巴張大，也吸不進一丁點兒氧氣。猶如一條擱淺的魚兒，雙唇一張一合，都是徒勞的掙扎。不過，女人的臉倒是清晰了。我能看清她，一張漂亮的臉，精緻的臉，是我的臉。登時，我感覺身上起了一陣寒意，像是整個人被丟進了冰水裡。周圍好冷。我想吼叫，可是聲音卡在了嗓子裡。

張開嘴，試圖突破自己的極限！

啊——

我終於喊出了聲，卻發現是一場夢。

醒來時，我發現自己正躺在床上，病房裡一片寂靜。

什麼都沒有發生。

「沒事吧？」門外問候的人是梁護士，「我正經過樓道，聽到你在尖叫。」

「沒……沒事……只是做了個噩夢。」我喘息著說。

梁護士走後，我離開了床，坐到椅子上。夕陽從高窗斜射進屋，把房間染成了橘紅色。我感覺內衣都濕透了，為什麼會做這種夢？為什麼會夢到自己被解剖了？不過也許它沒有什麼意義，只不過是一個夢。我雙手輕輕拍打著雙頰，想讓自己的情緒快些從夢裡出來。

突然，一個恐怖的想法湧上心頭。

也許那並不是夢，而是我的回憶？我不知道。如果一切都是眞的，那麼，這間黑屋一定存在於這座島嶼的某個地方。而且我曾經在那兒待過，或許同夢境中一樣，還接受了手術。想到這裡，我把手伸入內衣，撫摸著自己的身體。光滑的肌膚上，盤踞著凹凸粗糙的傷疤，我繼續探索著，在肚臍眼和雙乳中央，確實有一道筆直的傷疤！

我聽見了自己的喘氣聲，思緒亂成一團。原來夢中的一切都是眞的，我被動過手術？他們改造過我，讓我失去了記憶？為什麼不殺了我呢？未知的恐懼在我身體裡蔓延開來，如果我就這麼安靜地待著，不採取行動，總有一天還會被他們按到手術室，然後大切八塊。

——他們到底想做什麼？

——這座精神病院，還埋藏著怎樣的秘密？

「你看上去有心事。」

我抬起了頭，莊醫生正站在門口，身披白大褂，面無表情地看著我。我完全不知道他是何時走進病房的，一點聲音都沒有。

「沒……我只是在想一些事情……」我感到一陣恐慌。

莊醫生低著頭說：「我來是想跟你說一聲抱歉，我聽吳醫生說了，瘦子從病房裡逃出來，企圖傷害你。幸好你沒有受傷，不然我們醫院難辭其咎。」

他的話說得冠冕堂皇，誠懇的樣子讓我幾乎快相信了。

「我沒事，警衛及時趕到救了我。不過我對貴醫院的安保措施眞的非常懷疑，是不是誰都可以從病房逃出去，做一些見不得人的事呢？」我故意扯開話題，生怕他問我剛才在想什麼。在糟糕的情緒下，我極容易露出破綻。

這時候他抬起頭，看著我。

「能離開病房的人並不多，除了密室小丑外，就只有你了。」他語速很慢，彷彿是在編造一個合理的故事，「至於瘦子，我想可能是在接受治療時，從診療室偷偷溜走的。不管怎麼說，這都是我們醫生的責任。」

「誰是密室小丑？爲什麼大家反覆提到他？」我問。

「一個瘋子。」莊醫生的回答很簡短。

「這裡都是瘋子，可是他比較特殊，不是嗎？」

「爲什麼你獨獨對他有興趣？」

「不，不是我，而是你們。」

一陣沉默，接著他說：「好吧，如果你眞的想聽。」

莊醫生拉過一把椅子，在桌子對面坐下，然後把一隻手放在桌上。他的手裡握著一枝鋼筆，有節奏地，輕輕敲打著桌面。

密室小丑的故事，就在這嗒嗒聲中，掀開了序幕。

大約在五年前，南溟精神病院迎來了一位奇特的病人。這位患者沒有任何資料，世界上恐怕沒人知道他是誰。但是，在犯罪界又是無人不知無人不曉的人物。他，就是有「密室小丑」之稱的大犯罪者。

他的相貌很奇怪，臉上塗抹著像雪一樣白的粉末，面頰上塗著兩團紅油彩，兩隻細小的眼睛裡，閃出陰險狡詐的目光，皺巴巴的嘴唇抹著鮮豔的口紅，鼻子上套著紅色的圓球，簡直像從馬戲團裡跑出來的小丑一樣。不，更精準一點，像是蝙蝠俠漫畫中那位世界聞名的大反派 Joker 一樣。同樣的邪惡，同樣的視人命如草芥。唯一不同的是，密室小丑的犯罪比起 Joker 的更不可思議。

當年，一封犯罪預告寄到市局局長辦公室的時候，所有人都認爲這是一起偵探小說迷發起的無聊惡作劇。信右下方的撲克標記，不難讓人想到江戶川亂步筆下的推理世界。任誰都沒想到，就在兩天之後，在信中所描述的犯罪事件眞實發生了——所有的門窗從內上鎖，完全封閉，沒有出口，一具被殺的屍體躺臥在屋子中央。房間內找不到凶器，就無法以自殺結案，警方成立專案組進行調查，可凶手絲毫不怯，反而變本加厲，一個星期內又製造了四起密室殺人事件，發生在摩天輪、汽車、緊閉的物理研究室以及旅館之內。案件均是完全密室，毫無破綻。然而，眞正讓警方感到絕望的，是一間嚴絲合縫的水泥密室。

案發地點位於上海市閔行區的一處民宅。死者的臥室從內部用水泥封死，包括門窗。這種情況，別說人類，就算是一隻蒼蠅都飛不進去。然後，凶案又確確實實在房間內部發生了。不是自殺，誰都無法用一把鋸子將自己的腦袋鋸下來，然後放到凳子上。消息走漏，社會上引起了一陣恐慌。幾乎所有人都認爲這是妖術。人的肉體，怎麼可能穿透牆壁的實體？電視台甚至爲此特意做了專題節目，邀請了各界人士參與討論。其中最著名的，莫過於在美國奪得魔術大獎的世界級魔術師朱建平。可是，即便集合了如此多天才的頭腦，小丑設下的密室之謎，仍然沒有人能夠破解。

警方徹底陷入了絕境。

在密室中狂舞的小丑，現實中究竟是什麼樣的人物呢？

然而，這起連環密室殺人事件的破獲，卻不如之前那般帶有戲劇色彩。據當時在派出所值班的警察所言，當夜有個化著小丑妝的男人，跳著奇怪的舞步，進入了他的視野。

「我就是密室小丑。」他笑著對值夜班的警察說，「把我抓起來吧！」

被逮捕後，小丑開始一言不發，無論問他什麼，都是用狂笑來代替。他的笑聲中，帶著嘲諷的意味。畢竟密室小丑設下的謎題，至今無人可破，不，或許可以這麼說，將來也不會有誰可以知曉謎底。世界上有各種無法破解的懸案，但密室小丑卻更爲獨特。在新中國成立以來的犯罪史上，這次的連環密室殺人，無疑是濃墨重彩的一筆。

爲愼重起見，辦案單位委託上海市精神衛生中心司法鑑定所，對密室小丑進行了法醫精神病司法鑑定。鑑定結果是，密室小丑有嚴重的精神疾病，不具備刑事責任能力。所以，密室小丑就被送到了南溟精神病院，接受治療。

可是，就在他入院的第二個星期，奇蹟又發生了。密室小丑在禁閉室內，如同煙霧般，悄無聲息地消失了。當莊醫生和警衛踏入禁閉室的時候，小丑的譏笑聲彷彿還迴盪在房間裡。院長下令搜查，警衛部把整個鏡獄島翻了個底朝天，還是沒能逮到他。雖然從禁閉室消失，但所有人都認爲密室小丑只是逃出了牢房，並沒有離開這座島嶼。南海巨浪滔天，即便他再神通廣大，也無法在沒有船隻的情況下，回到大陸。

果不其然，在小丑消失後的數月，不斷有人目擊到他的身影。在海岸邊、在走廊的盡頭、在牢房的窗口，他那張令人恐懼的臉不時出現在南溟精神病院的各個角落。直到五年後的今天，整座島還籠罩在他的陰影之下。無論發生了什麼不可思議的事，所有人都會認爲是密室小丑作祟。有些人儘管嘴上不說，心裡也是這麼想的。

莊醫生冗長的敘述並沒有讓我感到無趣和害怕，反而越聽越入迷。這個謎一般的犯罪者，到底是怎樣一個人物？他是不是還在這座島上呢？

「我寧願相信，他已經死了。」莊醫生低聲道，「可是我們都知道，他還活著。」

我的心中莫名地湧上一陣不安。

「這句話什麼意思？」我問，「難道這裡又發生了奇怪的事？」

莊醫生地移開了視線，露出略顯尷尬的表情。我知道，對於一個病患，他說得太多了。但是我很想知道，他在隱瞞什麼。

「有人在密閉的房間裡被人殺害了，是不是？」我試探性地問道。

他沒說話，又是一陣沉默。我知道，自己猜中了。

「被殺的是誰？什麼時候發生的？」

說話的時候我觀察著他，莊醫生有些不知所措。看來他並不想回答我，而是調整一下思路，看看說些什麼東西可以岔開這次的話題。

「莊醫生，他們到島上了。院長讓你過去一趟。」

此時，門外傳來了梁護士的聲音。

莊醫生一副得救的表情，站了起來，隨口囑咐了幾句，然後離開了我的病房。

我突然感覺有點好笑，無論是密室小丑還是島上發生的案件，或許我都知道，只是忘記了。現在，我又煞有其地問著所有人，像個低能兒。周圍的人對我的了解比我對自己的了解還要多，這種感覺沒人可以體會。簡直如同盲人站在街上，每一步必須小心翼翼，但明眼人就在邊上看著，你的耳邊還會不時傳來他們的譏笑聲。

密室裡的小丑，還有那個噩夢。

我肚子裡有一大堆問題想要找到答案，而面前能夠依賴的是誰呢？面對這個問題，我腦中竟然浮現出唐吉訶德的面容。

這難道是直覺，還是潛意識的記憶呢？

我可管不了那麼多。

4

今天是星期一，吃過晚飯，有一個創意工作坊的集體活動，我所在的C區病房的病患都會參加。這種活動，每週會有兩次。病人可以選擇手工製作一件東西，比如用一塊木頭雕刻一個人偶，或者用一沓紙摺出一隻恐龍，還有人選擇用藤條編一個籃子。據說這也算是治療的一部分，是吳醫生主張的。他認爲手工勞動可以提升大腦功能，特別是專注力、組織和計畫的能力，對於疾病的康復是有益的。

活動的時候，我拿著一堆廢紙，假裝在摺什麼。我趁沒人注意，坐到了唐吉訶德身邊。他脫掉了笨重的盔甲，身上套著破舊的T恤衫，看上去和正常人差不多。他很專注地做著一個硬紙盒，開了個門，還墊了些棉花。看來是在爲他的寵物桑丘做個家。桑丘坐在他旁邊，嘴裡發出咕咕咕的聲音，心滿意足地看著牠的主人。

「牠看上去很聰明。」我指了指桑丘，對唐吉訶德說道。

「當然，牠可是世界上最聰明的鴿子！」唐吉訶德自豪地說，「你不記得了？牠還和你玩過遊戲呢！而且，桑丘很喜歡你！」

關於這個，我一點印象也沒有。

說著，唐吉訶德像是想證明他此言不虛，彎下身子，取出一顆玻璃球往地板上一拋。那顆玻璃球在地板上很快地滾動起來。桑丘一躍而起，拍打著翅膀追逐玻璃球。我驚訝地喊出聲來，而唐吉訶德則開心地咧嘴笑了。他看桑丘的眼神，彷彿那並不是一隻鴿子，而是他五歲的兒子。

玻璃球撞到了牆角，停止了滾動，桑丘用爪子抓起玻璃球，輕快地跑了回來。我生怕牠誤把玻璃球當作食物，可事實證明我的擔心完全是多餘的。桑丘把玻璃球還給了唐吉訶德，接著，牠抬頭看了他一會兒。

「是你訓練牠的？」我問。

「那當然，不過桑丘自己也很聰明！」唐吉訶德傻笑道，「牠可是南溟精神病院的明星！」

「你從小養牠的嗎？」

「不，我和你講過好多次了。某一天牠從高窗飛進我病房後，就不願意離開了。」

「牠來這裡多久了？」

「有一年了吧，應該是。」唐吉訶德揚起頭，想了片刻。

「我來了多久了？」我盡量讓自己的語氣沒有變化，問得很自然。

「你才來不久。」唐吉訶德隨口說道。

我的心怦怦直跳。

「到底是多久？」

他露出了驚訝的表情：「哦，Alice，失憶了對吧！所以才什麼都不記得了，一直在問我。大約一個月前，你被他們送進了那個病房。」

「才一個月？」

「你以爲多久？你只是個新人，哈哈。」唐吉訶德沒有停下手裡的動作，那個鳥窩看上去快要完成了。我很懷疑鴿子是不是應該待在紙盒裡，但他一定覺得沒有問題。

「不過你別怕。」唐吉訶德抬頭看了我一眼，露出了微笑，「我會罩著你的。」

我看著他，心裡一陣溫暖。儘管思想不切實際，但他不是壞人，這一點，我能從他清澈的眼眸中看出來。也許眞如葉萍所言，這裡很多人都是冤枉的。唐吉訶德沒有殺死他的母親，他是被冤枉的。可是，爲什麼有人要栽贓他呢？我想了想，唯一的可能就是有人需要他被囚禁起來。

原凶是誰？囚禁唐吉訶德，對他來說，有什麼好處？

這個問題恐怕只有上帝才知道了。

我們又聊了一會兒，然後我向警衛申請，去了廁所。這段時間我表現得都很正常，只是希望醫院的人對我不要有戒心。如果表現足夠好，我就有機會去參加醫院大樓的衛生勞動。無論是莊醫生還是吳醫生，他們的辦公室我都要搜查一番。

眼下我最想弄明白的，就是我的身分，以及被囚禁在這裡的原因。雖然我失憶了，但我的思維沒有問題。我要找出陷害我的人，然後想辦法離開這裡。

通道上很安靜，可能是爲了防止病患逃走，左右兩側的窗戶都焊了鐵欄杆。通道的盡頭就是廁所。我往前又走了幾步，發現女廁所門口有個人影。我定眼一看，才看清那人的面目。是司紅豔，不，應該稱之爲新娘更合適。
「你不是走了嗎？怎麼又回來了？」新娘直直地凝視著我，用陰陽怪氣的語調說道。
「對不起，請你讓開。」
我靠近她時，聞到了一股濃烈的劣質香水味。
「如果我不讓呢？」新娘笑吟吟地看著我，「你是不是就要尿身上了，賤人？」
「滾。」我說。
她身上的味道讓我頭暈。
「我就知道你不捨得走的。畢竟這裡男人那麼多，去哪兒都沒這裡逍遙快活，不是嗎？說實話，我最討厭你這種女人，表面上裝聖女，實際上是個下賤的蕩婦！你以爲你心裡想什麼，我會不知道？迷上唐吉訶德那傻小子了吧？哈哈，你放心，我可看不上那個病鬼！不過我可提醒你，休想打謝副隊長的主意，他可是我的！」
「你說完了沒有？」我拔高了音量。
「怎麼？你想嚇唬老娘？」新娘挺起了她豐滿的胸部，朝我的方向跨了一步，「你去問問，整個南溟精神病院，誰敢這麼和我說話！不怕告訴你，我可是和院長都有一腿的，隨時隨地可以弄死你！」
我已忍無可忍，伸出手一把推開了她。新娘向後踉蹌幾步，差點兒摔在地上。其實我並沒有發力，難道她如此嬌弱？我看到新娘的臉色變得通紅，渾身開始發起抖來。突然，她吼叫著張開雙手朝我撲來。我往後退一步，扭轉身體，準備側踢她的胸口。我可以發誓，在這電光石火間，這一系列動作沒有經過思考，而是自然而然的反應。

當我蹬出腿時，沒想到自己的力量竟會這樣大！腳底踏中了新娘的腹部！只聽她怪叫一聲，重重地撞到了牆上，頭磕到瓷磚，額頭赫然出現一道血口。新娘坐在地上，驚呆了，頓了片刻，才開始號啕大哭。她的哭聲引來了警衛，他們把我按在地上，然後詢問發生了什麼。新娘邊用手抓著一頭亂髮，邊用誇張的語調形容我是如何虐待她的。

「Alice，我們知道你的本事！可是你不應該在這個時候鬧事！」跟我說話的是一名中年警衛，他轉頭對身後的人說，「把她關到禁閉室去！」

我被兩名警衛架著走，沒有任何反抗。透過警衛的肩膀，我能看見新娘在冷笑。這時恐懼湧了過來，這一切都是她故意設計的。剛才，是她故意用頭去撞牆，然後陷害我。

通道裡一片混亂，病患們紛紛從門裡探出頭來。我瞥見了唐吉訶德，他注視著我，目光裡充滿了擔憂。葉萍也在他身邊，用憤恨的眼神盯著新娘。我笑著朝他們搖搖頭，希望他們別爲了我多嘴。新娘坐在地上，還在說話，但我不知道她在說些什麼。只是看到她的嘴一張一合，像瀕死的金魚。

「媽的，又發生什麼事了？」一個粗暴的聲音從身後傳來。

能聽出是謝力的聲音。

「副隊長，這女的襲擊其他病患，S1023 受傷了。我們正打算把她送到禁閉室裡關幾天！」

看來，S1023 是新娘的編號。

「關什麼禁閉啊，一定是 S1023 自己走路不小心摔倒的。好了，沒事了，你們回房間裡去，這裡交給我處理。」謝力說完這番話，見兩名警衛還呆立在原處，不由皺起眉頭，「看什麼看？還不快滾！」

兩人這才悻悻退去，把那些看熱鬧的病人也趕回了房間。

「你沒事吧？」謝力想伸手抓我的胳膊，我趕緊往後縮，彷彿它會刺痛我。

新娘做夢也沒想到，竟然會變成這樣，剛才的戲都白演了。她站起來，指著自己尚在流血的額頭，憤懣道：「看看，頭破血流了我！謝力，你有沒有良心？我知道這臭不要臉的女人想勾引你，可你怎麼也是非不分！那天晚上你對我說了什麼，你都忘記了嗎？」

「閉嘴！再廢話抓你關禁閉！」

謝力朝著她啐了一口，臉上凶光畢露。

新娘頓時流下了淚水，妝都哭花了。她接著說：「你不是還要娶我嗎？你晚上到我病房來看我的時候，還對天發誓呢！」

我相信新娘沒有說謊，如果她都是演的，那麼奧斯卡影后非她莫屬了。新娘雖然瘋瘋癲癲，但長相還算不錯，頗有幾分姿色。像謝力這種人，利用職務之便玩弄女病患，完全符合他的性格。可是，通道裡除了他們外，還有我在，謝力被當著我的面揭穿，其惱怒之情可想而知。果不其然，他立刻抽出腰間的警棍，想教訓新娘。

見到謝力來眞的，新娘也露出了驚恐的神色，嘴裡喃喃道：「別……別打……」

「媽的！找死！」

謝力一棍子朝新娘臉上揮去，那新娘只是一個女流之輩，哪裡躲得開，頓時臉上開花，牙齒也被打落一顆。這次可不是演戲，她受了一記重擊，斜斜地倒在地上，發出砰的一聲。她的尖叫這次並沒有引來警衛。那些警衛躲在門後，安靜地看著他們的副隊長教訓一個女人。然而，這次大個子警衛不在，恐怕沒人敢站出來和謝力作對。

他的棍子如雨點般落在新娘的身上，她的鮮血已經染紅了婚紗。

「住手！」我身子一閃，張開雙手擋在了新娘和謝力的中間。「放過她。」

謝力喘著粗氣，眼中滿是怒火，他指著新娘道：「賤貨，今後膽敢瞎編胡話誣陷我，我一定宰了你！」

新娘已經沒有力氣說話了，她仰躺在地上，唯有胸口的起伏證明她還活著。

「這次既然是你求情，嘿嘿，我就饒了她。」謝力伸手摸了我的下巴，奇怪的是，這次我並沒有躲開。

「你們幾個，快把她送到醫務室吧！」我朝著另外兩名警衛喊道。

儘管都是外傷，如果感染的話就麻煩了。我看著新娘，她吃力地睜開一隻眼睛，看著我，目光和之前有所不同。而她的另一隻眼睛，已經腫得像雞蛋大小，無法睜開。

警衛得到謝力的默認，用擔架把新娘抬走了。謝力離開之前，還對我擠了擠眼，咧開嘴笑道：「你可欠我一份人情啊！這債必須還，記住了嗎？嘿嘿！」我鬼使神差地朝他點點頭。謝力像是得到了某些允諾般，興高采烈地走了。

一聲雷鳴之後，我聽見了雨點落在窗台上的聲音。

——下雨了。

我六神無主地走進房間，找了個角落坐下。

我身邊的一群陌生人，用呆滯的眼神看著我。他們也許認識我，但我卻不知道。集體活動接近尾聲，大家都把自己的作品保存起來，等待下一次活動繼續。我看到唐吉訶德的鳥窩快要完成了，不得不說，他心靈手巧，那個紙盒像是從商店裡買來的一樣，很漂亮。桑丘住進去，一定會很高興的。

病患們排著隊準備離開。警衛員點了點數，然後帶領他們往門外走去。我站在隊尾，踩著碎步跟在一大堆人身後，搖搖晃晃地往前走。

「Alice，我有話跟你說。」我的耳邊響起一個聲音，「別回頭，別讓其他人聽見。」

聲音很生疏，至少在我新來的記憶中，沒有這個人。

「別怕，我不會傷害你的。你可以叫我老黃，也可以像他們一樣，叫我教授。隨你便。」他用只有我能聽見的聲音說道。我想起了團體治療時，葉萍指給我看的那個老頭。那時他正和一個吃人肝的醫生交談著什麼，唐吉訶德似乎對他的評價頗高。說他樂善好施，是個值得信賴的老好人。

「有什麼事嗎？」我眼睛直視前方，側過頭問道。

我能感覺到他在我的正後方。

「關於這座小島……」教授在我耳邊說，「你是不是有很多疑問，但是沒有答案？」

第四章

1

在岸邊迎接我們的，是南溟精神病院的警衛隊隊長齊磊和另一名位年輕的警衛。

齊磊年紀大約四十歲，蓄著一頭乾淨俐落的短髮，髮茬又粗又黑；方臉上長著一對深沉的眼睛，寬闊的下巴和不修邊幅的鬍渣兒更凸顯了他的幹練氣質。總之，他給我的整體感覺是不苟言笑，很嚴肅，更像是一個軍人。

見到我們，齊磊先是用警覺的眼神將我們三人從上到下打量了一遍，然後要求唐薇出示人民警察證。經過他仔細審視後，才把警察證遞還給唐薇。

「眞是麻煩，明明剛來過不久吧？」

「有些事情還是要搞清楚的好。」唐薇笑著說。

「我啊，就是受不了你們警察的辦案方式。明明可以很簡單，偏要搞得複雜。」

看來，我們是不受歡迎的一群人。

齊磊帶著我們穿過了一片寬廣的草地，雜草中央有一條曲折的小道。一路上我們都沒說話，只有陳熁看上去很輕鬆，嘴裡還哼著曲子。往前還有樹林，透過樹林隱約能看見一棟灰色的建築。建築兩邊，還聳立著兩座鋼筋混凝土搭建的哨樓。由於天色很暗，我只能描繪個大略，細節完全看不清。又走了大約十分鐘，醫院的輪廓越來越清晰了。在我看來，這是一棟比黑曜館更奇特的建築，往簡單了說，就是一塊放大數百倍的方糖。最後，一堵深灰色的磚牆擋住了我們的去路。磚牆大約四米高，頂上纏繞著一道道彎曲的鐵絲網。

「看上去還眞是戒備森嚴呢！」我悄聲對陳熁說，「什麼人才能從這裡逃出來？」

「這裡雖然是醫院，可警戒程度，同監獄沒有區別。畢竟，這裡關押的是患有精神疾病的刑事犯。」唐薇不等陳熁回答，搶先說道。

齊磊身邊的警衛打開了高牆中央的大門。

雖然是正在經營的醫院，但給我的感覺卻是一棟廢棄的病樓，到處是蕭瑟蒼涼的景象。正對我們的是醫院的主樓，亦即那塊「灰色方糖」。整座建築給人以一種肅穆和靜謐的氣氛。主樓的外廊連接著另外一棟長方形的建築物。

「那邊是病房，分ＡＢＣ三個區。」齊磊朝那個建築一指，說道。

醫院的後方是一塊陳舊的操場。不，與其說是操場，不如說荒地更合適。地上寸草不生，完全是泥土，可以想像，如果下雨的話這裡會變成一片沼澤。這塊荒地目測長寬有一百多公尺，也許是按照正規足球場的尺寸建造的。位於操場的右邊，有一片建築工地，看著像施工現場，隨意堆積著不少建築材料和隔離用的圍板。攪拌車和起重機隨意地停在一邊，奇怪的是，現場作業的工人們都不知跑哪裡去了。

「這邊是新病房，尚未竣工。等建造好之後，我們會把舊病房的病人轉移到哪裡去。各方面都會比之前的好，設備更齊全，安全性也更高。」

醫院的四周被逶迤的磚牆圍成了一個四邊形，四個角上都有哨樓，齊磊告訴我們，這裡二十四小時都會有警衛站崗。

「現在，我有義務爲你們介紹一下醫院的情況。」齊磊還是板著臉，彷彿在這個世界上沒有什麼事可以讓他笑一下。「首先，你們必須遵守醫院的規章制度。我知道你是警察，可是我們的規則你們必須遵循。我們做的是協助調查，僅此而已。其次，嚴禁你們私下和病患接觸，如果發生什麼意外，本院概不負責。我相信你們來之前也有耳聞，南溟精神病院是什麼地方，你們應該比我更清楚。」

陳爝點點頭，答道：「沒問題，我們是守規矩的人。」

齊磊見我們沒有異議，繼續說道：「接下來我會帶你們去見院長，有什麼話當面和他講。住宿方面，我們會安排員工宿舍給你們，一日三餐可以在員工食堂領取。我說得夠明白了吧？你們還有什麼問題嗎？」

陳爠又說：「明白。」

齊磊點點頭，看來他對陳爠的回答非常滿意。

「跟我來。」說完，齊磊便轉過身，帶著我們朝醫院大樓走去。或許是因爲距離海岸線很近，醫院門窗的金屬框被海鹽腐蝕嚴重，露出了醜陋的斑痕。爬上三樓，我們轉進了一條晦暗的走廊。如果不是窗口透出的微光，我根本看不清腳下的路。

正在走著，陳爠突然問道：「對了，齊先生，貴院自建立以來，有沒有發生過病人逃走的事？」

我注意到齊磊眼角抽動了一下。

「很抱歉，這與你們調查的謀殺案，應該沒有關係吧？」

「請正面回答。」陳爠毫不退讓。

齊磊把臉轉向陳爠，有些挑釁地說：「你以爲你是誰？你的問題我就必須要回答嗎？」

「隨便你，即便你不說，我也會打聽出來。」陳爠聳了聳肩，用嘲弄的口氣說，「病人從醫院逃走，毫無疑問，作爲警衛的你難辭其咎。別以爲不說，事情就沒發生過。唐警官告訴我，這次徐鵬雲先生的殺人事件雖然不可思議，可你們的態度卻很曖昧，一副習以爲常的樣子，反倒是警方這邊大驚小怪。看來，這種事情在貴院，不止發生過一次。」

齊磊停下腳步，怒視陳熁道：「你剛才說什麼？」

陳熁打了個哈欠，用不緊不慢的口氣說道：「不好意思，剛才說了那麼一大堆廢話，以你的智商可能聽不懂。我簡單點說吧，意思就是——你很無能。」

齊磊雙手揪住陳熁的衣領，冷冷道：「有種再說一遍！」

「別吵啦，大家都少說兩句嘛！」我急得直跺腳。

陳熁毫不畏懼，揚著眉毛，說道：「隱瞞事實，掩蓋錯誤，就是無能。」

再這樣下去，陳熁非血濺當場不可。我和唐薇忙一人一邊，將他倆分開。齊磊顯然餘怒未消，橫眉怒目地看著陳熁，像隻見到獵物的獅子。

這時，走廊右邊的一扇門被推開，走出來一位瘦弱的男人。

「齊磊，你在幹什麼！怎麼可以對客人大吼大叫？」說完這句話，男人又彎著腰對陳熁陪笑，「是警察先生吧，郭某在這裡等候多時了，快進屋說話。」

如此看來，這位一定就是南溟精神病院的院長，郭宗義先生。

郭宗義將我們三人引進辦公室，並讓齊磊離開。他轉身的時候，帶上了門。

「幸會！幸會！很高興見到各位！」郭宗義和我們一一握手，臉上保持著溫暖的笑容，「齊磊大老粗一個，沒什麼文化，脾氣又壞，我總有一天要治治他！方才眞不好意思。各位受盡舟車勞頓之苦，來爲我們解難，郭某不知如何報答才好。在這裡我要代表醫院……」

「我們不是來玩的，多餘的寒暄我看就沒必要了，直奔主題吧。」陳爝拉過一把椅子，自作主張地坐下。

我注意到郭宗義的桌上，放置著一本美國作家山姆．斯卡德（Samuel Scudder）創作的最新古典推理小說《死神的重量》。據說是以美國傳奇魔術師哈利．胡迪尼（Harry Houdini）爲主角，與妖術師鬥法的偵探故事。

郭宗義輕咳一聲，挺直腰板道：「也是，警察先生是來調查徐院長的案子吧？不知我有什麼可以幫得上忙的，你只管說，我們一定全力配合。」

「別叫警察先生了，聽著怪彆扭的。他叫陳爝，您叫他陳先生就行了。」唐薇分別把我們的名字向郭院長介紹了一遍。

陳爝接著唐薇的話，繼續說道：「雖然唐警官和我講過徐鵬雲院長被殺案件的始末，可我覺得還不夠詳細，如果方便的話，能否請郭院長再爲我們陳述一遍案發當日的具體情況？畢竟口口相傳難免有誤嘛。」

郭宗義坐在書桌後，點頭道：「作爲醫院的負責人，我一定會盡力配合警方的調查。

那麼，從哪兒說起呢？」

「從徐鵬雲發狂那段開始說吧。」唐薇也找了張椅子坐下，然後將記事本放在腿上，翻了幾頁，「根據我的紀錄，是十一月三十日的晚上，沒錯吧？」

「是的，七八點鐘吧，病患們剛吃過晚飯，在圖書室讀書。每週我們都會組織病人參與業餘活動，一些有趣味性的。可能外邊的人對精神病人會有些偏見，認爲他們是瘋子，其實他們才是眞正的受害者。」郭宗義露出痛心疾首的表情。

「據說當時他襲擊了你？」唐薇問。

「是的，很意外。不過老徐自從發病以來，對誰都有攻擊性，只能說我運氣不好。」郭宗義挽起襯衫的袖子，讓我們看他手臂上那道結痂的傷口，「也不知他哪裡偷來的刀片，朝我劈來，我抬起手這麼一擋，就變這樣了。」

唐薇還想接著往下問，陳爝抬起右手，制止了她。

「徐鵬雲曾經是南溟精神病院的院長，是不是？」

「是的，我曾經是他的副手。十年前，老徐突然精神失常，開始襲擊人。共事這麼久，沒想到竟然會變成這樣，我也非常難過。畢竟這座醫院就像他的孩子一樣，幫助病人攻克疾病也是老徐一生的夙願。」郭宗義把視線轉移到了陳爝身上。

「他是突然發病的嗎？沒有先兆？」

郭宗義低頭沉思片刻，然後露出爲難的表情：「其實時間相隔太久，我也記不清楚了。怎麼說呢，老徐在發瘋之前，一切都很正常。至少在我看來沒有什麼徵兆。」

「他有什麼病嗎？」

「您是指哪方面的？這裡？」郭宗義用手指了指太陽穴。

「無論是生理上還是心理上，都可以。」

「老徐心臟不好。」

「心臟一直不好嗎？」

「是的，他患有亞伯斯坦氏異常。喔，你們可能不知道，其實就是心臟病的一種。醫院上下，只有老員工知道老徐心臟不好。」

唐薇認眞地在記事本上記下了「亞伯斯坦氏異常」七個字。

「亞伯斯坦氏異常？就是三尖瓣下移畸形吧！」陳熘繼續問道。

「警察先生連這個都知道，眞了不起！」郭宗義臉上掠過一絲驚愕，「他年輕時就受心臟病困擾了，常常肢端發紺，或者心悸。看到他這模樣，作爲同事，我們都很擔心啊！」

「徐院長沒有去治療嗎？」

「不，發病之前回北京動過一次大手術。當時醫生說手術很成功，所以老徐沒怎麼檢查就回島上了。對了，他養病期間，也是待在島上。畢竟我們這裡也有位了不起的外科醫生，簡單的換藥包紮都沒問題。剛開始恢復得都挺不錯。」

「剛開始？之後他的心臟病又復發了？」陳熘揚起了眉毛。

「這位警察先生，反應眞是敏捷啊！哎，雖然動了手術，可是老徐的心臟病顯然沒有好轉。我們一直建議老徐去複查一下，看看哪裡出了問題，但是放心不下醫院，每次勸他，老徐總用『我還死不了』來搪塞我們。眞是個頑固的老傢伙！」郭宗義搖著頭，懊悔地說。

陳熘低下頭，陷入了沉思。

「那麼，現在，來談談密室殺人吧！」

唐薇把筆擱在翻開的筆記本中央，然後抬起了頭。

2

郭宗義沒有說話，只是撫弄著桌子上的黑色麒麟擺飾，像是在等待唐薇的問題。

唐薇問道：「根據警方的報案紀錄，徐鵬雲是十一月三十日夜裡十點左右被送進禁閉室的，這點沒錯吧？大約十二點的時候，警衛發現監控中的徐鵬雲有異常，於是聯繫了你。然後你來到監控室，和幾個警衛一同目睹了他癲狂的景象？」

「我覺得這些問題，讓監控室的警衛來回答你或許比較好一點。」郭宗義按下桌上對講機的通話鍵，「劉秘書，請讓周成來我辦公室。」

通知完秘書，郭宗義便起身走到我們身後，爲自己沖了一杯咖啡。「你們要不要？不過只有即溶咖啡和水。」他轉過頭問我們，陳爝不客氣地要了一杯，唐薇和我回答只要白水就行。郭宗義拿了兩瓶礦泉水遞給我和唐薇，然後在陳爝面前放了一杯冒著熱氣的咖啡，自己則端著杯子一邊啜飲，一邊坐回了原來的位置。

我擰開瓶蓋，一口氣喝了半瓶水。涼水帶走了喉嚨的乾澀，讓我的嗓子舒服很多。

但唐薇卻沒有動那瓶水。

過了大約十分鐘，辦公室的門開了，一個瘦弱的小青年走進來，身著黑色的警衛服，眼神中充滿了警覺。

郭宗義起身介紹道：「這位就是我們監控室的小周，案發當天正是他呼叫我過去的，也目睹了案件發生的整個過程。周成，這三位是三亞警局派來的刑警，是來調查徐院長被殺案件的。請你盡力配合他們展開調查工作，有問必答。」

我們也站了起來，分別和周警衛握手。

「十一月三十日夜裡，是你値班嗎？」唐薇站著問道。

周警衛點頭，用謹愼的口吻說道：「是的，二十九日我休息，所以三十日應該是値班到十二點，再與同事換班。」

「徐鵬雲襲擊郭院長的時候，你在場嗎？」
「我不在。」
「那麼，送徐鵬雲進禁閉室的時候，你在嗎？」
「是的。是我和另一名警衛親手把他關進去的。」說這話時，周警衛不由挺起了胸膛。
「他有反抗嗎？」
「在安全檢查的時候，他有過激烈的反抗，不過一會兒就消停了。很安靜地進了禁閉室。」
「安全檢查？就是搜身吧。」唐薇問。
「可以這麼理解。爲了防止病患將危險物品帶入禁閉室，進行自殘等行爲，在進入禁閉室之前我們會對他進行安全檢查。安全檢查包括對病患的身體各部位進行嚴密的檢查，要確認病患無法將任何東西帶入禁閉室。」
「嚴密到什麼程度呢？」
「牙齒的牙縫，頭髮的髮根，甚至人體任何能夠藏匿物品的私密部位，我們都會檢查。畢竟曾經出現過病患把鋼絲潛匿在肛門等部位的先例。爲了不出差池，整個過程，我們通常會用十五分鐘的時間進行。」
周警衛回答得很詳細。

「這是本院的硬性規定。」郭宗義在一旁補充道。

唐薇「嗯」了一聲，又問道：「那麼，禁閉室裡還有些什麼東西？」

周警衛回道：「禁閉室牆壁都備有防撞軟包，還有一張床，沒有其他物品了。畢竟這裡是關押情緒激動的病患，讓他們冷靜下來，沒必要配置太多日常用品。待病患情緒穩定後，就會立刻被轉移到普通病房。另外，在送病患進房之前，我們也會在禁閉室內部進行詳盡的檢查，確保沒有混入危險物品。」

「你能確定在徐鵬雲進入禁閉室之前，身上沒帶任何東西，禁閉室內也沒有任何能造成傷害的物品，是嗎？」

「百分之百確定，我甚至可以對天發誓！」

當時檢查徐鵬雲的可不止一個人，所以我不認爲眼前的警衛是在撒謊。

「能否形容一下案發當時的情況，越詳細越好。」唐薇捧著筆記本，抬眼看他。

周警衛用力點點頭，認眞地說道：「由於徐鵬雲無故襲擊郭院長，所以大約在十點左右我們將他關進了禁閉室。那個時候起，我就坐在監控室裡，眼睛沒有離開過顯示器。在十一點四十分時，徐鵬雲開始出現異常。他那時躺在床上，突然開始坐立不安，然後背靠牆坐在床上，雙手捧住胸口。我立刻通知了郭院長，並讓同事去取禁閉室的鑰匙，自己繼續觀察。郭院長到後，徐鵬雲的表情開始扭曲，雙手依舊捧著胸口，跌跌撞撞地走到了禁閉室的中央，然後面朝下摔倒在地。」

「這時他死了嗎？」陳熵插嘴道。

「死了。」

「你們怎麼確定的？那時候應該還沒進房間吧？」

「因爲徐鵬雲有心臟病史，所以身上一直佩戴著小型的心電監護儀，讓我們隨時掌握他的情況。如果半夜心臟停止跳動，我們這裡就會有相應的提示警報，可以立刻對他進行搶救。當然，徐鵬雲這些特殊待遇，都是郭院長提出的。」

郭宗義笑笑，說：「大家都是同事，我曾經也受過徐院長的恩澤，爲他做點事是應該的。」

「請繼續。」陳熵說。

「徐鵬雲倒下後，我們都很緊張，看到他心電監護儀顯示心臟停止跳動後，便立刻趕到了禁閉室門口。但是奇怪的事發生了，禁閉室的鑰匙不見了，爲此郭院長還責備了我。就這樣拖延了半個小時，我們才破壞了大門，進了房間。可是爲時已晚，徐鵬雲倒在血泊之中，搶救也來不及了。」說到這裡，周警衛露出了難過的神色。

「法醫報告怎麼說？」我問唐薇，「和他敘述的時間是不是吻合呢？」

「十二點十分死亡，這沒問題。」

「照這麼說，你們進房間，大約是在十二點四十分囉？」我又向周警衛確認。

「是的。」

「徐鵬雲十點進入禁閉室，然後在十一點四十分的時候出現異常，十二點十分開始發狂然後捂住胸口死亡，十二點四十分你們破門而入。也就是說，在四十分之前，禁閉室是呈完全密室的狀態，這點沒有問題吧？」我試圖將周警衛的敘述整理一遍。

「沒問題。」

「好的，請你繼續往下說。」

「本以為徐鵬雲是心臟病發，可是進屋見了血跡，就感覺有點不對勁。當時徐鵬雲是面朝下躺著的，我們將屍體翻個身，發現胸前的衣服已經被血浸透了。然後扯開病服，發現胸口一片血肉模糊的樣子，我立刻閉上了眼睛，不忍直視。後來仔細看了才知道，他胸口有個小洞，像是被刀戳了一下。」

「衣服上有沒有破裂的痕跡呢？」

「這就是奇怪的地方，病服完好無損啊，連個小洞都沒有！那這把刀是怎麼插進徐鵬雲胸口的？我們百思不得其解。最最離奇的是，現場並沒有發現凶器，就是警察所說的利刃。」

「不是徐鵬雲帶進去的，就是有人替他送進去的。」陳爝沉默片刻，然後把目光投向了唐薇，問道，「確定是外傷嗎？」

「驗屍報告是這麼說的。」

「會不會是冰刀？」我提出了自己的推理，「因爲天氣寒冷，所以徐鵬雲在禁閉室內利用室外的低溫製造了一把冰刀！這只需要飲用水加一個模具便可。模具也很簡單，只要拿一個塑膠瓶，捏出尖銳的部分然後灌入飲用水就行了。等冰刀製成後，恢復塑膠瓶的形狀，然後拿著刀自盡。你們見到這個情況，想要開門，可這是老天爺和大家開了個玩笑——鑰匙不見了！所以耽擱了半小時，導致冰刀融化，最後什麼都沒了。」

當我正在爲這個絕妙的推理自鳴得意的時候，陳爝噗哧一聲笑了出來。

「韓晉，有時候我還挺佩服你的想像力，不愧是小說家。這麼扯的點子，你是怎麼想到的？冰刀殺人的可行性，你知道多少？」陳爝諷刺道。

「我只是提出一個供大家參考的思路嘛！既然你認爲我的想法是天方夜譚，那麼天才數學家，你來說說這一切究竟是怎麼回事？爲什麼一個活人會在密室裡被殺死，又找不到凶器，凶手是如何辦到的？」我反唇相稽。

「好啦，你們別鬧了。」唐薇說，「周先生，第一個上前查看徐鵬雲傷勢的人是你嗎？」

周警衛搖頭道：「不，是莊醫生。」

「莊醫生？」

「名字叫莊嚴，是我們醫院的醫生。」郭宗義說。

「嗯，我見到這麼多血跡，嚇得腿都軟了。莊醫生上前撕開了徐鵬雲的病服，原本想搶救一下，可是……已經死了。我眞希望是心電監護儀出了問題……」周警衛又歎了口氣。

這時，一陣響雷在我們頭頂炸起，伴隨而來的是嘩啦啦的雨聲。

「小周，去把窗關上。」

從郭宗義的言語中，我能感受出些許威嚴。也是，作爲院長雖然親切，但畢竟是這個醫院的負責人，氣場和普通人不同。

屋內安靜了片刻，陳爝端起咖啡，一飲而盡，然後說道：「郭院長，我們能不能去禁閉室看一看？」

「可以，當然可以。」郭宗義答應得非常爽快。

3

大約十平方公尺大的房間內，就擺放著一張床。四周的牆壁上，都包裹著保護犯人的軟包，按上去還很有彈性。床位設置在房間的西北角，貼著兩面牆壁。徐鵬雲就是坐在這張床上，突然起身抽搐，然後死去的。

我張望了一圈，屋子裡沒有窗戶，這讓我剛才的推理不攻自破。現在想來，甚是丟臉。

「禁閉室的鑰匙有幾把？」陳爝問道。

「兩把，院長有一把，監控室有一把。」周警衛似乎知道陳爝還想問什麼，繼續道，「案發當日，這兩把鑰匙都不見了。」

「你覺得是有人故意偷走的嗎？」

「說不準。」

「偷禁閉室的鑰匙做什麼？你能想到什麼理由？」

「或許只是惡作劇罷了。」

「冒著被開除的風險嗎？或者說，並不是工作人員偷的，而是病患？」陳爝問郭宗義，「你的辦公室平時上鎖嗎？」

「不上鎖。」

「也就是隨便什麼人，只要有機會，都可以偷走你的鑰匙？」

「是的。」

「一把鑰匙掉了可以說是巧合，兩把鑰匙一起消失，那一定是人爲的。」陳爝總結道。

我明白陳爝的意思，如果說禁閉室的鑰匙是有人故意拿走的，那麼這個人一定是凶手！可是，讓我無法理解的是，凶手何必這麼做，只是單純地不想讓其他人進入禁閉室嗎？怎麼想也想不通。有監控和心電儀，無論做什麼掩蓋都是徒勞的，警衛一定會第一時間知道徐鵬雲遇害。拿走鑰匙根本起不到作用。

眞相可能眞如周警衛說的，不過是場惡作劇。

「拿走鑰匙，是爲了不讓救援的人進屋嗎？」唐薇蹙眉道，「如果說是爲了防止大家救徐鵬雲的命，那還好理解一些。可問題是，徐鵬雲的心臟在十二點十分時已經停止了跳動。這沒辦法做假的。」

「凶手這麼做，一定有他的理由。」陳爝意味深長地說。

我走到床邊，伸手撫摸著牆上的防撞包，試圖找出一些線索。房間沒有密道，沒有窗戶，沒有通風口。唯一能與外界交流的，只有鐵門上方長五公分、寬約三公分的通氣口。可是，即便是這個通氣口，也是用細鐵絲網焊住的。除了螞蟻，沒有什麼生物可以透過這個網進入禁閉室。那麼，會不會有人曾經拆下過鐵絲網，將凶器送進屋呢？

如果你在現場，並且仔細觀察過通氣口，你就知道這是不可行的。且不說鐵絲焊得有多牢固，單是鐵絲網上積壓的灰塵，就證明沒人動過。

「你們慢慢看，我們在外邊等。」郭宗義朝我們微微頷首，然後和周警衛兩人退了出去。也許是受不了禁閉室內壓抑的氣氛，他才主動提出在門外等我們。

這樣也好，我們三個討論問題也更放鬆。

我看了一眼陳熻，問道：「你對這個案子有什麼看法？」

聞言，唐薇也把身體轉向陳熻，期待著他的推理。

「沒有頭緒。」陳熻攤開雙手，朝我們聳了聳肩，「目前線索太少，信口雌黃這種事是韓晉幹的，我可是要對自己說的每句話負責。」

看來陳熻還是對我那番推理耿耿於懷，時不時要刺我一下。唐薇多少有些失望，不過也能理解，這麼奇怪的案子，恐怕在她的刑警生涯中也沒見過幾次吧。

「我還有個想法。」我提議道，「可以供你們參考一下。」

「喲，名偵探韓晉又要開始推理了？」陳熻搓著雙手，笑著揶揄我。

不過他這樣對我，我早就習慣了。

「什麼想法？」相比陳熻，唐薇對我提出的意見很在意。

「凶手並不是在十二點十分殺死徐鵬雲的。」我正色道。

「你的意思是……」

「徐鵬雲真正死亡時間，是十二點四十分，亦即眾人破門而入的那一刻！」我期望從他們眼中看到驚愕的神色。唐薇倒是瞪大了雙眼，不斷催促我說下去，而陳熻還是一副調侃我的表情，令我十分不爽。

「可是心電監護儀顯示……」

我伸出手掌，示意唐薇停下。「這個我稍後會解釋。我認爲，凶手就是第一時間衝進禁閉室的某個人之一。在大家不經意的時候，拿出利刃刺死了徐鵬雲。至於徐鵬雲胸口的鮮血，可能是他與凶手的協議，預先準備的。換句話說，捂住胸口倒地，也是事先排練好的。」

「什麼協議？」唐薇問。

「製造一起『不可能犯罪』的協議！」

「爲什麼要有這種協議，對被害者有什麼好處呢？」陳熵打了個哈欠。

「這……這我就不知道了……」

「那麼死亡時間你怎麼解釋？」

「徐鵬雲在表演過程中，關閉了心電監護儀。」

「不可能。」唐薇直搖頭，「警方調查過，心電監護儀沒有被任何人動過手腳，而且這種型號的機器，除非你砸壞或者切斷電源，不然無法關閉。機器上也沒有撬開的痕跡，所以你的假設並不成立。徐鵬雲的死亡時間，只能是十二點十分。」

我啞口無言。

「好啦，偵探遊戲到此爲止。」陳熵拍了拍我的肩膀，「案件的眞相不會這麼簡單。

這間屋子裡，一定有我們沒注意到的死角。我說的死角，是思維的死角。解謎過程就是尋找思維盲點的過程。」

「我聽不懂你說什麼。」我生氣地說。

陳熷站上床，單手握拳，輕輕敲擊了四周的牆壁。確定沒有暗道後，轉過頭問唐薇：「禁閉室隔壁是什麼房間？」

唐薇翻了翻筆記本，答道：「禁閉室除了北面的走廊外，西面是病患專用的公共浴室，東面是診療室，南面是承重牆，沒有房間。」

「房間的牆壁，警察都檢查過了？」陳熷問。

「廢話，當時可是把所有的防撞包都拆了，然後一寸一寸檢查的。所以啊，你就別幻想會發現暗道了，這是不可能的。」

「不，我只是在想……」

「在想什麼？」唐薇問。

「沒什麼。」陳熷對她笑笑，然後從床上一躍而下，「現在什麼都只是猜測，看來我們還得和郭院長談一談。房間我們已經查過了，沒什麼參考價值，另外還有監控錄影需要看。希望能得到一點啟示。」

我們把想法和郭院長說了，他一口答應。像他這麼熱情的人眞是少見，況且還是以院長的身分。在周警衛的帶領下，我們很快就到了監控室。這個房間裡，幾乎一整面牆都是螢幕。數十個螢幕在眼前閃爍，令我眼花撩亂。

「這就是影像。」

周警衛找到了存檔，然後點擊播放。

畫面比想像中清晰，我們能看見徐鵬雲在禁閉室來回踱步，看上去有些憤憤不平。大約過了半分鐘，他坐上了床，背靠牆，面朝南，嘴裡喃喃說著什麼。這時，我注意到右下角的時間——十一點五十五分。我目不轉睛地盯著螢幕，生怕漏掉某個細節。當然，陳爝也一改往日散漫的作風，看得很認眞。

五分鐘過去了，時間是十二點整。又過了十幾秒，影像中的徐鵬雲開始顯得煩躁起來，突然，他整個身體扭動了一下，然後跌跌撞撞地爬下床，緩步走到房間的中央，跌倒在地。陳爝讓周警衛把影像往回倒，又看了一遍。可是，即便把這段錄影看上千萬遍，都無法改變一個事實——沒有任何人靠近過徐鵬雲。

除非，凶手是個隱身人！

陳爝問：「這段影像，警察怎麼說？」

周警衛答道：「一開始，警方以爲我們撒謊。經過專家鑑定後才相信，我們沒有剪輯過影片，這就是原始的影像紀錄。我知道這很難接受，可事實如此，也沒辦法。我爸爸曾和我說過，這個世界上有很多事，只有老天爺知道。人的力量是有限的。我認爲這次的案件……」

「你認爲什麼？」陳爝瞇起了眼睛。

「也許眞是一樁奇蹟吧！」周警衛撓了撓頭發，不好意思地說。

其實，我也這麼認爲。我從推理小說中讀過不下百種密室殺人的手法，可是沒有一種可以套用在這次的案件上！所有的限制條件是如此嚴格：四面環繞著實心的牆壁，沒有窗口的房間。如果世界上有完全密室，那麼一定是這裡！就算世界上最偉大的魔術師胡迪尼再世，恐怕也無法逃出這間屋子吧！

「奇蹟嗎？」陳爝露出了他招牌式的笑容，自信滿滿地說，「我也希望是奇蹟呢！可惜，這次恐怕要讓你失望了！」

「難道你已經有答案了？」這句話我脫口而出。

陳爝搖搖頭，說道：「現在還不能確定，不，只能說沒有證據支撐我的想法。不過確實有眉目了。」

「沒開玩笑吧？你發現了什麼，能不能告訴我？」

唐薇的樣子比我還驚訝。

我知道，這種事，陳爝不會開玩笑。他一定是發現了什麼。究竟是什麼呢？我閉上眼睛，把剛才所見所聞都想了一遍，還是一頭霧水。雖然很不情願，不過必須承認，我完全跟不上陳爝的思考速度。

「還缺一個理由。」陳爝緊鎖眉頭，「凶手爲什麼要製造密室？」

「是爲了製造不可思議的氛圍吧？」

「沒那麼簡單。」

咚——咚——咚！

陳爝話音剛落，監控室的門口就傳來了敲門聲。

4

從門外走進監控室的，是一位面色黧黑的男子。他剃著板寸留著鬍鬚，身上穿著白大褂，看來是這裡的醫生。見到他，郭宗義立刻起身同我們介紹道：「這位是莊嚴醫生，國內磁力導航顱內手術、大腦立體定向手術的專家。」

莊嚴面無表情地和我們分別握了手，然後轉頭看向螢幕。

「還在研究徐院長的案件嗎？眞是辛苦了。」他就連說話的聲音也不帶感情色彩，語調沒有起伏。

「您是外科醫生吧？」陳熷做著切牛排的動作，「替這裡病人動手術？」

「是的。」莊嚴的臉上，宛如罩著一層冰霜。

「動這裡？」陳熷指了指我的腦袋。

他這個舉動令我十分惱火，不過礙於在場人多，我不便發作。

「是的。」

莊嚴似乎有些不耐煩。

郭宗義感歎道：「如果當時聽從莊醫生的建議，或許就不會發生現在這種事了。唉，其實還是怨我。沒有當機立斷，批准莊醫生的手術申請。」

「給徐鵬雲做手術嗎？」唐薇問。

郭宗義點點頭，說道：「關於精神病的治療分很多種，藥物治療、心理治療、手術治療等。藥物治療，主要針對精神分裂症或者抑鬱症之類的疾病，大多用齊拉西酮、氯氮平等藥物。心理治療主要是深入研究病人的心理，從而幫助病人徹底治癒精神病，難度是最大的，也是最理想的一種方式。手術治療，則是難度係數最高的一種手段，非到萬不得已，我們不會建議患者進行手術。」

「是腦白質切除術嗎？」我問道。

我對這種手術略知一二，因爲當年曾經看過一部恐怖片，故事中的主角就遭受了這類慘無人道的手術方式，徹底淪爲一具行屍走肉。

「什麼是腦白質切除術？」唐薇一臉不解。

陳熌解釋道：「腦白質切除術，實際上是一種神經外科手術，包括切除腦前額葉外皮的連接組織。發明者是葡萄牙的一位醫學教授，他還爲此獲得了諾貝爾生理學獎。這位名叫莫尼茲的教授，看了一份關於對黑猩猩實行兩側前連合切斷術後，黑猩猩的攻擊性行爲減少的學會報告。這份醫學報告啓發了他。起初，他嘗試通過向額葉注射酒精的方式摧毀神經纖維，但是不久就發現這種做法也會損害到大腦的其他部位。於是，他便開發出了被稱爲腦白質切斷器的手術儀器來完成額葉的切除工作。這種手術對於那些性格暴躁且具有攻擊性的精神病患者非常有效，經過手術後，這些患者無不變得非常溫順。」

莊嚴聽了陳熌這一番話之後，表情開始起了微妙的變化。郭宗義的臉上也流露出了敬佩的神色。其實只有我知道，陳熌爲了在眾人面前裝有文化，背地裡花了多少時間和精力用在閱讀上。爲的就是這一刻的鋒芒畢露。不過，就算我當面揭穿他，他也不會承認的。

陳熌繼續說道：「當然，任何事都有正反兩面，這種手術帶來的負面影響也是災難性的。剛開始，莫尼茲的手術很成功，那些病人確實都有了不同程度的好轉，也不乏幾乎痊癒的。由於這種手術既沒有精確的定位，也沒有標準的操作流程，醫生往往是憑感覺對著病人大腦亂搗一氣，所以術後病人的表現可謂千奇百怪。而最多的情況是，病人精神病症狀有所減輕的同時，也出現了嚴重的後遺症——這些病人變得像行屍走肉一般，孤僻，遲鈍，麻木，表情呆滯，沒有思想，沒有靈魂，從此一生就生活在無盡的虛無之中。隨著後來更精確腦外科手術的發展，前腦白質切除術在二十世紀七〇年代以後就被禁止了。所以，韓晉，郭院長口中的大腦立體定向手術和前腦白質切除術是風馬牛不相及的兩碼事。」

身後傳來了拍手的聲音，是莊嚴。

「沒想到你對精神病學還很有研究，其實腦白質切除術也並非傳言中的那麼可怕。還是電影的誤導罷了！」他不容置喙地說。

「但是相比莊醫生的腦立體定向手術，就像是漁船和航空母艦的差距一樣。」郭宗義搓著雙手，奉承道，「選擇性破壞腦部的局限區域，調整腦的功能，侵襲性小，保證了安全性，同時對治療精神病有較好的效果。」

可莊嚴似乎並不領情，面色一沉道：「哼，再怎麼說也沒用，醫院裡還是有不少居心叵測的傢伙，阻撓病患的治療！郭院長，這你也是知道的。當時如果你能支持我的整套治療計畫，徐院長也不會被害了。所以，一切都是那個傢伙的錯！」

「莊醫生，大家都是成年人，說話要講證據！」門口又走進一位戴著眼鏡的青年醫生。「病患的治療計畫，都是會議上集體決定的，這家醫院不姓吳，我說了也不算，怎麼能把徐院長的悲劇，全都賴在我身上？」

莊嚴轉過身，正視那位青年，口中道：「是啊，不賴你。經過吳醫生你的心理治療後，徐院長不負眾望地襲擊了郭院長，這恐怕就是你想要的治療效果吧？」

那吳醫生也不懼，嗆道：「是啊，徐院長的心理治療沒有成功，錯誤在我。但這也比把病人大腦損壞，死在手術台上強吧？說是醫者父母心，某些人不把病人當人看，當作試驗品、小白鼠，前輩這種心理素質，在下望塵莫及。」

莊嚴雙手攥拳，怒視吳醫生。我看到他的肩膀微微顫抖，看來是氣到了極點。

「我和你無話可說！」

莊嚴丟下這句話，就摔門走了。

「我說小吳，你脾氣就不能小一點？你們兩個都是醫院最頂尖的醫生，爲什麼就不能好好合作，偏要針鋒相對呢？莊醫生也是想把病人治好嘛。」郭宗義說道。他看著麾下兩位猛將相剋，心裡恐怕不是滋味。

「理念不同，不相爲謀。」吳醫生說完這句話，便向我們賠禮道歉，說剛才有些摩擦，故而怠慢了各位，眞是不好意思。他的彬彬有禮立刻贏得了我的好感，另外，他還自我介紹了一番。原來他的名字叫吳超，在這裡工作兩年有餘，不過因爲對於精神病的治療理念與莊嚴相左，兩人爆發過好幾次衝突，要不是郭院長從中調解，也許早就大打出手了。

「大腦是人體最複雜的器官，至今我們都沒能參透它的奧秘。但是傲慢的人類卻因爲掌握了一點技術，就開始對大腦進行物理干預，這是非常危險的。我是學心理學出身的，對待同一種疾病，和莊醫生的理解天差地別。我認為一名合格的精神病醫生，應當根據患者個人的臨床情況、應對能力及個人意願，採用支持性心理治療技術，對患者進行心理治療干預，以減少復發，乃至治癒。而不是動不動就切除或者損害大腦的部位。正如感冒不會把鼻子切掉，關節炎也不會砍掉腿，是同一個道理。」

「手術的原理我還能理解。可是心理治療究竟是怎麼操作呢？難道是靠談話疏導病人嗎？」我好奇地問道。

吳超微微一笑，耐心道：「當然不是只聊天這麼簡單。心理治療分很多種，比如有暗示療法、精神支持療法、放鬆療法、認知療法、生物回饋療法等，各種治療手段，所要達到的目的是不同的，需要針對病人的症狀來選擇。比如暗示療法，就是在全面了解病人的病情表現、心理、患病前人格特點等情況下，在暗示條件完全具備之後，通過熱情而令患者動情的言語使他的認知、情感和思想發生變化，使他的精神面貌煥然一新，從憂愁變為喜悅，從消極悲觀變為積極開朗，從垂頭喪氣變成有信心、有勇氣。」

「我曾經有很長一段時間心情抑鬱，然後去看了心理醫生。他讓我把不愉快的經歷用筆記錄下來，這也是心理療法的一種吧？」我想起了當年記錄陳爛第一次破案時的情景。

「沒錯，韓先生你剛才提到的，是直接暴露療法。」吳超答道，「這種療法，是直接讓病人暴露在他所恐懼的環境中，強迫患者面對引起恐懼的情境，阻止他平時經常採取的回避行爲，直到恐懼反應減輕爲止。另外，還有一種叫作厭惡療法的手段，原理相同，是使患者產生痛苦的刺激與病態行爲反覆多次結合，以達到減少或消除這種行爲爲目的的治療方法。」

「是這樣啊！」我點了點頭，內心對他又佩服了不少。

吳超講話斯斯文文，熱情又不失得體，和他聊天是一種享受。反觀郭院長，簡直就是一顆搖擺不定的牆頭草，見人說人話，見鬼說鬼話。

「徐院長已經去世好多日子了，警方還在鍥而不捨地追查，這種精神我很敬佩。如果有什麼需要幫忙的，但說無妨，我一定全力支持。」吳超瞥了一眼播放中的影像，對我們說。

「總覺得這個醫院陰森森的。」我說，「有沒有這種感覺？」

「是嗎？我是個唯物主義者，所以體會不到你口中的陰森是什麼感覺。」

「這裡鬧過鬼嗎？」

「哈哈，當然沒有，不過，奇怪的事倒是……」話說到一半，吳超的聲音戛然而止。

我注意到郭宗義雙眼看著他，緩緩搖了搖頭。那眼神如同一把槍，直指吳超，彷彿是在警告，又在威脅。雖然動作很小，但我敢對天發誓，絕對沒有看錯。如此看來，郭宗義並不打算把醫院的事對我們全盤托出。不知道他們之間這些細微的變化，陳熁有沒有看見。

「好啦，時間也不早了。我讓護士爲各位安排一下住宿如何？」

郭宗義像是想盡快結束談話般說道。

我們離開監控室時，外面正下著傾盆大雨。雨水敲打著水泥屋頂，發出雜亂的噪音。穿過外廊，目的地是醫院員工宿舍。我看見一大片銀色雨幕擋在我的眼前，讓遠處的操場都變得模糊起來。從病房走到醫院大樓只需要五分鐘路程，可我還是被雨水濺得褲管盡濕。我去看陳熁，他的頭髮也濕了。

引我們去宿舍的是一名漂亮的護士，名叫梁夢佳。

她的眼睛很大，睫毛濃密，雖然五官沒有唐薇精緻，卻也是一個靚麗的美女。從她出現開始，我的目光一直追隨著她。很奇怪，這樣的女孩，爲什麼會出現在這座島上？

「你是新來的嗎？」我走在梁夢佳身邊問道。

她搖搖頭，說：「來了有一會兒了。」

「感覺這裡怎麼樣？是不是特別危險？」

「沒覺得。」

「這裡曾經發生過奇怪的事嗎？」

「奇怪？這裡是精神病院，誰都很奇怪。」

「不，我不是指這方面。就是……就是類似徐院長案件這種的，無法用常理來解釋的事情。」我盡量讓她明白我的意思。

梁夢佳歪著頭，想了想：「好像有。」

「是嗎？」我來了精神，「具體情況如何，你說一下唄。」

她剛想說話，陳熵突然出現在了我們中間。他對我說：「韓晉，我們是來查案的，不是來泡妞的。你自重啊。」聽他這麼說，梁夢佳在一旁捂著嘴笑。我很尷尬，對陳熵的怨恨又多了一分。

梁夢佳把我們三人送到宿舍門外，就離開了。我回頭望著她，有些依依不捨。

唐薇用手肘推了推我，笑著說：「韓老師，這姑娘不錯啊。」

我癡癡地望著梁夢佳的背影，呆滯地點了點頭。意識到不對勁後，忙道：「什麼啊，陳熵，是不是你又亂說話！根本不是你們想的那樣！」

陳熵冷笑道：「你自己心裡清楚。」

我們的房間被安排在走廊的盡頭，左側是雙人間，我和陳熵住，我們前方是單人間，唐薇住。分配好鑰匙後，我們提著行李進了各自的宿舍。房間很小，左右兩側各置一張床，床的中間還有一小塊休憩空間。我們倆換下濕答答的衣服，穿上睡衣，然後用毛巾擦乾頭髮。這裡的廁所和浴室都設在門外。這時我和陳熠都已疲憊至極，沒有力氣洗澡了，在床上東拉西扯地聊了幾句，就這麼和衣睡了。

也不知睡了多久，我醒了過來。看見另一張床上，陳熠抱著枕頭側著睡，鼾聲如雷。我翻身坐起，用腳探索著床下的鞋子。穿上鞋子後，我起身打開宿舍門，準備去上廁所。如果不是這陣尿意，或許我也會像陳熠那樣，一覺睡到天亮。

走廊裡靜悄悄的，能清楚地聽到窗外雨點打在地上的聲音。

我依稀記得，廁所位於員工宿舍的入口處。

解手後，我打算回房繼續睡覺。可往回走了大約十幾步，忽然間，我一陣恍惚，彷彿看見了一個人影。窗外冷清的月光斜射進幽暗的走廊，一個人影擋在我面前。我抬頭望去，只見一個打扮花裡胡哨的小丑，站在牆壁前方。

這是一個臉上畫著濃妝，戴著紅色的圓形塑膠鼻，咧著嘴巴獰笑的小丑！凌晨時分出現在樓道裡的小丑，宛如惡魔附體一般，兀立在走廊的盡頭。

我目瞪口呆！

這裡怎麼會出現一個小丑？難道也是病人？

數不清的問題和強烈的恐懼感同時占據了我的心。失控的我，腿一軟坐倒在地上，頭腦一片空白，甚至連尖叫的勇氣都沒有。原本暈乎乎的腦袋，瞬間就清醒了。感覺有一把巨大的錘子，正猛烈地敲擊著我的胸口。

當我定了定神，再去看他的時候，小丑身形一閃，不見了！

我正對的牆壁，是一個T字路口，他只能向兩邊逃走。我鼓起勇氣站起來，邁開顫抖的雙腿，慢慢朝那邊移動過去。可當我走到方才小丑站立的位置時，我更驚愕了！

T字路口的左側，是一面厚實的牆壁，而另一側，則是我和陳熌的房間！

這時，我的腦中產生了一個可怕的念頭——小丑躲進了我們的房間。如果真是如此，那麼這個可怕的小丑會對陳熌做些什麼呢？想到這裡，我不禁擔心起陳熌的安危，也顧不得危險了，一把推開宿舍大門，用盡全力朝著裡面喊道：「出來！你給我出來！」

陳熌嚇得從床上滾落，坐在地上，一臉迷茫地看著我。

「你有病啊？」

「有……有小丑進了這個房間……」我當時的表情，一定是驚恐到了極點。

「什麼小丑？大半夜的，你在做夢吧？」陳熌打了個哈欠，「這裡就這麼點地方，哪裡躲得了人？」

確實如陳熌所說，我們宿舍面積很小，巴掌大的地方，根本藏不下一個成年人。宿舍的窗戶都是從內鎖住的，就算小丑進了這屋子，那他是怎麼離開的呢？不過見我嚇得面如白紙，陳熠也意識到我並非開玩笑。他讓我坐下，將剛才發生的事情一五一十地講給他聽。

「小丑……」聽完我的敘述，陳熠喃喃道，「爲什麼是小丑？」

「陳熠，這鬼地方，我一秒鐘也不想待了。我們明天就回上海，好不好？」

「事情越來越有趣了。」

陳熠竟然笑了。

「有趣？你也是精神病吧，所以在這有了家的感覺。我不管，明天我一定要離開。這裡不僅有精神病，還有鬼……」

「那根本不是鬼！」陳熠直截了當地說。

「不是鬼，他一個大活人，是怎麼消失的？」

「不知道。」

「你這算哪門子解答？」

「總之，世界上沒有鬼，像你這種笨鬼倒是不少。」陳熠翻身上床，一把將枕頭擁入懷中，「韓晉，先睡覺吧，謎題會解開的。晚安。」

「晚……晚安。」

我呆呆地望著陳熠的背影，心裡惶恐不已，生怕小丑再次出現在我的眼前。對我來說，今晚注定又將是一個不眠之夜。

第五章

1

我用手指使勁按壓太陽穴，可腦海中卻沒有浮現出更多畫面。那段回憶，像是連同著我的靈魂，一起墜入了萬劫不復的深淵。是的，當我睜開眼睛後，一切具體的影像都消失了。除了那間暗室，以及冰冷的手術刀之外，我什麼都想不起來。

雨是昨天晚上開始下的，現在，鐵窗外的雨還在淅淅瀝瀝地落著。雨滴打在窗台上，偶爾會濺到我的臉上，很煩人。病房中充滿了潮濕的空氣，整個屋子都瀰漫著一股腥氣，像是養魚池裡的那種味道。從小時候起，我總會聞到這種氣味，十分討厭。可以肯定的是，無論失憶前還是失憶後，我都厭惡下雨天。

不下雨的時候，操場那邊的建築工地總會傳來鼓譟的聲音。據說是在建造新的病房，完成之後就可以把這裡的病患安排到那邊去。還會擴充病人的數量，盡可能地多收些病人。畢竟對那些具攻擊性的精神病患者來說，沒有比鏡獄島更適合他們的地方了。

——關於這座小島……

我想起了昨天教授對我說的那句話。

左右晃動了一下腦袋，讓自己恢復清醒。此刻，我像具屍體般躺在床上，儘管看見了門口放置著今天的早餐，我也不願意起身。我想讓自己腐爛在這張床上，閉上眼睛，讓靈魂隨風而逝，這樣就無須再忍受這裡帶給我的痛苦。

——你是不是有很多疑問，但是沒有答案？

又是教授的聲音。

我從內衣中取出三四張紙，翻看起來。我把經歷的事都記錄在了紙上，字寫得很小，密密麻麻。讀過一遍後，我坐起身來，拿起筆又寫了起來。我一邊坐著寫手記一邊留意著門外的腳步聲。趁還沒忘記，我要把昨日教授對我所說的話，一字不差地記下。

「Alice，你不記得我了嗎？」

我朝他點了點頭。

「不知是該替你難過，還是恭喜你。」教授沮喪地說。

病人的隊伍排得像一條蜈蚣，緩慢地蜿蜒前行。教授與我吊在隊尾，沒人注意我們。

「你想告訴我什麼？」

「這個島有秘密，不是看上去那麼簡單。我記得我們曾經談過，而且你聽從了我的意見，並且付諸行動。」

「是你讓我逃走的？」我意識到自己說話聲音太響，忙捂住嘴。

幸好沒人注意我。

「我只是想幫你。」

原本我一直認爲，逃離這座島，是出於我自己的意願。不，我的理解可能有誤，教授的意思是他能夠提出一套可行性的建議讓我離開這裡。畢竟他在鏡獄島的時間遠長過我，而且對這裡的一切瞭若指掌。

「你知道我是誰嗎？Alice 不是我的眞名。」

吳超曾經告訴我，我的中文名字叫徐儀。可是我不信任他。

「我不知道你的名字，但這無關緊要。我知道你將會面臨什麼，這才是重點。」

「面臨什麼？我會被永遠囚禁在這裡，每天被迫吃藥打針，接受各種稀奇古怪的手術，他們會打開我的腦子，把我開膛破肚，看看裡面有沒有毛病，是嗎？」

我身後傳來一陣冷笑。「如果眞是這樣，那你的運氣還算不錯呢。」他接著說道。

「你的意思是……他們會殺了我？」

「不知道。」

「不知道？那麼，你想告訴我什麼？」

我受夠了這種曖昧的回答，我想要直截了當的答案。

「他們盯上你了，具體原因我不清楚。可從監獄建起來那天開始，我就在這裡了，沒人比我更了解南溟精神病院。自從郭宗義來了之後，一切都變了。在這所醫院，沒人是安全的。只要被他們盯上，隨時會消失。」

「消失？」

「是的，永遠消失。」

「這種事從前發生過嗎？」

「每年都會有好多人從南溟精神病院蒸發。官方的公告不是發病去世，就是手術失敗死亡，總之都是他們的托詞。」

「郭宗義是這裡的院長？」

「從前並不是，自從徐院長死後，他便取而代之了。」

「你說的徐院長是怎麼死的？」

「密室小丑。」

——又是這個名字！

「你說什麼？」

「一個無所不能的精神病人。」教授說，「徐院長的案子，一定是他幹的！」

「他現在在哪兒？」我故意這麼問。

「從病房逃走了。這傢伙可是犯罪界的傳奇，世上沒有籠子能夠關住他，即便是再牢固的監獄，他都能從中溜走，更何況是我們這兒的破病房。我早就和警衛們說過，密室小丑根本沒有離開鏡獄島，他只是潛伏在島的某處……」

「他想做什麼呢？」

「復仇。」

「爲……爲什麼……」

「因爲這裡的警衛，並不把他當人看待。抓住密室小丑後，他們用手指粗細的鐵鍊銬住他的四肢，用皮鞭拷打他。」

聽教授這麼說，我腦中浮現出了謝力的面容。

「警衛爲什麼要這麼做？虐待精神病人是犯法的！」

「法律？你認爲法律能夠約束那幫雜種？」

「照你這麼說，徐院長是在密室狀態下被殺害的？」

「當然，密室小丑所有的謀殺，都是在密室中進行的。你必須要相信，在這個世界上，有一部分人與眾不同。密室小丑一定擁有不可思議的超能力，才能製造出這麼多的不可能犯罪！院長被殺時，是被關在禁閉室中，那裡還設有監視器。即使是這樣，警方還是無能為力。所以才請了幫手呢。」

「幫手？」

「是的，海南省最厲害的刑警都來了。不過，人力是無法戰勝密室小丑的。」

「他們請來的人是警察？」

「據說是破解二十年前黑曜館殺人事件的男人。」

「黑曜館？很厲害嗎？」

「那可是困擾警方二十多年的謎案啊，據說那人一下子就解決了，簡直和推理小說中的名偵探一樣。看來他腦筋非常好用。」

「即使如此，你還認為他沒有勝算嗎？」

教授又冷笑一聲，並不作答。

隊伍進入了病房區，我們馬上要回到各自的房間了。

「我要怎麼才能逃走？」我迫不及待地問道。時間不多了。

「離開這裡的方法，只有你自己知道，所以你必須想起來。我只能告訴你，他們盯住你了。Alice，這不是開玩笑，你只有一次機會。」

「既然警察還在島上，我能不能向他們求救？」

「你見不到他們的。」

「為什麼？」

「因為我們是病人，是被隔離的。無論是普通警員還是公安局局長，都沒有權力和病人接觸。這是規矩，醫院的硬性規定，沒人可以打破的。」

我看到一個警衛正向我們走來，他在清點病患人數，這時我們都閉了嘴。那警衛繞著我們走了一圈，目光越過我前面那位，落在我的身上。

「你們剛才在談論什麼？」他的瞇著眼睛，臉色陰沉，讓我聯想到野貓。

「沒說什麼。」我心想，別找我的麻煩。

「這老東西腦子不正常，可別聽他胡言亂語。每次有新人來，他總是危言聳聽。典型的陰謀論！」

「我知道。」

「知道就好。」警衛用警棍指著教授，「我會盯著你的。」

「你是新來的吧？」

教授說話的聲音變了。原本沉穩的音色，頓時變得尖銳起來，像是個老婦人。警衛顯然也被這一幕震驚了，原先半張的眼睛突然睜開，死死地盯著教授。

「嘿嘿嘿嘿。」教授在低著頭笑，樣子很詭異。

聽著他的笑聲，我感覺頭皮發麻。

「你……你想幹什麼！」

年輕的警衛舉起警棍，想教訓一下教授。可爲時已晚，教授怪叫一聲，陡然朝他撲了過去。動作之快，簡直如同叢林中的豹子，而非年逾花甲的老人。那警衛嚇得連棍子都掉在地上，瞬間就被教授壓在了身下。他雙手一陣亂扯，雙腿向外蹬踏，已無濟於事。

病患們也紛紛散開，爲他們在走道中間騰出了一塊空地，彷彿爲教授的表演預留舞台似的。警衛的體力竟然及不上一個老人，他被死死按在地上。教授的雙手如同鷹爪，狠狠地掐住了警衛的脖子。

我驚呆了，站在原地看著。這時，教授鬆開雙手，右手扳住警衛的腦袋，張開嘴，露出森森白牙，一口咬住了警衛的咽喉。可能是咬破了動脈，鮮血激射而出，沿著他的臉頰流淌下來。那警衛的半個身子都被血染紅了。周圍觀看的病患們，有的喝采，有的尖叫，有的鼓掌，有的哭泣。不過，這種情況並未維持太久。就在年輕警衛被襲擊後的十多秒鐘，另外兩名警衛趕到了現場，將教授制伏。其中一位，是姚羽舟。

他們用電擊棒把教授弄暈，然後拖開。另一人扛著傷者，朝醫務室跑去。從出血量來看，這位年輕的警衛生還的概率恐怕不大。

「都別動！給我站在原地！」姚羽舟手持電擊棒，逼退了準備擁上來的病人，並朝他們喊著，「誰要敢造次，絕對不輕饒！全都抓去關禁閉！」他額頭上沁出了豆大的汗珠，可以看出壓力很大。

教授躺在地上，嘴角淌著鮮血。一眼看去，眞像個垂死的老人。

我不明白，一個敦厚的長者，緣何會在頃刻間變成殺人魔？若不是親眼看見，無論如何都不敢相信。那張猙獰的面孔，和年輕警衛的鮮血混在一起，深深地刻在了我的腦海中。

支援的警衛們很快趕到了現場，謝力也來了。他抬起腿，朝躺在地上的教授的臉，猛踩了數下，直到教授牙齒崩落，他才甘休。接著，他命令手下將教授捆綁起來，丟到操場中央去。這時，窗外已經下起了暴雨，他這麼做，教授很可能爲此喪命。

其中有人怒喝道：「把這老渾蛋綁在十字架上！媽的，讓他在雨裡反省一下！」

我很想爲教授說幾句話，但就是開不了口。或許是被他剛才的行爲嚇到了吧。我偷偷望了一眼站在遠處的葉萍，想起她曾對我說的話。教授有時溫和，有時……

警衛們將病人們送回病房，然後帶走了教授。

我驚魂未定地回到房間，坐在床上。窗外雷聲不絕於耳，雨嘩嘩地下著。狂風夾著雨星打在我的臉上，心中感覺如刀割一般。教授眞如他們所說這般折騰，一定活不過今夜。

我很難用文字形容我那時的心情，是憤怒，是恐懼，還是同情？

我不知道。

正當我沉浸在回憶裡的時候，突然發現有人走近了門口。我忙把紙筆收起來，藏在枕頭下，繼續閉上眼睛躺在床上。

是誰一大早就來找我我呢？

2

站在病房門外的，是護士長袁晶。

她永遠只有一種表情——不滿，彷彿這世界上所有人都得罪了她，也沒有任何事情值得高興。她的嘴角永遠下垂，一如她臉部下垂鬆弛的皮膚。

「你可以拒絕我。」袁晶的態度永遠那樣強硬，「但是你要考慮清楚。我來這兒，可不是求你的。明白嗎？」

我機械地點頭。

她帶來了一個壞消息，和一個好消息。不，從某種意義上講，不能算壞消息。教授經過一晚上暴雨的洗禮，奇蹟般地存活下來，正在診療室做檢查。他病得很嚴重，高燒四十三度，以他的年紀來講，這溫度隨時可以奪走他的生命。好消息是，教授太虛弱了，無法參與今天的衛生勞動。袁晶想讓我去替代他打掃醫院的樓道。

我很爽快就答應了，這是我接近莊嚴辦公室的好機會。我相信那裡有我想要的東西。這個決定可能出乎袁晶的意料，她用懷疑的眼神從上至下打量著我。起初她動了動嘴唇，可能想責備我幾句，卻又不知說什麼才好，於是閉嘴。

「別耍花樣，特別是你。」袁晶瞪著我，「不然有你好受的！」

她不是第一個警告我的人，也不是最後一個。在南溟精神病院，有些事情你必須習慣，比如被威脅，比如被警告。

上午開始，我負責清掃病房區域的樓道。令我驚愕的是，和我搭檔的人竟然是我最不願意見到的那個——新娘。

今天一整天，我必須和她一起參與衛生勞動。見到我後，新娘也怔了一怔，接著忙低下頭幹活，沒和我說話。不過我能明顯地感覺到，她眼中的敵意消失了。我看她臉上數之不盡的傷痕，心中不禁一酸。她也是個可憐的人啊。

通道裡的倆警衛正聊得火熱，無暇監視我們。我手持拖把，緩緩向唐吉訶德的病房走去。來到門口後，我叩了叩鐵門。病房裡傳出咕咕咕的聲音，我知道那是桑丘發出的。

「唐吉訶德，是我。你聽得見我說話嗎？」我低聲喊道。

「Alice？」他回應了。

「是的。」

「你怎麼在門外？」

我能感覺他貼著鐵門和我講話。

「桑丘是天才吧？我的意思是，牠是鳥類裡的天才？」

「那當然！」唐吉訶德自豪地說，「甚至比某些人類都要聰明！Alice，你也感覺到了是不是？牠可不止會表演玻璃球遊戲，還會數數呢！那天我給牠三顆豆子，牠就叫了三下，給牠五顆，牠就會叫五下，給牠……」

「唐吉訶德，你聽我說。」我打斷他，「有一件事，不知道桑丘做得到嗎？我很懷疑。」

「一定做得到！」

「不，這件事普通人都不行，所以我擔心桑丘也……」

「只要你說得出，牠一定能行！」

「牠認人嗎？」

「整個南溟精神病院，沒有桑丘不認識的。」唐吉訶德自信滿滿地回答道。

「如果我要把一件東西，讓桑丘交給一個牠沒見過的人，牠能做到嗎？」

雖然這麼問，但我總覺得讓一隻鴿子這麼做，簡直是天方夜譚。可我現在還有別的選擇嗎？只能賭一把了。

「你有照片嗎？」

「什麼？」

「收件人的照片，你必須讓桑丘見見這傢伙，牠才能知道要給誰送信。」

我想起昨日教授對我說的話，來這裡的，是曾經破解黑曜館殺人事件的男人。我必須搞到他的照片，才能讓桑丘替我把這份手記給他。

「明白了，我會想辦法的。」

房間裡又傳來了鴿子發出的咕咕聲，像是在回應我。

一名警衛朝我的方向走來，我忙蹲下身子，假裝用抹布擦門。他從我身後走過，並未對我起疑。

這是我的突發奇想，我知道成功率很低，把所有的希望押在一隻鴿子身上，簡直瘋了。但是如果我想同外界聯絡，只有這一條路可以走了。唐吉訶德雖然瘋癲，但那隻名叫桑丘的鴿子，確實與眾不同。鳥類的智力有多高，我不是生物學家，無從得知，但我堅信桑丘是上帝給我的救命稻草，現在的我，除了抓緊它，別無選擇。

「去醫院大樓吧。」警衛走過來對我說。

我和新娘提著水桶，緊跟在兩名警衛身後，朝醫院大樓走去。如果能遇見來調查案件的警察該有多好，我心裡這麼期望。不過，即便讓我們見到了，警察會不會相信我？他們會不會用看待瘋子的眼光來審視我呢？我管不了這些，假設眞能遇上他們，我一定會毫不猶豫地朝著他們大喊大叫。

這當然是不被醫院允許的。遇見警察的場景，也只是存在於我的幻想之中。

我和新娘並肩走在通向醫院大樓的外廊上。攜著雨點的風輕拂她的頭髮，將她那縷縷青絲揚起，落到了我的臉頰上。我斜眼看她，她則低頭不語。

「司紅豔。」我輕聲說道。

「啊？」她側過臉看我，一臉懵懂的模樣，「你……你叫我？」

「是你的名字吧？眞好聽。」

「嗯。」她又低下了頭。

「謝謝。」

我們又沉默地走了一段路。

她說話低聲細語。剛開始，我以爲自己聽錯了。過了片刻才反應過來，是新娘對我說的。

「謝謝你救我，如果沒有你，也許我會被他打死。」新娘補充道。

和初次見面相比，她的表情溫和多了，眼神中閃爍著一種無法形容的東西，就像心中的希望重生，溫煦的陽光融化了冰川一樣。

「是不是他強迫你的？」我問道。

「我不能離開他。」新娘有氣無力地說道。

「爲什麼？」

「在這個地方，沒有他，我會死掉的。」新娘悲涼地說，「你不會懂的。」

「這裡是醫院，你怎麼會死掉呢？」

「醫院？你錯了。這裡不是醫院，而是地獄。不僅我，大家都會死掉。」新娘咧開嘴冷笑著，接著把目光投向我，「你也會死掉的。」

我又想起了教授和我說的話。

「因爲經常有人消失，是嗎？」我問。

「他們不知道去了哪裡。總有醫生會把他們帶走，然後就再也回不來了。」

新娘低著頭，像是猶豫該不該繼續說下去。

「一直是這樣嗎？」我又問。

「我不想被帶走。有人需要我，我就不會被帶走。謝力需要我，我才能留下來。」說到這裡，她轉頭朝後方的警衛看去，嘴邊露出一抹淡淡的笑容，「同樣地，他們需要我，我才能留下來不被帶走。」

她的笑看上去格外悽慘。

我突然意識到了什麼，聯想到葉萍的話，心裡一陣劇痛。新娘對我的敵意，源於恐懼。她怕我取代了她在南溟精神病院的地位。如果謝力迷上我，就不需要她，她就會被帶走。一個弱女子在這種情況下，能拿什麼來自保？

「我們一起離開這裡，怎麼樣？」我對新娘說。

「你……你在開玩笑嗎？」

雖然說話很輕柔，但我能感覺到她的聲音在顫動。

「我像開玩笑嗎？」我朝她笑笑。

「可是，要怎麼逃走呢？這邊裡裡外外都有警衛把守，病房也從外部上鎖。」嘴上雖然這麼講，但是，可能因爲我曾經成功離開過病房，新娘看我的眼神中，閃爍著希望的光芒。

我將初步的計畫詳細告訴了她。現在唯一的麻煩，就是看守我們的兩名警衛。這兩個人儘管看上去懶散，但目光從未離開過我們——特別是我身上。而且，我和新娘的任務是清理樓道和大廳，辦公室則非我們的職責範圍內。偷偷潛入辦公室，一定會被他們發現。另一個麻煩則是，醫院大樓的所有辦公室，幾乎都上了鎖。我們沒有鑰匙，即使沒人看守，對著一把固若金湯的門鎖，也只有望洋興嘆的份兒。

來到二樓，我們開始清掃起來，警衛坐在椅子上看著我們勞動。對講機發出了聲音，似乎病房那兒有些情況，其中一名警衛一臉慌張地離開了。整個二樓大廳，只剩下我和新娘，還有另一名警衛。

我緊鎖眉頭，離眞相只差一步之遙，卻什麼都做不了。焦慮的心態影響了我，一盆剛盛好的清水被我打翻，水濺到了警衛的褲管上。

「他媽的，你不長眼啊！」他眥目欲裂地朝我走來，看來是想給我一點顏色瞧瞧。

我連連低頭道歉，用拖把將地上的水漬弄乾。

怎麼辦？我不停地問自己，就這麼乾等下去？時間一分一秒過去，錯過這次機會，下次能從病房出來，就不知道要等到何時了。

「交給我吧。」新娘把頭湊到我耳邊，「我去把鑰匙給你弄來。」

「你？」

「等著瞧吧。」

新娘朝我俏皮地眨了眨眼，接著取出一塊乾淨的毛巾，然後笑吟吟地迎著那位警衛走去。

「哎喲，都濕了呢，要趕快換下，不然要感冒的。」新娘用誇張的語調說著話，把自己柔軟的身體緊緊貼到了警衛身上，一隻手順勢扯開了警衛褲子的拉鍊，「都怪那個婊子，瞎了眼似的，把你的衣服都弄髒了。不過別怕，姊姊來替你洗，好不好嘛？」

這個警衛顯然對新娘的作風有所耳聞，淫笑道：「那再好不過了！」

「換衣服怎麼能在這裡呢？你看，那邊有空房間，我帶你去唄？」新娘說著，朝警衛拋了個媚眼。那警衛骨頭都酥了，哪裡還顧得了我，左右張望一下，順手抱起新娘朝空房間走去。新娘被他抱在手裡，偷偷取下了他腰間別著的一串鑰匙，丟在地上。也許是熱情衝昏了頭，警衛絲毫不理會鑰匙墜地發出的響聲，腳步反而更快了。

「你給我老老實實在這裡打掃，別亂跑，不然打斷你的腿！」警衛只是丟下一句話，我離不離開，他根本不在乎。

說實話，拿到了鑰匙，我卻一點也高興不起來。心像被刀割一樣難受。不過，現在不是難過的時候，要抓緊時間。

看了一眼手中那串鑰匙，我開始構思下一步計畫。

3

我推開了莊嚴辦公室的大門。

窗戶緊閉，戶外的雨聲也消失了，這裡安靜極了。我順手關上辦公室的門，木質的門框悄然地擦過地板，在大門關上時，發出了輕微的咔嚓聲。

首先映入我眼簾的是一張整齊乾淨的書桌。一台蘋果筆記型電腦安靜地躺在桌面上，一個插著麥克筆和自來水筆的筆筒，一盒被拆開過的萬寶路菸，擺放的一沓文件袋。書桌上方是一張日程表，上面貼滿了各式各樣、黃色和綠色的便箋紙。

書桌有三層抽屜。我打開書桌的第一層抽屜，開始翻找起來。他的抽屜被各種本子塞滿，翻開其中一些記事本，裡面記著密密麻麻的英文。我能看懂其中一部分，但大部分都是醫學專業術語。合上本子，我打開了第二個抽屜。這裡面放置著一顆很奇怪的金屬圓柱體，中間有一圈黑色的條紋，看上去很小，有點像隨身聽的耳機，不過體積比耳機要大。圓柱體的尾端，有一根長長的電線纏繞著。除此之外，抽屜裡還有很多我完全看不懂的金屬零件，它們都很小，我想可能是莊嚴的手術設備吧。最後一層抽屜裡，淨是一些過期的報紙。取出後才發現，這些報紙的共同點是都有曾經報導或者採訪過莊嚴的新聞。

報紙上說，莊嚴的顱內磁力導航手術在世界上都數一數二。磁力導航下精準手術，只需在患者頭部開三個小口，通過磁力準確定位進行手術。這項技術，既解決了傳統手術切口大和輻射多的問題，又不會對人體有任何傷害，並且有效地縮短了手術時間，接骨精準。我把報紙放回原處。對於他的成就，我毫無興趣。

書桌的下方，是一個小皮包和一個廢紙簍，廢紙簍裡沒有東西，它的旁邊有一個金屬的檔案櫃。我先查看了檔案櫃，靜靜地拉出最上層的抽屜。裡面全是紙質的文件，一齊分類歸了檔，標記著疾病名稱、手術相關等名稱。我匆匆翻過活頁，淨是一些無聊的內容，沒有關於患者的資訊。第二個抽屜裡裝滿了各種筆和本子。我輕輕關上它，蹲下身子，打開了最底層的一個抽屜。

一堆雜誌。有足球相關的，有娛樂圈相關的，總之亂七八糟的一堆。我總感覺有些奇怪，爲什麼莊嚴會看這些東西？細細觀察下發現，這些雜誌幾乎都是全新的，有些都沒拆封。可見，莊嚴把雜誌堆放在這裡，用途根本不是閱覽它們，而是——

我將抽屜裡的雜誌全部搬了出來。果然，抽屜內除了雜誌，還有一個木質盒子。我用手托著它，盒子比我預想的重，我把它放在地上。這盒子一定隱藏著莊嚴的秘密，或許我的身世之謎就隱藏其中。又或許，這只是一個普通的木盒，裡面什麼都沒有，頂多是一些莊嚴不想讓別人知道的惡趣味。

無論如何，我都要打開它。

我閉上眼睛深深地吸了一口氣，然後打開了蓋子。

盒子裡面放置著一本很厚的黑色皮革記事本，像是莊嚴的日記。當我翻開它時，我才意識到自己猜錯了——這是一本記錄病患資料的本子。是的，在吳醫生辦公室沒找到的東西，出現在了莊嚴的辦公室中。同吳超那本不同，這本更詳盡，連患者的體檢報告、血型、骨齡都有標出。每一頁上，都附有患者的照片。大部分的照片都被打了紅叉，而打紅叉的這些人，我都沒有見過。

難道這些就是教授口中所說的，消失的那部分患者？這些患者又去了哪兒呢？

謎團如滾雪球般，越來越大。

我快速翻頁，想找到自己的資訊。終於，在記事本快要翻完的時候，我看見了自己的相片。那是一張身穿警察制服的一吋相片。

我是警察？

這個訊息對我來說，無疑是一記重擊，讓我頭暈目眩。

相片中的少女一副無憂無慮的樣子，對著鏡頭淺笑。那個時候，她絕對不會想到自己會被困在這座住滿精神病人的孤島上。

我又翻了一頁，我想知道自己叫什麼名字。

可就在這時，我聽見門把旋轉的聲音。緊接著又響起了一個聲音，非常細微。

有人在門外！

我開始慌亂起來。怎麼辦？我在莊嚴的辦公室裡，手裡捧著一本黑色皮革記事本。我慌忙合上記事本，動作很快。我把木質盒子放了回去，鋪上那些無聊的雜誌，爲了節省時間，我也不管是否會發出響聲，砰的一聲關上了抽屜，然後躲進了書桌下方。

咔嚓，咔嚓——

門外的人對這間屋子應該不熟，鑰匙嘗試了幾次都沒有成功。所以，站在門口的一定不是莊嚴本人。那麼，又會是誰，趁著莊嚴不在偷偷潛入他辦公室呢？首先排除醫院的病患，那就只有工作人員了。

正在我推理之際，門開了。

我把自己縮成一團，躲在書桌的下方。但我知道，如果他搜查這間屋子，我必然會被發現。現在的躲藏都是徒勞。人眞是奇怪的動物，道理都明白，可身體還是移動不了，反而蜷縮得更厲害了。

躡手躡腳走進屋子的人，穿著一身警衛的制服。這是我從桌底縫隙中看到的。

那人在檔案櫃找東西，可是笨手笨腳，鬧出很大動靜。我細細一看，這人不是謝力是誰？一向跋扈的他，怎麼會潛入莊嚴的辦公室裡呢？難道他們之間，也有著不可告人的秘密？我越想越不對勁。因爲是謝力，我更害怕了。如果讓他抓到我，下場可想而知。

「媽的，到底藏在哪裡？」

謝力嘴裡爆出一句粗口，甚至把書桌上的一枝鋼筆狠狠摔在地上。

——他要尋找什麼呢？

看他的模樣，應該不是第一次來這邊了。謝力三番四次潛入莊嚴的辦公室，尋找的東西一定也非同尋常。至於是什麼，以目前的線索，我是猜不到的。

「難道在那邊？」謝力自言自語道。

他在房間裡來回踱步，顯得很煩躁。

由於保持著一個很尷尬的姿勢，我的右腿有些麻了。左手撐地，想伸直右腿。可麻痹的腿失去了往日的靈活，竟然踢倒了紙簍！雖然紙簍只發出了一陣輕微的響聲，但在這安靜的房間裡，不啻一陣響雷。

「誰？」謝力自己也是一驚，忙大聲吼道。

我感覺自己像是在茫茫大海中快要溺亡的人，好不容易找到救生艇，卻因爲自己不小心把它弄破。我整顆心都沉了下去。

「是我。」

——誰在說話？

——房間裡還有其他人？

「姚羽舟？媽的，你在這裡幹嘛？想嚇死老子！」謝力衝他發火。

是大個子警衛，我鬆了一口氣。

「副隊長，你在莊醫生的辦公室裡做什麼？」姚羽舟說話聲音很沉穩，「他似乎不讓閒雜人等進入房間，特意囑咐過我們。」

謝力用手指著姚羽舟罵道：「睜開你的狗眼看看！我是閒雜人等嗎？」

「可是……」

「別可是了！我剛才覺得這裡有小偷，所以進門查看一下，發現沒人。可能是我聽錯了，好啦，走吧。去一樓巡邏一下。」

謝力隨便扯了個謊，希望能瞞過去。可姚羽舟看上去並不像白癡，但他又能怎樣？他只能低著頭，跟在謝力身後，退出了辦公室。

他們走後，我吐了口氣，九死一生的感覺。

現在不是放鬆的時候，還有另一件很重要的事情沒做——尋找那人的照片！

我翻開莊嚴的筆記型電腦，謝天謝地，連著網路。輸入谷歌網址，我在搜索欄中打入了「黑曜館殺人事件」七個字，然後按下輸入鍵。隨之跳出的是很多關於那次案件的新聞，我翻頁尋找，終於找到了寫這本書的作者——韓晉。

點開頁面，我找到了這傢伙的照片。這人看上去三十歲上下，皮膚白淨，眼神呆滯。據說他最近在創作偵探小說，不過，光看外表實在難以相信他有這方面的天賦。

門外傳來了警衛和新娘的呼喊聲，看來他們已經完事，我必須加快動作。我列印出照片，將Ａ４紙揣進懷裡，退出房間。

我小跑到大廳，見到那個警衛雙手扠腰，怒視著我。

「你跑哪兒去了？讓你好好在這兒打掃的呢！」

「對……對不起，我想上廁所。所以就……」

「太自由散漫了吧！要上廁所必須向我報告，這你都不懂？」

「你們在忙，我怎麼報告？」

警衛氣得臉通紅。

「不說這個了，我的鑰匙你有沒有看見？」

「你是說這個嗎？」我從背後拿出那串鑰匙，一臉認眞地說，「剛才在樓道裡撿到的！可能是剛才你脫衣服的時候，不小心掉的。」

「誰脫衣服了？是衣服濕了，去換一套而已。」警衛的臉更紅了。「我告訴你，今天在這裡發生的事，你要膽敢說出去，我弄死你。信不信？」

「我絕對不說，絕對不說。」我信誓旦旦。

新娘在他邊上，推了他一把，說道：「她的嘴很嚴，你放一百個心吧。怎麼？敢做不敢當？怕被謝力知道？」

那警衛撓了撓腦袋，尷尬道：「你也知道謝副隊，脾氣大得很，誰敢惹他。」

我轉頭向著新娘擠了擠眼，她心領神會般朝我點了點頭。事情辦妥之後，我們先回病房。晚上還需要參加音樂治療，我想，可以趁這個機會，把這篇手記和相片交給唐吉訶德。不，嚴格來說，是交給桑丘。

回去的路上，我和新娘沒怎麼說話，因爲警衛跟我距離很近，無論講什麼，都會被他聽見，造成不必要的麻煩。不過可以感覺到，新娘對我十分信任。她知道如果我能離開，一定會帶她一起，不會丟下她不管。

有時候，人和人之間不需要虛僞的承諾，一個眼神、一個微笑便足矣。

4

晚上音樂治療會的時候，發生了一件令人意想不到的事。我必須承認，這次突發事件改變了我對謝力的看法。如果說在此之前我認爲他是一個凶殘蠻橫的警衛，那事情發生之後，我對他的藐視又更進了一步。也正因爲那件事，讓我的這份手記未能及時交給唐吉訶德，也讓我有機會坐在病房的床上，手持著筆，繼續書寫發生在我身上的不幸。

夜裡吃過晚飯，袁晶就領著我們去了活動室。室內用音響播放著節奏舒緩的曲子，或許是什麼世界名曲吧，總之我不太懂。這些曲子是音樂治療師精心挑選，特別爲有攻擊傾向的精神病人定製的。

十多個病人在病房中圍成一個圓，坐在椅子上。治療師要求我們戴上眼罩，以便能專心致志地欣賞音樂，從而達到治癒心靈的目的。手記和相片被我藏在了內衣中，若非搜身，光從外部是瞧不出來的，這點我很有自信。音樂如同一汪清泉，流淌在我心田，滋潤著我急躁的內心。不得不承認這些歌曲選得很好，讓我在急躁的環境中，享受著難得的愜意。

「唐吉訶德，你怎麼愁眉不展？」葉萍離我很近，所以她說的話我聽得很清楚。

「有人拿了我的東西。」唐吉訶德沮喪道，「那是我最重要的東西。」

「你那隻鴿子不見了？我猜一定是被別人偷去煮了。」葉萍幸災樂禍道。

「不是桑丘，是我的騎士盔甲。」

「一堆廢銅爛鐵，誰會要？」葉萍不屑地說。

「哼！你根本就不懂盔甲對於騎士的重要性！」

唐吉訶德的情緒有些激動。

這時，我悄聲問他：「是什麼時候發現不見的？」

「今天早上起床就沒了。」

「全都不見了嗎？」我好奇問道。

「那倒不是。」唐吉訶德撓了撓頭，「只是頭盔沒了。」

「也就是說，在你睡覺的時候，有人潛入了你的病房，拿走了頭盔？」

「是的。」

「醫院工作人員幹的吧？」我試探性地問了一句。

「別聽他胡說八道，我看啊，破頭盔就在他床底下呢！只不過他沒找到而已！」葉萍抱著她的塑膠娃娃，冷笑道。

不過我也寧願相信是唐吉訶德的疏忽，畢竟這種歐洲騎士頭盔，除了他這種瘋子之外，還有誰會要呢？不過，看來這件事對他的打擊很大。沒了盔甲，唐吉訶德便覺得自己不再是風光的騎士了，而這對他來講很重要。

言歸正傳。

我原本打算在音樂治療會結束後，排隊之前，趁著混亂將手記交到唐吉訶德手中。可天不遂人願，計畫外的事還是發生了。

起初，謝力從門外走進病房，我沒有特別在意。只是，我能感受到他的眼神一直停留在我的身上，如同被一頭餓狼注視，搞得我很不自在。曲子結束後，音樂治療師和謝力說了幾句話，然後走出活動室。他剛離開，謝力就把活動室的門關上了。

「我有些話想對你們這些人渣說。」他仰起頭，抬起了下巴，像是皇帝準備頒布聖旨。此時的活動室內，除了十幾個病人外，只有謝力和另一個警衛兩人。

「昨天晚上發生的事，想必大家都看見了。傻老頭襲擊了警衛，爲此他付出了代價，現在仍躺在醫療室內。別以爲你們腦子有病，我就會對你們寬容，在我看來，你們和監獄裡的那些渾蛋殺人凶手沒區別。我希望你們聽得懂我說的話——別在我面前裝瘋賣傻！或許醫生們會上當，覺得你們眞他媽是被什麼魔鬼附體了！我才不管呢，我腦子裡只有一個想法，你們是故意這麼幹的！是故意要讓我難堪！」

謝力站在我們圍攏的圓形中央，喋喋不休地說著話。他是想警告我們，換句話說，他害怕被病患襲擊，所以才必須用鐵腕手段一勞永逸地解決問題。這種想法出於他對精神病學的無知，以及自身傲慢的性格。

「還有，別再和我提教授是多重人格，有個他媽的開膛手傑克潛伏在他體內，另一個人格是他媽的人見人愛的米老鼠。去你的，我才不信呢！這都是藉口，我了解你們，這裡不是什麼醫院，我也不希望所謂的醫生讓你們聽幾首兒歌就治好你們的病，我希望你們都下地獄，永世不得超生。所以說，以後誰膽敢襲擊警衛，就不是淋淋雨這麼簡單了。你們聽懂了嗎？」提出問題後，謝力把目光掃向眾人，似在尋求一個回應。

坐我身邊的唐吉訶德已經被他這番言論嚇得瑟瑟發抖，面色蒼白；葉萍也緊緊環抱她手裡那骯髒的塑膠娃娃。畏懼的情緒瀰漫在整個活動室，空氣中似乎都能聞到膽怯的氣味。只是，我注意到有一個人例外。

那個他們稱之爲「佐川」的殺人犯。

至於爲什麼叫他佐川，恐怕是源於一起眞實的殺人案。一九八一年，巴黎發生了震驚世界的「佐川艾沙案」。殺人者名爲佐川一政，一個在犯罪學上備受研究及爭議的人物。

佐川一政在巴黎大學攻讀英國文學專業時，被荷蘭籍女同學里尼・哈特維爾特（Renee Hartevelt）吸引，開始了瘋狂的追求。有一次，他將哈特維爾特約至家中，用獵槍殺死了她。哈特維爾特死後，佐川對她進行了屍姦，並殘忍地割下她大腿及臂部進食。兩天後，又將剩下的屍塊以兩個大皮箱裝載丟到公園。事情曝光之後，法國警方拘捕佐川並對他做出指控。可是因爲佐川的父親有權有勢，迫於壓力，最後法庭判定佐川有嚴重的精神病，只是將他送進精神病院進行治療。

我沒有興趣去打探南溟精神病院的佐川是因爲犯了什麼罪而被關在這裡。我只是知道，現在，從他的眼神中，我隱隱約約看到了當年那個日本殺人魔的樣子——那是暗藏在平靜水面下的巨大暗流。

「喂！大聲一點回答我，你們聽懂了嗎？」謝力受夠了病人們無聲的抗議，朝著眾人呼嘯，「難道還要給你們一點顏色——」

話未說完，原先靜坐的佐川，如同射出的弓箭一般，躥到了謝力的身後。眞是一瞬間的事情，我想不起從前見過誰的動作比他還快。他的胳膊倏地繞過謝力的脖子，一把扣住了他的咽喉。與此同時，佐川抬起夾著刀片的左手，架在了謝力的喉結上。謝力當時一定驚呆了，沒有做出任何反抗的動作，任由佐川擺布。

佐川像拖著一條狗似的，把他朝著活動室的門邊拽。謝力嚇得魂飛天外，眼中迸發出將死之人的絕望神情，並發出了長長的尖叫聲。

「安靜。」

佐川就說了兩個字，且聲音低沉。

我本以爲謝力會反抗，甚至以同歸於盡的心態，向挾持他的佐川發起猛烈的進攻。可是我錯了。此時的他，雙眼圓睜，面如白紙，嘴角還垂著一絲唾沫。他像是個幼兒般對侵犯他的人言聽計從，極其配合。看來他是眞的害怕了。這一切發生在幾秒鐘之內，大家還都來不及眨眼，便聽見了謝力哭號的聲音。

那個警衛也被鎮住了，雖然已經抽出了警棍，可是腿像被釘在地板上一樣，動都不動。他只是站在那兒，看著謝力，臉上驚慌的表情暴露了他內心的怯意。那一刻，我對這裡的警衛感到失望，他都沒有警告佐川放下武器，一句都沒有。

「求求你，別傷害我。」謝力哭得像個無助的嬰兒，「放了我，什麼條件我都答應你。」

佐川用背頂住房門，對謝力說：「把插銷插上。」

謝力沒有動。

佐川架在他脖子上的手使了點勁，鮮血登時順著謝力脖頸流淌下來，沒入他的衣領。

「別……千萬別……我照你說的做！」謝力用顫抖的手去鎖門，試了三次才把大門的插銷插上。他這樣做，恐怕是爲了防止其他警衛前來支援。

「把你剛才說的話，再說一遍。」佐川冷冷道。
「什麼？」
以沉默來代替回答，佐川的刀片再次嵌入謝力的脖子。
「我不敢說……求求你了……」謝力褲襠處的顏色變深了，然後沁出了滴滴水珠，在他身下匯成一攤暗色的水跡。
佐川把他嚇得失禁了。
「快給他一塊尿布！」不知道誰說了一句。
葉萍忍不住笑出聲來，意識到失態後，忙止住。謝力看了她一眼，但沒有說話。
「你要是膽敢再虐待這裡的病人，我就吃了你。」佐川言語中不帶一絲感情，「你知道我是犯了什麼事進來的，而且說到做到。這一刀，是代教授給你的。」說話的同時，佐川拿起刀片，在謝力臉上狠狠劃了一道血口子。頓時鮮血如注，染紅了謝力半張臉。
「啊！！！」謝力像隻豬一樣尖叫起來。
「發生了什麼情況！快開門！」門外響起了雜亂的腳步聲，看來聚集了不少警衛。
站在房間裡的那個警衛，回答道：「謝副隊被劫持了，請求支援！」
「快開門！不然撞門了！」
「給你最後一次機會！」

門外的人警告道。

「我不喜歡說話。」佐川把頭湊到謝力耳邊，遠遠看去，像是在親吻他，「所以說最後一遍，你再放肆，我一定吃了你。我會在你把我殺死之前，吃了你。」說完這句話，佐川放開了謝力，往後退下，丟了手中的刀片，還把雙手舉過肩膀。

謝力癱軟在地上，另一名警衛趕緊上前攙扶他，扛著他的手臂，走到牆邊。他呼吸非常急促，伴隨著哽咽，聽上去就像在哭泣。我見過謝力這副模樣，殘暴的警衛原來是個軟蛋，這刷新了我對謝力的認識，更讓我見識到人性中最醜陋的一面。

最終房門還是被警衛踹開了，衝進了一波人。他們七手八腳地將佐川制伏，把他的臉緊緊按在地上。自始至終，佐川都面無表情，彷彿被一群大漢壓在身下的不是自己，而是一個陌生人。謝力似乎從崩潰的情緒中緩過神來，見到威脅自己的人被制住，勇氣又回到了他身上。他站了起來，雖然雙腿還是顫抖，可畢竟站起來了。

「關……關起來……」謝力下了命令，但不敢看佐川的臉。

兩名警衛一人一邊架住佐川，朝門外走去。佐川的臉還是那樣，連眨眼都很少。

「今天的事，要是有人講出去，你們都得死。」謝力惡狠狠地說道。

即便是這樣的時刻，他還不忘威脅我們。

這次的事件導致警衛取消了交流時間，病患們很快回到了病房。爲此，我準備的東西沒能順利交到唐吉訶德手中。不過我已和他約好，在明天團體活動時間交給他。一隻鴿子能有什麼能耐？說實話，我認爲桑丘能夠聯繫上警察這事，希望很渺茫。雖然這座島很小，但鳥類的智力有限，這是生物學上限定的。桑丘能夠和唐吉訶德玩玻璃球遊戲，但並不代表牠眞能理解我們全部的意思。唉，這次聯絡能不能成功，只有交給上帝了。

今天運氣不錯，行動很成功，唯一可惜的，就是莊嚴辦公室的那本黑色皮革本裡關於我的資料沒能看全。那時門口有異響，我只是瞥了一眼自己的名字——我根本不叫徐儀，那果然是莊嚴用來矇騙我的謊言。

我不姓徐，我姓唐。

我的名字叫唐薇。

第六章

1

我伸手拉開窗簾，太陽彷彿仍躲在雲層後面，即使是在早晨，也只看到一片昏暗的天空。昨天晚上雨徹底停了。時間尙早，原本以爲起碼七點，看了手錶才發現只有六點多。陳熠還仰躺在床上熟睡著。在任何地方任何時候都能迅速入睡，這就是他最大的本事。

回想起昨夜目睹的小丑，直到現在心情都無法平靜。果然和我想的一樣，這個島實在太詭異了，如果陳熠當初能聽我的話不來此地，那該有多好！也許有人會嘲笑我膽小，其實並不是。曾經我也是一位堅定不移的無神論者。可是當生活中有科學無法解釋的事件放在你眼前時，恐怕誰都會對此產生動搖。科學家都無法倖免，何況一介書生的我呢？徐鵬宇被殺時的錄影，比我看過的任何恐怖片都恐怖。說到底，眞實和虛擬之間沒有可比性，這就是爲什麼一個好的恐怖故事抵得上一部恐怖電影。

眞實發生的案件，永遠令人恐懼！

再退一萬步，就算徐鵬雲被害時的錄影是經過後期處理的，那麼我在走廊中見到的小丑又該如何解釋呢？跳舞的小丑在走廊的盡頭消失，如此詭異的場景，說出去都沒人信。那麼，會不會是我自己的幻覺？我覺得可能性幾乎爲零。我是一個思維正常的成年人，我當然分得清幻覺和現實的區別。那個時候，我分明是看見了一個小丑，決計不會是假的。只是，小丑在路口的時候突然如煙一般消散在空氣中，實在無法解釋。就算是聰明如陳爝，面對這樣的案件，只怕也束手無策。

陳爝在床上翻了個身，臉衝著牆壁，又打起鼾來。

正當我嘗試推理出幾個可能性較強的結果時，忽然傳來一陣敲門聲。誰這麼早來？離用早餐還有一段時間呢！我披上一件外套，走到門口。當我打開門的時候，著實嚇了一跳，不僅唐薇站在門口，就連警衛隊隊長齊磊也在。

「出事了。」唐薇的臉色很難看。

「發生什麼事了？」我被他們搞得一頭霧水，完全不在狀態。

「又有人被殺了。」

唐薇深吸了一口氣，對我說道。

聽到這個消息，我一時愣住。說實話，雖然不見得島上的人都對我們友善，但是，不論誰被殺都會讓我感到難過。此刻，我腦中浮現出了那個深夜跳舞的小丑，他會不會是殺人凶手？如果不是，那又是誰呢？不幸被我言中，這座名為鏡獄島的地方，果然是個不祥之島。

我懷著忐忑不安的心情問道：「那麼，被害者是誰呢？」

誰知唐薇竟說出了一個讓我更為驚訝的答案。

「不知道。」

「什麼？你沒開玩笑吧？」我不明白她這麼說是什麼意思。

或許是因為我們交談的聲音吵到了陳熵，他從床上坐起，睡眼矇矓地看著門口那兩個人。他還沒搞清楚狀況，撓著一頭亂糟糟如同鳥窩般的頭髮，打著哈欠說道：「你們是鬧鐘嗎？大清早吵什麼吵？沒見我還在睡覺嘛！」

陳熵一直有起床氣，為此我和他不知鬧過多少回了。見狀，唐薇不得不把剛才對我說的話，又重複了一遍。而站在她身邊的齊磊，自始至終沒有說過一句話。也許是被殺人事件震驚了吧，我只能這麼理解了。

「死者身分不明？」陳熵披上外衣，皺眉問道。

唐薇點頭。

「難道死者是個陌生人嗎？」我提出假設。

之所以這麼問，關鍵在於鏡獄島是一座島嶼，航海者如果遭遇海難，屍體很有可能被海水沖到鏡獄島的海岸上來。假設死者是在船上被殺害，船身觸礁破碎下沉，那麼這位被害者在島上被發現，也不是不可能的事。

然而，唐薇的回答把我的假設擊得粉碎。

「當然不是，死者確實是鏡獄島上的人，只是目前無法確定身分。」

實在無法明白她想表達什麼。

「無頭屍。」

齊磊終於開口了，雖然只說了三個字。

「你的意思是，凶手把死者的頭顱砍下了？」我感覺胃在痙攣，有種想吐的衝動。

怎麼說呢，作爲一個推理小說迷，對於無頭屍一定不會陌生。這是推理小說中經常出現的橋段，甚至有一種專業名詞就叫「無頭屍詭計」或者「無面屍詭計」。一般凶手將死者的頭顱砍下帶走，或者把死者的臉部特徵用某種手法抹去，目的在於混淆警方的調查。首先，讓警方無法確定死者的身分；其次，利用這種殺人手法的特性，順勢造成一種錯覺——比如死者其實並不是大家以爲的那個人，因爲沒有臉只能從衣著服裝上進行判斷，從而蒙混過關。實際上，最後的眞凶通常是眾人以爲早就被殺的那個人。

不過那都是推理小說中的手法，套用在現實中恐怕不可行。

「哪裡被殺的？」陳爝問。

「操場上。」

說話時，唐薇還朝我們身後的窗外指了一下。可惜霧太大，我們什麼都看不見。

「幾時被發現的？」

「五點四十分，是值班的警衛發現的。」唐薇回答的時候，看了一眼齊磊。

「還是先到現場看看吧。」我提議道。

「不過，我勸你們還是做好心理準備。」

「此話怎講？」

唐薇躊躇了一會兒，才說：「我不知道該如何形容，可是現場的情況真的很詭異。被害者的頭顱被凶手拔掉了。」

「你剛才沒用『砍』，而是『拔』？」

陳爝注意到唐薇修辭上的問題。

「連根拔起。」唐薇的嘴唇有些顫抖，我看得出她強行壓抑著內心所受到的震動。「我檢查過脖子的切口，凶手並不是用刀或者其他什麼工具，那傷口看起來，像是他用雙手拔的。頭部一片血肉模糊的慘狀，真是……」

「怎麼可能！」我驚呼起來，「就算是世界上最強壯的男人，也不可能用雙手把一個人的頭顱扯下來！這不科學！」

「如果不是人呢？」齊磊的表情看上去很認眞，「做出這種行爲的，只會是魔鬼！」

正當我猶豫，是否要將昨晚目擊小丑的事告訴唐薇的時候，陳爝突然道：「看你的表情，似乎心裡已經有了答案。」我不知道陳爝爲什麼這麼說，但他看事一向很準，作爲室友，這點我深有體會。

齊磊並沒有否認的意思，他張開嘴，說了一個讓我至今難以忘懷的名字。

「密室小丑。」

「什麼？」

唐薇早就知道了密室小丑的情況，便花了五六分鐘的時間，大致爲我們介紹了一番。在此之前，我還眞不知道竟有如此奇怪的犯罪者。眞是大千世界，無奇不有，是我少見多怪了。唐薇言罷，陳爝迅速看了我一眼，我明白他的意思。毫無疑問，昨天晚上我目擊的那個神秘的小丑，其眞實身分，非密室小丑莫屬。

「這個瘋子逃走之後，你們就再也沒能抓到他？」我多問一句。

「他可不是普通的罪犯，只要他想離開，銅牆鐵壁都阻擋不了，別說區區一家醫院了。」齊磊聽了我的問題，露出鄙夷的表情。

「等等，方才你說密室小丑曾經在社會上引起轟動。原因便是他所犯下的案子，件件都是不可能犯罪。警方甚至不知道他究竟用了什麼手法，把所有房間都上了鎖。難不成這次的案件也是一樁不可能犯罪嗎？」我嚇得連說話的聲音都變了。

「恭喜你，烏鴉嘴，又說中了。」唐薇不無諷刺地說道。

「是在密室中嗎？」我又問。

「那倒不是。」

「唐小姐，我求求你別賣關子了，一口氣說出來行不行？偏要我問一句，你才答一句。」我沒好氣地說。

「你們知道昨天下雨是吧？」

唐薇突然說了一句題外話。雖然不明白她的意思，但我還是如實答道：「沒錯。」

她繼續說：「夜裡的時候，雨就停了。」

「是的。」我催促道，「你想說明什麼呢？」

我記得半夜上廁所的時候，雨勢已經很小了，當我和陳爝在房間裡談論那個神秘的小丑時，窗外的雨已經停了。

「下雨之後，操場上一片泥濘，全是濕透的泥土，只要踩上去必定會有腳印。根據醫生的判斷，死者死亡時間是在雨停之後，那麼問題就來了，爲什麼如此泥濘的土地上，沒有凶手的腳印？」

「你是說，殺人時凶手一定是在操場上的，但卻沒有他的腳印？」我懂她的意思。

唐薇滿意地點了點頭。

「陳屍地點在哪裡？」陳爝問。

「操場正中央。」齊磊不假思索地應道。

「操場有多大？」

「標準足球場大小。」

「也就是68m×105m？」

齊磊想了想，然後道：「可能有一點偏差，不過差不多是這個尺寸。」

頭顱被砍，屍體周圍沒有腳印，這種只會出現在本格推理小說中的場景，竟然化爲現實，發生在這座被詛咒的島嶼上。怪不得唐薇要讓我們做好心理準備，不然就算沒被那恐怖的景象嚇得半死，也會懷疑自己是否置身夢中。

「我說這次的案件詭異，並不是因爲頭顱消失，或者沒有足跡。」唐薇彷彿用盡了全身的力氣，徐徐說道。我對她的說法感到有些困惑和不解。在這個世界上，難道還有比不可能犯罪更離奇古怪的事嗎？

「哦？那我倒要聽聽。」陳爝笑著揚起單邊眉毛，顯得饒有興致。

唐薇卻笑不出來。她把視線投向窗外，一字一字說道：「被害人像一隻吸血鬼般，被凶手用手指粗的麻繩，死死捆綁在一座十字架上。」

一具無頭屍，被捆綁在十字架上，而周圍鬆軟泥濘的土地上，卻沒有任何人，包括被害人自己的腳印。我想像著這樣慘烈的畫面，渾身上下竟不由自主地戰慄起來。

2

泥地的中央插著十字架，而屍體就被綁在上面。我不想多費筆墨去描寫這具無頭屍體的情況，總之十分血腥，可以用觸目驚心來形容。自從跟隨陳爝參與偵辦案件開始，我就堅信，任何恐怖片的特效，都比不上真正的死屍來的恐怖。

更何況，這又是一具脖子被生生扯斷的無頭屍！

死者的頭顱不知去向，警衛們初步推斷是被凶手帶走了。也只有這個推理講得通。我們趕到現場後，周身充滿了冰冷的氣流，偶爾有烏鴉啼叫著停在十字架的頂端，像是在迎接死神的降臨。若不是警衛在屍體四周驅趕，這些烏鴉很有可能會將被害人的屍體啄食乾淨。警衛用棍子敲打牠們，烏鴉拍打著翅膀在屍體上方迴旋，久久不願離去。說句實話，會發生這樣的悲劇，我眞是做夢都沒有想到。

十字架周圍都是凌亂的腳印，照警衛齊磊的說法，不久之前，這裡連一個腳印都沒有。我想，或許眞是長著翅膀的死神奪取死者性命的。那個死神，搞不好就是天空中某隻烏鴉的化身，此刻，正嗤笑著我們人類的愚蠢。

「別碰他。」唐薇伸向屍體的手被陳爝喝止了。

「我只是想確認一下他確切的死亡時間。」

「死亡時間是淩晨三點。」說話的人是院長郭宗義。他氣得面色鐵青，從我們來之前就不停地咒罵著凶手。

我看了一眼陳爝，他並沒有發現。此時的陳爝，正聚精會神地看著那具無頭屍，思考著什麼。過了一會兒，他才問道：「雨幾點停的？」

齊磊答道：「凌晨兩點前後。」

陳爝點頭道：「也就是說，兩點之後，沒有人踏入過這片土地，是不是？」

「是的。」

「死者死亡時間是淩晨三點，雨卻兩點就停了，眞是太奇怪了。」陳爝用食指輕撫下巴，這是他思考時的習慣動作。不同以往，這次我明顯能看見他的食指正微微顫抖。

「頭是死後被砍下的嗎？」我取出記事本，在上面寫下了死亡時間。

「是的，莊醫生做過活體反應測試。」齊磊話說得很快。

我環顧四周，並沒有看見莊嚴醫生。操場上，唐薇和陳爝站在我身邊，齊磊同郭院長站在我的對面，其餘還有三名警衛，正在將屍體卸下十字架。

郭宗義對齊磊說道：「當務之急是查明屍體的身分。齊磊，你快去調查一下今明兩日是否有失蹤的工作人員。對了，病人那邊也查一下。斬首，眞是殘忍啊……」

「兇手到底是如何做到的呢？」

唐薇是在說泥地上沒有留下腳印的事。

「現在連死者的身分都沒搞清楚，分析兇手的作案手法爲時過早。」陳爝毫不客氣地說道，「郭院長，我想調查一個失蹤人口不是什麼難事吧？我希望盡快知道死者的身分。」

「那當然，齊隊長已經去辦了。」郭宗義用毛巾擦拭額頭的汗水。

唐薇拿出了手機，對我們說：「當務之急是聯繫三亞市警方，這種複雜的情況，我們可應付不來。」

「可是這裡沒信號吧？」我邊說邊觀察郭院長的表情。果然，他對著我點了點頭。

「警衛室有電話，應該可以聯絡到那邊的警察。」

郭宗義說罷，便囑咐一位年輕的警衛去報警。唐薇試了幾次，果然連接不上，索性就放棄了。過了大約十幾分鐘，剛才那位青年警衛跑到我們面前，說是聯繫上了三亞市的警察，可是因爲天氣因素，他們最快也要三天之後才能到達鏡獄島。

「三天？有沒有開玩笑？」我生氣地說，「這裡出人命了！爲什麼不能派直升機來？」
「因爲是雷雨天氣，空中航行估計也有風險。」
「那派潛水艇！」我的聲調高了八度。
陳熠拍了拍我的肩膀，衝著我搖頭，制止我繼續說下去。
「看來只能等待了。」郭宗義又用手帕擦了擦臉。
在自己醫院發生兩起殺人事件，作爲院長，就要擔起責任。可無論怎麼看，郭宗義就是不像一個有氣概的男人。特別是這一次，他流露出驚慌失色的表情，讓我非常失望。
陳熠圍繞著木質十字架走了兩圈，然後抬起腳，用力踹了一下。見那十字架紋絲不動，陳熠似乎想到了什麼，雙手握住十字架的兩邊，用力往上提。看得出他使出了很大的力氣，可十字架一寸都沒有移動。這時，陳熠才對身邊的警衛說：「把這架子挖出來。」
他們用鐵鏟開始挖土，我注意到，十字架上還有死者留下的斑斑血跡，像是死者對這個無情世界的控訴。三個人圍繞著十字架開始挖掘，過了好久才見底，看來扎得還挺深的。十字架的底部，不僅僅是一根筆直的木棍而已，底部的結構很複雜。操場地下埋著不少負責透水系統的鋼筋混凝土管，十字架底部有三根金屬倒鉤，分別掛住了三根混凝土管。這麼看來，這是凶手特別製作的，用土掩埋後，光靠人力根本無法將十字架拔出。
「看來做這個十字架，還花了一些心思啊。」唐薇在一旁評價道。

「爲了防止死者掙扎吧。這樣無論被綁的人使多大的力氣，也無濟於事。這樣死者就成了凶手的甕中鱉，可以讓凶手慢慢玩弄他，直至死去。」我說出了心裡的想法，並且自負地認爲這是唯一的解釋。

「對不起各位，其實……」郭宗義欲言又止。

「其實什麼？」

「這十字架，是我們醫院工作人員立的。」

「是你們醫院做的？爲什麼？」

「懲罰不聽話的病人。」郭宗義羞愧不已，「當然，我也是剛剛才得知的。不然我一定會制止這種不道德的行爲……」

「你們這是在虐待病人！我要投訴你們醫院！」唐薇氣憤地說。

只見郭宗義低著頭，一言不發。

陳爝沒有說話，他蹲下身子，查看了四周的泥土，然後取了一小塊土，用右手的食指和拇指反覆揉搓，再放到鼻子下方聞了聞味道。我本想開口詢問陳爝的用意，不過細想之後還是忍住了。喜歡賣關子是陳爝的特殊愛好，不到最後關頭，休想讓他說出自己的想法。

「死者被凶手五花大綁，有沒有遭受過虐待？」唐薇又冒出個問題。

警衛解開死者的衣服，死者身體上沒發現利器造成的傷痕，除了被麻繩捆綁的部位有嚴重的勒傷，還有一些瘀青。這些因爲繩子摩擦造成的擦傷很正常，任何人被捆綁都會有這種痕跡。只不過這位死者掙扎的幅度更大，所以所受到的創傷更加嚴重。

「不管怎麼樣，」唐薇說，「虐待病人是觸犯法律的行爲，我希望從今往後，這座十字架再也不會被立在操場中央。」

「這個當然，我一定加強整治力度。那些違法亂紀的員工，必須毫不留情，直接開除。唐警官，這點你放心，請務必相信我。」郭宗義一臉認眞，像一個中學生在對班主任保證下次不再蹺課一樣。

不過，我不認爲醫院員工在參與懲罰病人時，院長對此毫不知情。或多或少是採取睜一隻眼閉一隻眼的態度吧！眞想不到在如此現代化的醫院裡，還發生這種不文明的事，如此看來，在對待精神病人方面，人類的歷史不僅沒有進步，反而在倒退呢！怪不得唐薇如此憤怒，我覺得任何三觀正確的人，對此都會抱有一種憤怒。

「如果沒有其他事，我先回辦公室了。今天還有兩個會要開。」郭宗義嚅動著嘴巴，視線在我們三人身上不停切換，像是在徵求我們的同意。

最先點頭的是陳爝，他說：「郭院長，這裡沒你什麼事了。我還要再待一會兒，你先去忙吧。」

聽了他這話，郭宗義彷彿死刑犯得到了特赦令，歡天喜地地去了。

就這樣，操場上只剩下我、唐薇和陳熵三個人。

「你們怎麼看？」

沒想到陳熵竟然會徵詢我的看法。

「你要聽實話嗎？」

「是的。」

「我覺得不像人類能做出的事……」

「不是人類幹的，難道是外星人？」

「鬼魂也好，外星人也罷，總之這不是人類所為可以解釋的。你剛才也聽他們講了，這人是在凌晨三點死的，可雨在兩點就停下了。雨停時，這人還活著呢！那麼，凶手要揪下他的腦袋，必須走近他，除非凶手有一把長四十幾公尺的刀，站在泥地範圍外砍下死者的腦袋。」

「四十幾公尺的刀？韓晉，你這個想法還眞有趣呢！不愧是寫推理小說的，你索性在你的推理小說中，讓凶手造一把兩千公尺長的刀，這樣可以在幾千公尺之外取人首級呢！」

「是你問我看法的，說了你又揶揄我。」我撇嘴道。

「你說的話沒邏輯啊。首先，四十幾公尺的刀，虧你想得出。好，就算有一把四十公尺的刀，我也承認兇手有比猩猩還強的臂力能夠舉起這樣重的刀，即使如此，還是有兩個地方不合邏輯。第一，屍體脖子上撕裂的傷口，只要看一眼，外行都能分辨這並不是利器造成的；第二，死者是被綁在十字架上，如果頭是被長刀橫向切除，那麼頭部後方的木柱子，怎麼會安然無恙呢？韓晉，說話前拜託先動動腦子！」

「我只是提出假設，你用不著這麼較真吧！」

「假設不是胡說八道，這麼簡單的道理你都不懂？」

唐薇站到我們中間，用雙手推開我們，不耐煩道：「夠了，你們別吵了。徐鵬雲的案子還沒解決，又多了一具無頭屍。你們兩個啊別再給我添堵了。陳爝，你剛才問我們有沒有想法，你呢？我看你似乎察覺到了什麼？」

陳爝瞪大了眼睛，用難以置信的口吻說：「有嗎？是你誤會了。」

沒能得到想要的答案，唐薇像是個洩了氣的皮球，整個人都頹了。但以我對陳爝的了解，他這種浮誇的表情，一看就是在演戲。陳爝一定想到了什麼手法，可以完成這次魔術般的殺人。只不過目前沒有決定性的證據，他不會多說一個字。

所以，我們現在能做的，就是慢慢等待線索浮出水面。

而首當其衝的，就是要知道這個被綁在十字架上的倒楣鬼，究竟是誰。

3

剛吃過午飯，天又下起雨來。原本打算一個人在戶外走走，可雨傘也沒一把，只能躲進醫院大樓。陳爝今天不知搞什麼鬼，說早上被吵醒了，要回宿舍補個覺，唐薇說沒胃口，乾脆午飯也不吃了，不知跑去了哪裡。我本想和他們商議一下無頭屍命案的情況，現在倒好，只剩我一個人了。

也許大部分員工都去了食堂，樓道裡空空的。倒是挺適合思考問題。

我獨自走著，想著心事。忽然抬起頭，竟撞見了梁夢佳。

「你怎麼在這兒？」我愣了片刻，立刻問道。

「我看你好久啦！」她捂著嘴笑，眼角彎曲的弧度很好看，「你一直在發呆。」

我有些尷尬，用手撓了撓臉頰：「我……我在想剛才發生的案件……」

「眞的是好恐怖。」梁夢佳用力點頭。

「以前沒發生過這種事嗎？」我問她。

「沒有。」她點頭之後又搖頭，「我就是覺得好恐怖，以後晚上都不敢出宿舍的門了。」

「好啦，換個話題。你午飯吃過了嗎？怎麼一個人在這裡？」

和一個美女談論無頭屍，實在太殺風景，我決定聊聊關於她的事。

梁夢佳舉起手裡的一本書，在我眼前晃了晃。書名叫《人性的枷鎖》，那是一本英國作家毛姆的小說。她接著說：「我去圖書室借書看啊！」

「你平日裡喜歡看書？」我問。

「是啊，這裡空閒的時候很無聊的。」梁夢佳說，「對了，韓先生是作家吧？什麼時候能送我一本你的書呢？我一定好好拜讀！」

「哪裡是什麼作家，只是個普通的寫手罷了。」我不好意思地說，「原來你們醫院還有圖書室啊？」

「對啊，要不要去參觀一下？」梁夢佳說。

爲了能和她多待一會兒，我當然不會拒絕。「好啊！」我說，「順便看看你們都藏些什麼書！」

「跟我來！」

梁夢佳領著我走了幾分鐘，就到了他們的圖書室門口。

她剛想推開門，門竟然自己打開了。從圖書室裡走出來的，是一臉驚恐的莊嚴。他頭上還掛著汗珠，嘴唇哆嗦著看著我們倆。

「韓……韓先生……」他朝我點點頭，然後就想迅速離開。

「莊醫生你好。你這是……」

我剛開口，就被他打斷了。他說：「沒事，沒事，我先走了。」然後快步離開。我注意到，他的手上並沒有書。

「什麼情況？」

我問梁夢佳，她也不知道。

莊醫生去了圖書室又不借書，那他去做了什麼呢？

這個問題我並沒有考慮太久，因爲身邊有美人相伴，任何事都是浮雲。那天中午，我和梁夢佳聊了好一會兒，直到她要去接班，才依依不捨地告別。當然，這只是我單方面的感受，至於梁夢佳對我有沒有意思，那只有上帝和她才知道了。

回到宿舍，陳孄急急忙忙地推著我出門，嘴裡不停地說：「快點，他們在等我們！」

「誰在等我們？」

「是齊磊，據說查到死者的信息了。」陳孄的聲音聽上去滿懷期待。

陳孄和他們約在醫院的接待大廳。

這是我第一次見到謝力。他衣服濕透，臉上滿是雨水，看上去像是剛剛從海底世界走出來。我們還來不及吃早飯，就聽說警衛部已經鎖定了失蹤人員的名單，齊磊讓我們立刻到接待大廳和他見面。

負責向我們報告的就是這個名叫謝力的男人。他站在齊磊的邊上，挑釁似的打量我和陳熘。我從見他第一眼起，就討厭這個賊眉鼠眼的傢伙，之後的事證明我的判斷沒有錯。有些時候我的直覺準得不可思議。齊磊向我們介紹，謝力是警衛部的副隊長，地位僅次於他，可以說是他的左右手。

「謝先生沒打傘嗎？」陳熘問道。

「這麼大的雨，有傘也不頂事兒。況且我又是接到通知臨時趕來的……」

謝力用手帕擦了擦臉。

「說點正經的吧。」齊磊催促著謝力，「我可沒空在這裡陪你們閒聊。對了，那位唐警官怎麼不在？」

經他這麼一說，我才想起，自從離開案發現場後，就沒見過唐薇了。我看了一眼手錶，現在是下午一點，也就是說，唐薇起碼有三個小時沒和我們取得聯繫了。

「她說是去警衛部找你們了。」我說。

齊磊和謝力對視一眼，然後衝著我們搖頭。

「那她去哪兒了？」

陳熘聳了聳肩。

齊磊說道：「可能自行調查去了吧，你們這些警察都這樣。醫院這麼大，一時迷路了也說不定。我們也別浪費時間，謝力，你和他們說一下剛才得知的情況。」

「被害者的身分，我們已經調查清楚了。」謝力說，「剛才我們排查了醫院的工作人員和病患，發現有一名叫作朱凱的病人行蹤不明。原本應該關在禁閉室，可不知爲何竟然從密閉的房間裡消失了，出現在十字架上。」

「禁閉室不是有監視器嗎？拍到什麼了嗎？」陳爝問。

「很遺憾，什麼都沒有。說來也巧，昨天病房區域的監視器，都出現了問題。」

「是人爲的嗎？」

「這可說不準……」

「這個叫朱凱的人，爲什麼要被關禁閉？」

「按醫院的規矩，我們沒有義務回答這種問題。」齊磊高聲道。

其實不問也知道，被關禁閉的病患一定是犯了錯，或者暫時無法控制自己的行爲。我不明白陳爝提問的用意在哪裡。

「這個朱凱，是怎麼樣一個人？」陳爝繼續問。

「是個瘋子，變態。」謝力說。

「殺人犯嗎？」

「沒錯。」

「很危險？」

「當然。」

齊磊伸出右手，擋在了謝力和陳熠中間，阻斷了他們的談話。他說：「陳先生，你的問題未免太多了吧？我們已經滿足了你們警方的要求，把被害者的身分告知了。其餘的，恕我們無可奉告。」

上司這麼說，謝力也只有閉嘴。

「我可不這麼認為。」

「哦？」齊磊抬起下巴，眼神開始變得犀利。

「問清楚被害者的生活習慣和個人資訊，對於破案至關重要。我要了解朱凱的一切，包括他在醫院裡有什麼仇家。齊隊長，殺人都有理由，沒人會平白無故動手犯罪，這點你總要承認吧？殺害朱凱的人，一定有著不可不殺的理由才會動手。我要找出這個理由，那麼朱凱被殺的案子，甚至徐鵬雲被殺的案子，真相就都昭然若揭了。」陳熠說道。

「瘋子可不這麼想。」謝力搖了搖頭。

「很有趣，你認爲殺死朱凱的人，是這座醫院的病患？」

「爲什麼不能呢？」

「朱凱被人殺害的時間是在凌晨三點。這個時間段裡，恐怕所有的病人都躺在自己的病房裡，呼呼大睡呢。」

「看來你還不知道昨晚停電的事啊。」謝力揚揚得意地說。

「你說什麼？」

陳爝看上去顯得有些緊張。

謝力說：「昨夜凌晨兩點至凌晨四點，醫院病房發生了大規模的停電。也許你不知道，從去年開始，除了少數病房外，我們醫院病房基本上採用的是最先進的電子鎖。但是電子鎖的弊端在於如果供電不足，那麼電磁力就會降低，那麼原本上鎖的病房就形同虛設，任何人都可以自由出入病房，幹什麼都行。」

「你們沒有啓用備用電源嗎？」我質問道。

畢竟醫院整體電力負荷級別屬於一級負荷，即使短時間內電力供應中斷，也會有相應的緊急備用電源配置方案。畢竟電力故障的突發性強，再先進的電網設施，由於網路超載、自然災害等各種原因都會造成電力供應的中斷。

謝力攤開雙手，苦笑道：「兄弟，眞是屋漏偏逢連夜雨啊！醫院手術室的備用電源當然沒問題，可是病房就……這麼說吧，醫院的手術中心已經配置了蓄電池電源，可病房區域依舊使用的是老式的柴油發電機。近年來不是提倡環保嘛，這些年也沒發生過停電和斷電的事故，所以發電機的檢修也耽擱了，可能很早就出現老化問題了，只是我們一直不知道。」

「這段時間內，有病人逃走嗎？」陳熘問道。

「沒有。我們清點過病人的人數，也派警衛去病房逐一檢查過，除了朱凱之外，沒人失蹤。不過也不能排除病人離開過病房，殺人後又回到病房的可能性。所以我才對你說，殺死朱凱的人可能是個瘋子。呵呵，也只有瘋子才會玩這種把戲，不是嗎？」

「怪不得你說病房區的監視器出了問題，原來是停電啊！你說朱凱從禁閉室消失，會不會也因爲停電呢？」我提出了一個想法。

「不可能，禁閉室是用鑰匙從外部上鎖的。」齊磊插了一句。

看來此路不通。

「帶走朱凱的，難道又是密室小丑？」

聽我這麼說，謝力的微笑從臉上消失了。他說：「世界上根本沒有密室小丑，那個傢伙只是一個瘋子！所有人都相信他的瘋話而已！算他運氣好，不過，估計他早就葬身海底了吧！所有魔術都是假的！我從不信！」

「可是在這個世界上，確實有很多人類無法解釋的事情啊。」我說。

「都是欺騙傻子的謊言！」

「那請你解釋一下，爲什麼在朱凱屍體周圍沒有腳印？」

「不是下雨嗎！腳印被大雨沖走了！」

「被害人死亡時間可是凌晨三點啊！」

「那又怎麼樣！」

「雨在凌晨兩點就停止了，怎麼可能不留下腳印？除非……除非凶手會飛！」

謝力愣了一會兒，然後面露猙獰地說：「我他媽才不管什麼腳印不腳印的，待我抓住這個故弄玄虛的渾蛋，非宰了他不可！」

「你……你……」我氣得頓時語塞，一時不知該說什麼才好。

陳爝抓住我的手，將我拉到他的身後，然後對他們說：「齊隊長，我還有一個請求。」

齊磊的表情馬上變得很沉重。

「請說。」

「我想去參觀一下朱凱的病房。」

「不行。」齊磊拒絕得很乾脆，沒有一絲猶豫。

「爲什麼？」我掙開陳爝的手，朝著齊磊吼道，「警衛了不起啊！你一直阻礙我們調查，是不是做賊心虛？我知道了，殺死徐鵬雲和朱凱的人是不是你？」情急之下，我便胡說八道起來。病急亂投醫，總之能刺激到齊磊，就算成功。

「渾蛋，你說什麼？」謝力也動怒了，「你們這些外來的人才可疑！原本好好的，你們在這裡一住，又是停電又是死人，我看你們才更像凶手吧！說不定警察的身分也是假的，從實招來！信不信我揍你們！」

當時的氣氛眞是千鈞一髮，隨時可能爆發。幸好陳熠還算冷靜，勸道：「不行就算了，我也只是說說。這次的案件看來確實更複雜了，不是我們能夠應付的。兩起案件都屬於不可能犯罪，迷霧重重，犯罪手法我想破腦袋也想不出個所以然來。好啦，我們放棄了！等三天之後警方支援一到，我們就撤退，離開鏡獄島。齊隊長，你看怎麼樣？」

對於陳熠態度的一百八十度大轉變，我實在無法理解。他這麼一說，人就顯得陌生了，這不是我所認識的陳熠。我原本以爲，無論多困難多離奇的案子，陳熠都不會讓步，直至破解眞相爲止。沒想到今天，他如此懦弱，竟然打退堂鼓，還說三天之後立刻離開鏡獄島！

我說：「陳熠，你要走自己走，不解決這次的殺人事件，我是不會離開這座島的。我從前眞是看錯了你！我就不信了，沒你，我和唐警官就破不了這次的案子！」

「什麼？韓晉你要破案？我很期待啊！」

他像是聽了笑話一般，抱著肚子笑了起來。

見陳熠無意再追查這次的案件，齊磊也沒有再追問什麼，只是滿意地點點頭，和謝力走開了。臨走時候，謝力輕聲對他說了一句話。我沒聽清，隱約聽見「要去一下那邊」六個字，不知道他們在籌畫著什麼不可告人的秘密。

接待大廳只剩下我和陳熘兩人。

「開始行動吧。」陳熘笑嘻嘻地對我說。

「你不是放棄了嗎？」

「哦，那只是說給他們聽聽的。」

「原來你撒謊啊！演技真是不錯，把我都騙了！」

「以你的智力，螞蟻都能騙倒你，何況我呢！好了，留給我們的時間不多了，我們立刻展開行動吧！」陳熘四處張望了一下，確定沒人監視，便往樓上走去。

「我們去哪兒？」

陳熘停下腳步，一隻手擱在樓梯扶手上，壞笑道：「去找你的心上人。」

4

暮色籠罩著大地。窗外有幾隻烏鴉盤旋在醫院大樓的上空，牠們不停地叫著，宛如一首獻給死者的鎮魂曲，飄蕩在空中。

「齊磊不信任我們。」上樓的時候，陳熘突然說道。

「我知道。」

「所以之後的任何行動，我們都要自己來，不能依靠他。說不定他提供給我們的線索都是僞造的。」

「他爲什麼要這麼做？」

「沒空和你解釋，按我說的去做。」陳爝強硬地說。

「好吧，那我們下一步怎麼辦？」

「被害者的名字叫朱凱吧？雖然現在沒找到屍體的頭顱，還不能確定凶手的身分，不過八九不離十。我要去一次關押他的禁閉室。」

「可剛才齊隊長拒絕了啊！」

「我們去，不告訴他。」

陳爝說完，露出了神秘的笑容。難道他有辦法？

我擔心道：「這怎麼行啊？不是公然違反醫院的規定了嘛！陳爝，你確定不是開玩笑？」

「現在最重要的是調查案件，違法幾條破規定又怎麼樣？」

陳爝一臉無所謂的表情。

我最討厭像他這種目無紀律、自由散漫的人了！

「好，就算我們隱瞞他們，然後偷偷調查，可是對於醫院我們一無所知啊！禁閉室在什麼方向，你也不知道吧？地圖也沒有，你打算怎麼去呢？」我喜歡把最壞的打算提前講出來。我希望陳燏能夠知道，我們此刻的處境並不算太好。

「所以我們才要去找你的心上人幫忙啊。」

「我們去找梁護士？」我瞪大雙眼，「這不合適吧？她和我們沒交情，憑什麼幫我們？」

「原來你的心上人是梁護士啊？我知道了。」

「渾蛋，你耍我！」

「是你自己說的，我可沒強迫你。」陳燏笑道，「她和我是沒交情，和你有。」

「我警告你！你別在她面前胡說八道！」

「要我閉嘴也行，不過呢，你得答應我一個條件。」

「什……什麼條件……」我感覺自己進了陳燏的圈套，像是雙腳同時踩進了沼澤，無論怎麼掙扎也是徒勞，再也出不來了。

「你去拜託梁護士，讓她帶我們去禁閉室。」陳燏轉過身，倚靠在樓梯的實木扶手上，笑著對我說道。

「怎……怎麼可能……」

「只要一小會兒就行。」

「一秒鐘也不行！」

「是嗎？那眞是太遺憾了，我怕自己控制不住這張嘴，在梁護士面前胡說八道，會毀了一樁好姻緣呢。」

沒想到他竟然如此卑鄙！

「好好好！我答應你！」我只能硬著頭皮，點頭答應下來。如果現在手上有一把匕首，我一定會控制不住自己，幹掉陳熠。

於是，如陳熠預料般，我紅著臉敲響了梁夢佳辦公室的大門，把我們的想法告訴了她。

「這個……」

果然，梁夢佳露出了爲難的神色。

我尷尬地朝著她笑笑，接著說：「梁小姐，如果你覺得難辦，就算了，我也體諒你的處境，畢竟……」

「倒不是爲難……」梁夢佳囁嚅道。

我凝視著她美麗的臉龐，靜靜等待著她的回答。

「眞的……眞的只要一小會兒嗎？」梁夢佳像是鼓起勇氣般抬起了頭，用她水汪汪的眼睛看著我，小心翼翼地問道。

「是，看一下就行了。」我轉身看著陳熠，「是吧？」

陳熘連忙點頭道：「是，只要幾秒鐘就行了！」

「好吧。」梁夢佳用力點點頭。

沒想到她眞的答應我們的要求，我眞是高興極了，那一刻彷彿她答應了我的表白。

不過，由於醫院處處設有警衛崗和監視器，要繞過監視去禁閉室絕非易事，梁夢佳的意思是約在夜裡十一點碰面，然後行動。這樣，大部分的警衛都去休息了，只有少部分巡邏，另外夜黑中監控室値班的警衛也會打瞌睡，不會一直盯著螢幕。計畫已定，我們各自回房，等夜裡再會。

回到房間，陳熘倒頭就睡，說是養精蓄銳。可我怎麼也睡不著，一直傻坐在床上，看著窗外飛翔的鳥兒。醫院的雜役送來的飯也就隨便吃了幾口，一點也不餓。梁夢佳的倩影在我腦中揮之不去，看來眞被陳熘說中，我確實喜歡上她了。

短短幾個小時，卻感覺過了好幾年，讓我站也不是，坐也不是。

我感覺這次對於梁夢佳的憧憬，甚至勝過了祝麗欣。我想，可能是因爲梁夢佳同我都是單身，而認識祝麗欣時，她已名花有主的關係吧。畢竟對於她，我是懷有罪惡感的。而梁夢佳給我的感覺，更類似於初戀。正當我沒頭沒腦幻想我和梁夢佳後續發展的時候，陳熘不合時宜地醒了。

「你一個人傻呵呵笑什麼呢？」他一邊打著哈欠，一邊翻身起床，「怎麼看都像個花癡。難不成你在想梁護士？」

「才沒有呢！你別亂猜！」我氣急敗壞地說。

陳熷看了一眼腕表，說道：「時間差不多了，再過二十分鐘就出發。」

我們和梁夢佳約在醫院大樓的外廊。月色下，梁夢佳正朝我們倆招手。她脫下了護士制服，穿了一身便服，顯得精神奕奕。她帶著我們繞過瞭望塔的監視，來到了病房區域外牆。夜風徐徐吹來，感覺一陣冰涼，但我卻不覺得冷，胸口反而翻滾著澎湃的熱血。我看著身邊的梁夢佳，一時間忘了自己要幹什麼，要去哪裡，只想著若和她這樣一直待下去直到天荒地老，那該有多好。梁夢佳沒有注意到我那炙熱的眼神，輕聲向我們說著病房內部的結構。

食堂有個後門，如果不是她，我們根本不會發現。我們三人快步穿過食堂，出口正對面是病人專屬的公共浴室，右邊是警衛室，左邊是小倉庫。我們彎下腰，緊跟著梁夢佳從那小倉庫的後門穿梭而過，終於到達了關押朱凱的禁閉室門口。

梁夢佳把禁閉室的鑰匙遞到我們手中，悄聲道：「你們進去，我在門口把風。如果有熟人來，還可以替你們擋一擋。速度要快啊，鑰匙我待會兒還得還回去呢。」

聽她這麼說，我真是感動得要落淚。

禁閉室內漆黑一片，陳熷取出隨身攜帶的手電筒照明，才能勉強看清屋子的內部構造。這間同徐鵬雲遇害的那間禁閉室沒有太大區別，同樣的面積，同樣的家居，四壁同樣裹著防撞包。整個房間透著一股陰冷的死氣，讓我不禁顫抖起來。若不是梁夢佳在門口守著，恐怕我一分鐘也不想在這裡待下去。

「喂，陳爝，差不多得了，我們走吧！」

陳爝蹲在椅子邊上，用手電筒的光源搜索著什麼。

「你聽見我說話了嗎？」

「噓……」

「噓什麼噓，快點兒！別磨蹭！」我是替門口站崗的梁夢佳著急。

「果然是這樣……」

「你發現什麼了？」

「韓晉，你過來。」陳爝隔著椅子，朝我招手，然後用手電筒照向地上，「你看這是什麼？」

我蹲在陳爝身邊，定眼一看：「這黑色的痕跡，難道是血跡？」

「沒錯，正是血跡。」

「你是說，朱凱在這裡受過傷？」

「是的。」

「可是他身上沒有傷口啊？」

「唐薇脫下了死者的衣服，檢查了死者的軀體，確實沒有傷口。可是，軀體沒有傷口，難道代表頭部也沒有傷口嗎？」

「你……你什麼意思……」我越聽越糊塗。

「韓晉，你多高？」

「一七八左右吧……」

「你躺下。」陳爝指著地上，提出了過分的要求。

「你……你想幹嘛……」

「快躺下。」

陳爝沒有解釋，雙手抓住我的肩膀，把我按倒在地。他趁我沒有注意，突然偷襲，所以才能得手。不然我倆僵持一下，還說不定誰被按倒呢！

「你……」我剛想發難，陳爝指了指我邊上。

血跡離我的耳朵，不過兩三公分。

「你再看看你的腳。」陳爝不像在和我開玩笑，口氣很認真。

腳邊上是椅子。

我似乎明白了什麼，立刻說道：「你的意思，朱凱是被這張椅子絆倒之後，才摔倒在地，磕破頭的？」

「是的，所以唐薇檢查死者屍體的時候，除了繩子的勒痕，還發現了瘀青。」

和監獄禁閉室不同，南溟精神病院的禁閉室，二十四小時都亮著燈。既然如此，爲什麼朱凱還會被椅子絆倒呢？

「你看，不止椅子這裡，桌角也有被踢到的痕跡。」

「這說明什麼？」

「韓晉，你動動腦子，一個人在一間燈火通明的房間裡，不斷被桌腳絆倒，說明什麼呢？」陳爝注視著我的眼睛。

「他……他看不見？」

「You said it!」陳爝打了個響指。

和梁夢佳告別後，我和陳爝回到了員工宿舍。

這次的發現實在驚人，警衛們絲毫沒有提到朱凱看不清東西這件事。也就是說，他們向我們隱瞞了朱凱是瞎子這個事實。可是，爲什麼要這麼做呢？難道朱凱眼睛出問題，和南溟精神病院有著某種關聯？在回宿舍的路上，陳爝都沒有講話，聚精會神地思考著問題。這是他的習慣，遇上困難的事，無論是案件還是難解的數學題，他總是一言不發，大腦飛速運轉，全力思考答案。

對我來講，朱凱是不是瞎子不重要，我也不明白陳熵爲何如此在意此事。相比這個，梁夢佳能冒險幫助我們，對我更有意義。如果她不喜歡我，何必爲我做出這樣的犧牲呢？這麼做可是違反醫院規章制度，要丟飯碗的呀！我越想越興奮，感覺這三十年單身的日子終於要到頭了。這樣，結婚之後我就可以搬出那鬧鬼的別墅，和自己心愛的人住一起了。

「對了，唐薇怎麼還沒回來？」我突然想起了她。

陳熵沒理我。

從中午到現在，已經快過去整整十二小時了。唐薇一直沒有現身，她究竟去了哪裡？初登鏡獄島時那股不祥的感覺又湧上心頭。畢竟殺人凶手還潛伏在這座小島的某個地方，如果唐薇已經發現了凶手殺人的證據，還被凶手察覺到了，那麼，她的處境恐怕大大不妙。我坐在床上，越想越後怕，忙對陳熵說：「我覺得這裡不對勁。」

「你是說唐薇嗎？」陳熵懶洋洋地回道。

「難道你不覺得奇怪嗎？按唐薇的性格，如果她發現了什麼，一定會和你一起去調查吧，不然爲什麼要請我們一起來呢？可是連個人影都見不到，難道你眞的認爲是她自己躲起來了？不如我們去找找她吧？」我說出心裡的擔憂，希望陳熵能和我一起去找唐薇。

「這座島這麼大，你怎麼找？睡覺吧。」

陳熁若無其事地說著風涼話。

「你這人怎麼這樣！沒人情味！」

也許是被我這句話刺激到了，陳熁從床上坐起，撓了撓蓬亂的頭髮，說了一句奇怪的話。

「韓晉，你有沒有覺得唐薇開始變得很奇怪？」

「奇怪？」我不明白他的意思，「沒有啊，你是指哪方面？」

「整個人的狀態。」

「狀態？」

「自從登島之後，她心神不寧。」陳熁用肯定的語氣說道，「所以我認爲，她離開我們，是自主的，並不是被人脅迫的。」

「光憑這點就下結論，恐怕太武斷了吧？」

「我再和你說一件事。」陳熁盤腿而坐，「在登島之前，也就是剛離開港口的時候，我曾經給宋隊長發過一條短信，讓他幫忙確認了一條資訊。」

「什麼資訊？」

從陳熁的表情來看，他似乎知道一些我不知道的事。而且，一直瞞著我。

「三亞市警方表示，從未派遣過任何警員來鏡獄島調查徐鵬雲的案件。」陳熁斬釘截鐵地說道。

「怎……怎麼會……」我簡直不敢相信自己的耳朵。

「唐薇一直在撒謊。」

這是陳熣睡覺前說的最後一句話。

我呆坐了許久，還是無法消化陳熣所說的事。

唐薇爲什麼要欺騙我們？如果她不是來調查徐鵬雲被殺一案，那麼她爲什麼要來這座島？而且，爲什麼要拖上我和陳熣？這件事細想之下，越來越詭異。對了，雖然宋隊長給過陳熣她的資料，可是，唐薇的照片我們一直沒有見過。

沒錯，如果她可以謊稱自己是公派來鏡獄島的警察，那麼，她會不會根本就是一個冒牌貨呢？

也就是說，唐薇根本不是唐薇，而是另一個人？

沒錯，刑警唐薇長什麼樣，我沒見過，陳熣也沒見過。可她又確實是齊教授的甥女，這又怎麼造假呢？等等，如果她冒充齊教授的甥女，只是用短信來聯繫呢？也就是說，齊教授和甥女唐薇聯繫，也只是從手機微信等工具，沒聽見她的聲音，就無法揭穿。這樣，假設就可以成立了，那麼眞正的唐薇，如果已經落入他人之手，那麼她的處境一定很危險。

冒牌唐薇找我們來的眞正目的是什麼？

我們還能離開這座島嗎？

我不敢繼續想下去。

我希望這只是自己的幻想，一個小說家的幻想。

然而，就在這時，另一件更詭異的事情在我眼皮底下發生了。

有一隻不知從哪兒飛來的鴿子，立在了我的窗口。

牠正用機靈的眼睛，安靜地看著我，一動不動。

我還注意到，牠腿上捆著一沓紙片。

第七章

1

我坐在病房的地上。

坐了多久，幾分鐘還是幾個小時？我不知道。我感覺空虛和孤獨。好多資訊湧入我的大腦，我反覆思考著那些夢境的含義，我無法自控，思維像是一匹脫韁的野馬在荒原奔騰，我沒法讓它停下來。

儘管知道了自己的名字和職業，我又能做些什麼呢？我被這些人困在病房，每天服用著不知名的藥片，注射各種連名稱都不知道的藥物。遲早有一天，我會被毀掉，失去最後的思考能力。屆時我將如行屍走肉般活著。其實往細處想，也並不全是壞事，至少我不需要再痛苦掙扎，成爲一個白癡，比做一個聰明人快活得多。

可是——

在我內心深處，一直有個問號——我一個警察，隻身來到這座島，要做什麼？如果是這家醫院有問題，那爲什麼只派我一個人來？

等等，如果我眞的是官方派遣而來，那麼，如果我出事了，便不會不了了之。一定還會有其他同事跟進這個案子的。起碼，不會這麼輕易讓醫院把我當成精神病人關起來。但眼看日子一天天過去，似乎並沒有人來找過我。

我想起了昨天寄出的那些手記。

現在想來，甚是可笑，把如此重要的物品託付給一隻鴿子。

「桑丘可不是一隻普通的鴿子！」

我腦海中浮現出了唐吉訶德那張可笑的面孔。

可是，除此之外，我還有別的選擇嗎？索性四肢伸展，躺在了水泥地上。此刻，如果從天花板上俯視我，一定是個「大」字。飯菜送來了，可我一點兒胃口也沒有。

快到中午了吧，待會兒又要去參加團體治療了。

不知道佐川怎麼樣了，按照謝力的性格，一定不會放過他。他的下場，可能比教授更慘。

也許我眞的是大腦出了問題，各種奇怪的念頭層出不窮。它們爭先恐後地躥出來，想霸占我的四肢，控制我的軀體。其中最古怪的想法，莫過於把這裡的家具全都拆掉了。

然而，在此之前，我根本不相信直覺。

因爲想拆除家具，所以我才伸手去抓床下部的支撐柱，也正因爲抓住了支撐柱，我才會發現它的與眾不同。

確實很鬆動。

太奇怪了，按理說，病房裡所有的家具應該都被釘死才對。爲什麼這根柱子可以轉動呢？

這個發現令我很興奮，於是我坐起身子，開始轉動那根實木柱子。

一圈、兩圈、三圈……

剛開始有些鬆，之後越來越緊，最後，我使出全身力氣才轉動了半圈。

咔嚓——

清脆的聲響。

我聞聲望去，簡直不敢相信自己的眼睛。

床底下，竟然裂開了一個口子。不，這麼說不太合適，應該說多出了一扇暗門。

——這個病房竟然有暗道！

我看著打開一條縫的暗門，渾身戰慄起來。當初，我一定是從這裡逃走的。那個傳說中的「密室小丑」，一定也是從這裡離開病房的。

原來如此，一切都解釋得通了。

四周靜悄悄的，沒有人接近我的病房。再過一個小時，袁晶那個老女人就要來這裡，把我帶走，去接受那個見鬼的團體心理治療了。換句話說，我還有起碼一個小時的時間可以用來逃跑，離開這間囚室。

不過，就算逃離了病房，我又如何離開這座島呢？

去找三亞市來的警察！

計畫已定，我的心逐漸安穩下來。首先，我要進入這個密道，看看它能通向哪裡。

我鑽入床底，發現暗門口有階梯，於是身體趴在地上，把腳先伸進暗門探路。

這是一條約一百五十多公分寬的暗道，暗道下岔路很多，或許可以到達醫院的各個角落。暗道四面全部是混凝土做的。慶幸的是，原本以爲一片漆黑的地下道，竟然還有些許微光，不至於令我伸手不見五指。儘管如此，整個暗道的顏色基調還是昏暗的，地面也很濕滑，稍不留神就會摔倒。

沒想到病房之下，會有如此一片洞天。這讓我忘記了害怕，反而邁著步子，快速前進。

暗道裡充斥著霉味和塵土的氣味，溫度相較於病房更冷，走了十幾步，我不禁縮起了脖子。兩側黑色的牆壁上，有不少深褐色的斑點，從形狀上看，像是噴濺上去的血液，只是年代久遠，到底是什麼東西，我也不敢拍著胸脯保證。

暗道前方有一排深墨色的鐵門，門上布滿了青色的鏽痕和霉斑。

這裡廢棄很久了吧？我心想。

我選擇了最右側的那扇門。門上邊的銅牌上果然寫著「OPERATION ROOM」（手術室）字樣的英文片語。

鐵門很沉，我雙手搭在上面，雙腿用力向前頂，才推開了一道僅可以讓我側身而入的縫隙。塵土的味道撲鼻而來，嗆得我乾咳了許久。不過，我的運氣似乎不錯，進入房間後，立刻讓我摸到了嵌在牆上的電燈開關。按下開關，房間內立刻亮了起來。這間充滿蜘蛛網和灰塵的房間，竟然還能通電，這讓我驚喜不已。如此看來，這裡的電路設施，尚未被時間破壞。

無論怎麼看，這裡都是一間普通的手術室。

房間中央放置著一張手術床，手術台的上方安裝了碩大的手術無影燈。可惜燈罩上積灰太多，已經看不出原來的樣子了。手術床一側，一張手術台安靜地坐落在那兒，當然，台上什麼都沒有。從左之後，不鏽鋼洗手池、器械櫃、麻醉櫃一應俱全，若不是因爲房間太過骯髒，告訴我這兒下一秒就要進行一場大手術，我都會信。

是因爲廢棄的關係嗎？這裡的衛生條件，當初恐怕就不怎麼樣。地上到處都是污垢，或許是病人曾經噴射出的血液，這讓整個手術室顯得更詭異。

照明燈發出滋滋滋的響聲，在空房間裡迴盪。

我走到器械櫃前，打開櫥門，這裡有好多手術用的工具。我取出一把小巧的手術刀，緊緊握在手中，接著退出了房間。

我沒有打開另外兩扇門，而是繼續朝前方尋找出路。

多虧了暗道結構不複雜，我才能清楚地記得來時的路，不至於走失。電影中很多暗道都像是迷宮一般，踏進去就出不來，現實中很少。

爲什麼動手術要進入地下室呢？

在醫院大樓，不是有寬敞的手術室嗎？

不知道。

也許是手中握著武器，我心裡踏實不少。

慢慢地，我覺得自己開始接近光源。可是，暗道像是越走越長般，怎麼也見不到頭。留給我的時間不多了，我開始甩動自己的雙臂，小跑起來。想到一會兒就能離開這裡，我感覺渾身充滿了力量，雙腿也更有勁了。

約莫跑了有十分鐘，或者十個小時（我已經對時間沒有概念了），我終於聽見了海浪拍岸的聲音。

前方確實有個洞口！光從那裡來！

我雙手搭上岩石，拚命爬出洞口。一片巉岩林立的原野，赫然出現在我的眼前。海風夾雜著冰冷的空氣灌進我的肺裡，空氣是鹹的，我的舌頭也是鹹的。轉過神來我才發現，我哭了，淚水沿著臉頰流進了我的嘴裡。

我想大喊大叫，可是我忍住了。

一切都是暴雨過後的樣子，我站起身來，迎著風，盡量伸展雙臂。

還沒結束。

我的理智提醒我。

我轉過身，地上的泥漿使我打了個趔趄。站穩後，我才發現我離開醫院，並沒有我想像中那麼遙遠。

它像一隻史前巨獸，臥伏在那兒，盯著我看。

首先，我必須找到警察，然後表明自己的身分。在此之前，我必須把自己隱藏起來，不能讓醫院的人發現我。正自尋思，我突然想起了一件重要的事。

——我不能這麼自私。

發現我不在了，謝力一定會遷怒於其他人，到時候，無論是唐吉訶德還是葉萍都會遭到牽連。不，最倒楣的恐怕還是新娘。她不是壞人，我必須把她帶走，這是我當初答應她的。答應過別人的事，無論如何都要做到，這就是信用。

難道要再返回病房嗎？

我猶豫了。

回去，還出得來嗎？

萬一被抓住怎麼辦？

萬一在暗道中被醫院的人發現，怎麼辦？

我雙手抱著腦袋，哭泣起來。整座島嶼彷彿都在風雨中搖盪。

必須承認，我害怕得要命。我就是一隻羊，羊怎麼能朝老虎跑去，自投羅網呢？

可是，我又是人民警察。

身體中的另一個聲音在問：「你能帶走所有人嗎？帶走一兩個人，從某種意義上講，也是自私啊！他們可是殺人犯！你確定嗎？」

不是這樣的！

我知道他們是罪犯，可他們更是病人！他們不應該受到虐待，而是得到更好的治療！

既然法律判定他們由於精神方面的原因，無須受到懲罰，那麼誰又能凌駕於法律之上，帶給他們傷害呢？

我要帶著他們逃出去！

離開這座島！

然後把這裡的一切公之於眾！

下定決心，我立刻轉身投入山洞，朝深處跑去。

這時，我的手裡，還握著那把冰冷的手術刀。

2

袁晶來了，隨著一聲意想不到的巨響。通向走廊的鐵門被她哐地推開，感覺極不友善，光線也隨著她的身形湧進了屋。此刻，我坐在病房的床鋪上，一臉懵懂地看著她，彷彿剛才我並沒有經歷過那些冒險，而是一直乖乖地待在病房，等待著醫生的呼喚。

「發什麼呆！還不快下床！所有人都在等你呢！」耳邊傳來袁晶的喊叫聲。

我小心翼翼地下床，內衣揣著那把冰冷的手術刀，心臟怦怦直跳。

袁晶還沒來時，我曾想像過無數個場景，但都沒有眼前這個更令我感到驚恐。她的聲音永遠是那麼粗暴、直接，讓人討厭。

「快走！他媽的廢物！」

到了走廊，我見到了唐吉訶德。一名長得像猴子般的警衛，正對他喊著，他一手揪住唐吉訶德的衣領，另一隻手捏著那根警棍。他露出凶狠的表情，試圖讓自己看上去更具威嚴。唐吉訶德拚命地跟著他，但因爲腿上綁著鐵鍊，腳步還是十分笨拙。

我快步走向他們，攔住了警衛。

「他犯了什麼事？你們要這麼對待他？」

「歸隊！這裡輪不到你來說三道四！」警衛轉過頭對著唐吉訶德破口大罵，還舉著警棍像是要打他。可憐的唐吉訶德被嚇得縮成一團，嘴上不住求饒。

站在隊尾的新娘走來，把我拉走了。她說：「昨天夜裡，唐吉訶德吵著鬧著要警衛把他的頭盔還回來，他的騎士盔甲頭盔失蹤了，你記得嗎？」

我朝她點點頭。

新娘歎道：「唐吉訶德沒完沒了，所以就挨了揍，還受了懲罰。」

她口中的「懲罰」，指的就是唐吉訶德腿上的鐵鍊吧。

「饒命，求求你別再打我了，求求你了。」唐吉訶德沒了力氣，癱軟在了地上。他的五官痛苦得皺成一團，汗水混合著血絲從額頭上淌下來。

「給我站起來！傻瓜！我數到三！」警衛一邊喊著，一邊用警棍打唐吉訶德的肩膀。唐吉訶德則舉起雙臂，棍子啪啪啪地打在他身上，聲音異常清脆。他尖叫著，像一隻受驚的小鳥，翅膀被殘忍地折斷了。

「住手！停下來！」我衝著警衛喊，「你會打死他的！」

我掙脫開新娘的阻攔，竭力擋在唐吉訶德和警衛中間。

可是，警衛的棍子繼續揮動著，不停地落在我身體兩側。有好幾次，差點兒打到我的頭上。我下意識地雙手抱頭，頭腦一片空白。我看見唐吉訶德的眼角流出血來，他的眼神中充滿了恐懼。在這裡，性格懦弱是一切的原罪，不會被寬恕，只會引來那些人渣更猛烈的欺凌。

「適可而止吧。」

這時，姚羽舟出現了。他抓住了那個警衛，把他按在牆上。

「袁護士，麻煩把他們帶走吧。」姚羽舟說完，又把注意力回到了他的同事身上，似乎在警告什麼。猴子警衛在那兒喘息不已，雙眼狠狠地瞪著我們。

袁晶重新檢查了隊列上的每個人，然後帶著大家離開了這裡。

就這樣過了好一會兒，我才恢復了鎮定。

我摸了摸胸口的手術刀，還在原處，這讓我稍感放心。

當時我險些抑制不住自己的衝動，取出手術刀，給那個渾蛋警衛脖子上來那麼一下子。如果眞是這樣，那麼我的計畫就完了。

我走近新娘身邊，把我在房間內發現的一切，輕聲告訴了她。

「我打算把葉萍和唐吉訶德都帶走。」我說道。

「你確定?人越多，事情越複雜。」

「他們不是壞人，不應該受到這樣的對待。」我語氣堅定地說，「等我離開這座島，一定會將所見所聞，公之於眾。到時候，我要讓這些違法的人，一個個都付出代價。」

「你真是個傻瓜。」新娘冷冷一笑。

「啊?」

「都已經可以離開了，還折回來找我們。你知道嗎?要離開這座島談何容易呢!或許你回來了，就再也走不了啦!」

「待會兒，怎麼才能讓大家都進到我的病房?」

我提出了一個關鍵的問題，如果這個問題無法解決，那麼談論任何東西都是白搭。

新娘歪著頭，想了片刻，搖頭道:「這個難度太大了。每次團體治療結束回病房，警衛都會一個個確認。我們三個和你一起進房間，幾乎是不可能完成的任務。他們又不瞎，而且你別忘了，還有監視器盯著呢!」

聽新娘這麼說，我的心情突然很低落。

「除非……」

「除非什麼?」

「製造混亂。」新娘對我眨了眨眼睛，「趁他們無暇顧及的時候，一起進入你的房間。待混亂過後，他們察覺到不對勁時，我們應該已經逃離病房的囚禁了。」

「可是，怎麼製造混亂呢？」

新娘沉吟片刻，緩緩說道：「辦法倒不是沒有……」說罷，她偷瞄了我一眼，眼含笑意。不用說我也知道，她有想法了。

「待會兒我要離開一下，去拿點東西。那邊兩個白癡，交給你了。你負責搞定他們。」她用下巴指了指唐吉訶德和葉萍。

我會意地點了點頭。

團體治療的環境還是相當輕鬆，大家聽著悅耳的音樂，跟隨著心理治療師緩慢的語調，漸漸進入冥想。唐吉訶德和葉萍就坐在我的邊上，但我沒有機會和他們交流。在這樣安靜的環境中，只要有一點點聲音，都會被警衛們發現。

直到音樂聲告一段落，我們才被允許互相交流十五分鐘。我假裝玩弄著手上的書本，用眼角去掃視整個房間，發現新娘果然不在。不，消失的並不僅僅是新娘，還有另一名警衛。剛才房間裡有四個警衛，現在只剩下三個。

新娘開始行動了。

我伸出雙手，把唐吉訶德和葉萍拖到房間的角落，悄聲問他們想不想離開這裡。

「Alice，你沒事吧？」葉萍憂心忡忡地說，「你說離開這裡？我當然想啊。可是怎麼離開呢？」唐吉訶德也用一種期待的眼神看著我，想聽聽我的答案。

「密道。」我確認身邊沒人偷聽，才說道，「在我的房間裡。這條密道可以直通海岸邊上。」

「可是我們沒有船，這裡是孤島啊！難道游泳嗎？我的寶貝可不會游泳，會淹死的！」葉萍用手撫摸著她那噁心的塑膠娃娃。

「沒有時間猶豫了。」我想長話短說，沒有精力向他們解釋太多。

「可是……」

「我相信 Alice！」

開口說話的是唐吉訶德，這讓我略感驚訝。

他朝著我用力點頭，說道：「Alice 是個好人，她不會騙我們的。奶媽，你就跟我們一起走吧！離開這裡，就不會被打了！」

「而且島上有警察，是三亞市派來調查這裡的。警察一定是懷疑這裡有問題，才會來調查的，對不對？我們不需要離開島，只要在島上找到那幾個警察，把醫院虐待病人的事情告發出去，就成功了！這樣，你的寶寶也不會被淹死了，因爲我們不會出海，只是躲在島上。」爲了讓葉萍下定決心，我把計畫都說了出來。

葉萍看著我，又看了看她懷中那髒兮兮的塑膠娃娃，終於答應了。我抬起頭，牆上的時鐘顯示，二十分鐘後自由活動時間就要結束了。新娘還沒有回到房間，不過我不擔心她，能在鏡獄島摸爬滾打這麼多時日，她有自己的生存之道。

不出所料，在團體治療結束前，她同那位警衛一起回到了房間。從她衣衫不整的模樣，不難看出剛才發生了什麼。

「怎麼樣？」我靠近她身邊，問道。

「一切順利。」

「究竟是什麼辦法？」

「待會兒你就知道了。」

她還不忘賣個關子。

依舊是由袁晶領隊，病患們排著整齊的隊伍，浩浩蕩蕩地離開醫院大樓，回到了病房。一路上，我只感到心跳加速，不知新娘想用什麼手段製造混亂。不過，從她那胸有成竹的表情來看，基本不會出問題。

我的房間比較靠前，所以一般都是我先進病房，按順序再是唐吉訶德、葉萍和新娘。這樣也比較利於我們逃跑。我觀察了身邊的病患，教授和佐川依舊行蹤不明，其餘的人對我們幾個，似乎也沒太大的興趣。這樣最好，別把關注點放在我們身上，能做到隱身就完美了。我唯一害怕的，就是當計畫進行到一半，有人跟著我們一起鑽進密道，這就麻煩了。

不過這都是電影中才會發生的事，希望是我杞人憂天。

他們把病患一個個送入病房，反覆檢查門鎖，才會離開。馬上要輪到我的房間了，我的心臟猛烈地跳動著，做了好幾個深呼吸，才穩定住了情緒。

——千萬千萬不能出差池！

終於，輪到我的病房了。

那個猴子臉警衛仰靠在我的房門上，用挑釁的眼神打量著我。我別過頭，盡量不去看他。此時，另一個警衛走過去，用鑰匙打開我的門鎖。咔嚓，門打開了。

「進病房。」警衛用機械的聲音提醒我。

「哎喲，這不是剛才那位大英雄嘛！」出乎所有人意料，新娘竟然搖擺著纖細的腰肢，朝猴子臉走去，「都怪那傻大個不好，您啊，別氣啦！」

猴子臉絲毫沒有感覺異常，也許在他眼中，新娘這些舉動才算是正常的。他順勢伸手托住新娘的腰，另一隻手開始在她的臀部上不規矩起來。他說：「還是你懂事，難怪啊，我們謝副隊長這麼喜歡你！」

「我才不喜歡他呢！我喜歡你這樣的！」新娘笑靨如花。

「哈哈，真的嗎？」

新娘轉身的時候，我注意到，她從腰帶裡，取出一個黑色的塑膠瓶。

我頓時明白了她的意思。

「這……」我剛想阻止她，可是已經來不及了。

新娘擰開瓶蓋，高高舉起塑膠瓶，把瓶中的液體盡數澆灌在了猴子臉身上。登時，空氣中開始瀰漫一股濃烈的汽油味。她一把推開他，又拿出一把不知從哪兒搞來的打火機，朝猴子臉用力丟了過去。這一切就發生在幾秒之內，所有人都愣住了，就連猴子臉警衛自己都沒搞清楚狀況，下一秒，他整個人就燃燒了起來。

「啊啊啊啊啊——」

他發出了撕心裂肺的喊叫。

火舌肆無忌憚地舔舐著他的身軀。

「快！就是現在！」新娘揪住我的衣領，朝我病房的方向拽去。

我緩過神來，衝著唐吉訶德和葉萍喊了一聲。他們顯然也被眼前的一切嚇住了，愣了片刻，才踩著凌亂的步伐緊跟上來。

整個走廊裡充斥著濃煙、尖叫、呵斥、哭泣和悲鳴。

警衛們紛紛取下身上的衣物，朝著燃燒之人身上拍打。猴子臉被火團緊緊簇擁著，在地上打滾，可這並不足以熄滅他身上的火焰。不知誰喊了一聲——快去拿滅火器！接著是好幾個人摔倒的聲音，整個走廊亂成了一團。

我們的目的達到了。

我也知道，那個男人是活不了了。

雖然他可惡至極，可我心裡還是有一絲內疚。這人成了我們越獄計畫的犧牲品。

伴隨著哄鬧聲，我趴在地上，奮力轉動著床腳。唐吉訶德和葉萍抵住了病房的鐵門，這時候，不容許任何人闖進來。

暗道的門越來越大，大到足以容下一個人的身體。

「走！快走！跟著我！」我用盡全力朝他們喊道。

因爲，這是我們最後的機會！

3

地道又黑又長，無窮無盡地朝前方蔓延。我們彷彿在走一條走不完的路。

唐吉訶德腳下的鎖鏈哐哐作響，不僅容易暴露我們的位置，還妨礙他走路。可是沒有其他辦法，手裡沒鑰匙，不可能替他解除腿上的枷鎖。我和新娘一人一邊攙扶著唐吉訶德，讓他不至於跌倒。

「還有多久？」新娘問我。

「不知道。」

「你不是早上剛來過這裡嗎？」

「我眞的記不起來了。」

「你別問她了，Alice現在暈頭轉向了。你讓她安靜一些，自然會想起來的。」葉萍抱著她的「寶貝」，快步跟在我們三人後面。

「這裡有幾個岔路，不過大家不用擔心，跟我走。其中有幾條是死胡同，有部分很黑，一看便知沒有光源，所以不必往裡走。」我攙扶著唐吉訶德，開始微微顫抖，我能看出，唐吉訶德本人也有些力竭了。

「沒事吧？」我問他。

「就是有點頭暈，問題不大。」他挺直了背，回答道。

安靜的地下迷宮，迴盪著唐吉訶德腳鏈與水泥石板摩擦的聲音。

「我們必須快一點，警衛很快就會發現我們不在了，而且是四個人！」新娘提醒道。

「嗯。」

我何嘗不知道時間的重要性？可總不見得丟下唐吉訶德不管，我們自顧自逃跑吧？

正當我胡思亂想之際，我最不願意聽到的聲音，還是出現了。

一連串雜亂無章的腳步聲。

然後是男人喊叫的聲音。

有好多人。

「他們下來了！怎麼辦？」葉萍擁緊懷裡的塑膠娃娃，一臉擔憂地看著我。

「我們動作快一些，他們不一定追得上。」

我夾緊唐吉訶德的手臂，加快腳步。

「我走不動了。」誰知唐吉訶德竟然打起了退堂鼓，「你們走吧。」

「不行！」我怒道，「快！」

「Alice，你是個好人，我知道。但是我眞的走不動了。」

他腿上綁著鐵鍊子，每走一步都要花費多於我們數倍的力量，雙腿除了承載自己的體重，還有這一捆鏈子的重量。這些我都知道，可是如果就這麼輕言放棄，我實在不甘心。而且，我的良心也不容許我丟下唐吉訶德，自己逃跑。假設他被抓回去，一定會被他們虐待致死的。教授和佐川都是例子。

「加油！」

我們互相打氣，繼續往前方走。

身後腳步聲越來越近，他們開始狂奔起來，爲了追逐我們。幸好有些岔口，可以阻攔他們一會兒。如果是一條直線，恐怕用不了十分鐘，他們就追上我們了。

事實證明，我的一切估算都太樂觀了。

警衛們的速度比我想像的更快！

我們幾乎開始小跑起來，唐吉訶德緊繃著下顎，可以看出他非常痛苦。所能忍受的也許已經是極限了。畢竟他進醫院以來，從未進行過如此強度的運動。

「不行了……」

「加油！」

「眞的……不行了……」

唐吉訶德放棄了掙扎，坐在了地上。他大口喘氣，眼睛都無法睜開。

「你們快走……你們……」

「啊啊啊啊──」

是葉萍的尖叫聲！

我們都被嚇到了，唐吉訶德也從地上一躍而起。

昏暗的光線下，我只能勉強看清對方的面容。

──是謝力。

「眞是詭計多端啊！原來如此！原來是有密道！」他用右手肘夾住葉萍的脖子，朝著我們獰笑，「逃啊！有本事逃啊！」

汗水從他額頭滑落，看來，謝力為了抓住我們，也是拚了命的。

我們互相僵持著，看著對方。

「你們快走啊！逃出去！把這裡的一切都告訴警察！」葉萍發了瘋似的大聲喊叫，她猛地張開嘴，朝謝力的手肘一口咬去！

謝力猝不及防，被她咬住，頓時右手臂鮮血如注。

「他媽的！」

謝力被她這一下激怒了，抽出身上的警棍，照著葉萍的天靈蓋怒砸下去！

啪！

咔嚓！

不知道是不是幻覺，我好像能聽見骨頭碎裂的聲音。

葉萍彷彿一只斷了線的木偶，頹然倒地。所有力氣都從她身上抽走了。只是，她下意識地用雙手擁緊了那只破舊的娃娃，試圖保護它不被謝力傷害。

「媽的！」

謝力看穿了她，生生從葉萍手中奪取了那只塑膠娃娃，狠狠地砸在了地上！

「不！不要！不要傷害我的孩子，不要傷害他！」葉萍嘶吼著，可是她什麼都做不了。

「你的寶貝兒子？我去你媽的！」

謝力抬起那硬邦邦的黑色皮鞋，亮出鞋底，向那只塑膠娃娃狠狠踩了下去。頓時，傳來了娃娃外殼斷裂的劈啪聲。那塑膠娃娃的腦袋從身體上脫落，兩隻黑色的眼珠子也暴突出來。這情形，彷彿它眞的有生命一般，掙扎著，不願在自己母親面前被處以極刑。

葉萍驚恐而痛苦地尖叫著，她猛地伸出雙手，試圖保護她的孩子，可一切都是徒勞的。

「滿意了吧，瘋子？這下你滿意了吧！哈哈哈哈！」謝力衝著葉萍狂笑。

我想殺了他。

他沒有停下動作，葉萍的悲慟更激怒了他。謝力瘋狂地踩踏著塑膠娃娃的頭部，儘管它已經是一堆碎片。傷心欲絕的葉萍一遍又一遍地喊著娃娃的名字。鮮血染紅了她整個面部，葉萍瘋了，徹底瘋了，她用盡全身最後的力氣，撲向謝力，在他臉上撕咬起來！

謝力一把推開葉萍，舉起棍子，開始在葉萍頭上一陣怒砸！

葉萍漸漸失去了力氣。

「快走！我們快走！」新娘在我耳邊催促著，可我怎麼都無法邁開步伐。

最後，是唐吉訶德和新娘，一同拖著我離開的。

葉萍的一隻手，緊緊地抓住了謝力的褲管。

儘管她已經死了。

至少，我覺得她一定是死了。

寫到這裡，我無法控制我顫抖的右手，必須先讓自己靜一靜了。雖然我和葉萍只是萍水相逢，她的行爲又令人驚恐，可是我沒想到她會死在我的面前，而且是被人活活打死。更令人動容的是，在她看來，那只娃娃，不僅僅是一堆塑膠那麼簡單。

那是她的孩子啊！

至少她從心底是這麼認爲的！

因爲葉萍的糾纏，謝力一時間脫不開身來追我們，使得我們暫時逃離了他的視線。可危機並沒有解除，身後還有大把的警衛。我憑藉著記憶，朝著光源走去，希望能比警衛快一步來到地面，這樣就有時間躲進島內的樹林裡，得到暫時的安全。

腳步很重。

我們的體力也到了極限。

目的地就在眼前。

光源越來越明顯，我們快到了。

希望。

可是——

就在拐角處，躥出了三個警衛！

嗡——

嗡——

嗡——

視線震盪，我感到一陣眩暈。

是耳鳴。

畫面開始錯亂。我還能看見唐吉訶德和新娘在揮舞著雙手，在怒吼，警衛手持著棍子，他們戰做一團。

完了，一切都完了。

我所做的一切，都付之東流了。

我們逃不掉的。

永遠也無法離開鏡獄島了，是嗎？

我只是坐在地上。

畫面開始旋轉。原本清晰的影像，像是被丟入萬花筒中，被絞碎，被碾壓，被重新拼湊在一起，然後交融、混合，化爲一體。又像是遊樂園的摩天輪，只不過速度快過摩天輪數十倍，不，應該說是數百倍！

不停旋轉，急速旋轉。

彷彿想把一切都融化在時間裡。

「走！快走！」

「走啊！」

「到了外面，把這裡的一切說出去！」

「你還發什麼呆！快啊！」

「時間……時間來不及了……」

新娘，我看到了新娘的臉。焦急，憤怒，悲哀，痛苦，我看不出她的情緒。

——啪！

她抬起手，給了我一記清脆的耳光。

好痛。

「走啊！」

「渾蛋，你聽得到嗎？你是死了嗎？」

「只有靠你了！」

我站起來。大腿的骨頭似乎是橡皮泥做的，一點都受不了力。

雙腿交替著，搖搖晃晃地走起來。

身後是搏鬥的五個人，他們撕扯著，拚命怒吼著，好混亂。

我朝著光源的反方向走去，那裡是一片黑暗。

很奇怪，突然覺得黑暗中很安全。

我的感覺像是，整個人掉進了太虛幻境，身子輕飄飄的，腳下面踏的彷彿不是水泥地，而是棉花。

對，就是棉花。

黑暗的走廊也是無窮無盡的，像一條黑色的巨龍。我踩在巨龍的脊背上，歪歪扭扭地走著，巨龍在飛，我也在飛。

盡頭，有樓梯。

我走了上去，走上了樓梯。走樓梯好累，我從不喜歡這樣走，大腿的肌肉像要被撕裂般疼痛，可是沒有電梯啊，我只能一步步往上。

有門。

推開門。

一陣刺眼的光芒，衝我撲來。

我為什麼睜不開眼睛？

睜不開眼睛，我就什麼都看不見，和瞎子沒有區別。

耳邊有雨聲。

我記得我摔倒在地，發出很沉悶的聲音。

然後……我就什麼都聽不見了……

一切歸於黑暗之中。

4

再次醒來時，我發現自己躺在圖書室的地上。

我一定是暈了過去。屋子很暗，也許是陰天的關係，我還能聽見窗外的雨聲。

幸運的是，我能想得起我是誰，到過哪裡，做了些什麼。記憶如潮水般衝我湧來，關於剛才發生的一切，葉萍撕心裂肺的慘叫，還有新娘和唐吉訶德。他們一定被抓住了，而我，用盡了最後的力氣離開了地道。

我用雙手支起身子，開始打量這間圖書室。這裡其實並不陌生，我也來過幾次。醫院圖書室的藏書種類不能算多，但三十平方公尺左右的屋子裡豎著好幾面又寬又大的書櫃，一眼望去盡是茫茫書海。無論是員工還是病人，都可以在這裡借閱圖書。我想，我一定是沿著暗道的樓梯，逃進了這裡。我內心應該慶幸嗎？我能躺在這兒，說明他們沒找到我。壞消息是，我也沒能按計畫中那樣，離開醫院。

我還是身處於南溟精神病院之中。

猶如籠中的鳥，無論怎麼拍打翅膀，始終離不開這方寸之地。

四周很靜，鴉雀無聲。我邁開麻木的雙腿朝前走去，地板嘎吱嘎吱地響起來。圖書室所有的窗戶都緊閉著，內部上鎖，門也上了插銷。暫時是安全的，我只能這樣安慰自己。可是，唐吉訶德和新娘就沒這麼好運氣了。他們一定會被警衛抓住，然後……我不願再想下去。最終，我還是沒能把他們帶走。

緩慢移動腳步，雖然知道不太可能，但還是生怕有警衛在這裡埋伏著。明明是剛才發生的事，卻感覺有幾光年那麼遠。再過幾天，我會不會把這一切都忘記呢？我很怕，很怕回到第一天醒來時的狀態，就像一個任人擺布的傀儡。

圖書室的三面牆做成了三面書牆，其中一面中間開了扇門，也就是房門。屋子中央則有四排書架，我繞著書架走。這裡很亂，有不少書籍被人隨意丟棄在地上。我想我從未這麼仔細地逛過圖書館。我記不起自己是否熱愛閱讀，但是看著這一排排的書，看著那些書名，卻勾不起我一絲一毫的閱讀欲望。

走到最後一排時，我忽然瞥見了一個人影。

我的心在胸腔裡猛烈地跳動著，雙腿也不由自主地開始向後退去，直到背脊靠上身後的書架，才停止下來。我沒有看錯，這間從內反鎖的圖書室除我之外，還有一個人。

一個男人，背面朝上，俯臥在那裡。身下的血液正在向外擴散。
我不知道我自己在那兒站了多久。一動不動，盯著那人看。他身上穿著警衛的制服，因爲面部朝下，我無法看清楚他的容貌。男人後頭處插著一把尖利的手術刀，刀柄周圍的皮膚已經看不清了，全是殷紅色的血液。
我下意識地去找自己貼身匿藏的那把手術刀。
果然不見了。
難道是我在精神失控的狀態下，失手殺死了他？我環顧周圍，四處散落著書籍，整個圖書室像是經歷了一場大地震，一片狼藉。看上去確實像有過激烈搏鬥的樣子，可爲什麼我一點印象也沒有？最後的記憶，也僅僅是我走上樓梯，進了一間屋子而已。難道我的記憶又出現了斷層？
我鼓起勇氣，跨過屍體，走到另一邊，然後蹲下。我想看清楚死者的臉，至少要讓我知道，自己失手殺死的究竟是誰。
答案令我震驚。被殺死的人，竟然是謝力。
謝力俯臥著，他的臉在陰影裡幾乎看不清楚，但我絕對不會認錯。即使死了，也是一副眥目欲裂的模樣，薄唇的嘴巴也咧著，牙齒縫裡都是血絲。他的瞳孔已經完全擴散，額頭有一塊凹陷的痕跡，像是被什麼東西敲打過的痕跡。

我站起身來，發現了一個恐怖的問題。

作爲曾經的刑警，可能受過一陣子武術方面的訓練，但我畢竟是個女人，是沒有力量造成這種傷痕的。問題來了，如果殺死謝力的人不是我，那又是誰？他又是怎麼離開這間從內反鎖的房間的呢？

——密室小丑。

我閉上眼睛，深深地吸了一口氣，試圖驅散頭腦中不切實際的想法。

這裡一定有密道。我能進來，那麼凶手也一定能。三面書牆和四排書架，想要藏匿一個機關並不難。如果我能觸發機關，不僅解決了凶手消失之謎，還能從暗道逃出去。不然我離開圖書室，也是羊入虎口，不需要多久就會被警衛抓住。

圖書室就這麼大，我檢查得很仔細。

房間一共有三扇窗戶，都從內部上了鎖，無法打開。窗台上很乾淨，沒有腳印，沒有污垢。窗台下方有一排寫字桌椅，上面沒有堆放東西，可以看出被人清理過，很乾淨。其實稍微想想就能明白，戶外雨勢這麼大，凶手絕對不會選擇從窗戶進出，且不說是否會被人看見，下雨濕滑也容易導致意外。

窗台後方一公尺左右，還有一張大書桌。書桌上什麼都沒有，只有一張皺巴巴的紙。我拿起那張紙，上面什麼字都沒有。沒人寫過東西，倒像是被誰揉成一團，隨意丟棄的樣子。紙上有一些白色的粉末，桌上也有一些，我不明白那是什麼。沒時間糾結這些小事了，我趴在地上，開始轉動大書桌的桌腿。可跟我病房那次不同，這一次沒有暗門打開，支撐桌的柱子，也不是機關。我只有再找找其他地方。

第一排書架前散落了許多書籍，我把書一本本撿起來，放回書架上。別看書架寬大，可把書堆上去時，還會發出吱吱的聲音，彷彿隨時會倒下。在眾多散落在地上的書籍中，有一本很特別。這是一本名爲《眩暈》的書，作者是個叫島田莊司的日本人。書是攤開的，在第一百八十頁上，有一枚清晰的鞋印。我小心翼翼地捧起這本小說，對著鞋印端詳了半天，又拿著書去謝力屍體邊上對比了一下。果然，鞋印和謝力腳上穿的皮鞋底部，紋路是不一樣的。這枚腳印不是謝力留下的，而是凶手。我還注意到，踩在書頁上的，是凶手的右腳。拿著這本厚厚的小說翻了幾頁，我又發現了一件事。在第一百八十五頁上，還有一枚相同的腳印。不僅鞋底的紋路相同，而且都是右腳。我把書合起，塞回了書架。我不可能靠鞋底腳印的紋路來抓住凶手，我無權檢查所有人的鞋子。

況且，像謝力這樣的人渣，即便被殺一百次，我也不覺得有問題。我能看出來，在鏡獄島，他幾乎和所有人都有矛盾，無論是病人還是警衛，都不太喜歡他。

在這間屋子裡大約待了一個多小時，卻什麼都沒發現。平靜的感覺並沒有持續多長時間，我又開始急躁了。也許是我一廂情願，圖書室根本沒有密道，殺死謝力的人就是我。

所有的一切都是我的妄想。但，這說得通嗎？

房門口放置著一大堆書，把整個門從內部堵得死死的。剛才我還沒發現呢，只關心門的插銷有沒有插上。這次更直接——內部堵著一大堆書，房間裡的人更不可能離開。要離開圖書室，必須先把這堆大約有一兩百本的書搬走。我很奇怪，爲什麼凶手要這麼做，單純炫耀他的能耐嗎？看啊，我可以在上鎖的房間裡殺人！我會魔法！僅此而已？

累積了這麼長時間的情緒終於爆發了，如山洪決堤般，我哭了。

我做了些什麼？我做了些什麼？

——我被困在了這間密室中！

窗外雨聲不止，我坐在書桌上。幸好這裡還有紙筆，可以讓我把今天發生的一切記錄下來。寫作能夠平復我的內心，讓我稍微好過一些。但是，被發現是早晚的事。無論是躲在圖書室，還是從這裡逃走。我離不開哨塔上警衛的監視，我的速度沒那麼快，這點我心知肚明。

可是，我沒想到他們會來得那麼快。

隔著圖書室的房門，我能聽見一群人上樓梯的聲音。

把紙筆藏在內衣裡，才能偷偷帶回病房。現在，我把之前沒有寫完的部分補上。

警衛們找到我了，當然也發現了謝力的屍體。他們的那個叫齊磊的隊長抱著謝力的屍體吼了好久，眞是可笑。他還搧了我一巴掌，他認爲我就是殺死謝力的凶手。我理解他，無論從什麼角度看，密室中有人被殺，凶手不言而喻。他們才沒工夫下暗道去調查呢。反正我是個精神病患者，殺人也不會怎麼樣。這大概是眾多壞處中，唯一值得慶幸的事了。

被關回病房後，莊嚴也來找過我。

他說來說去還是那幾句話，要我動手術。但這次不同，是強迫性的，因爲我殺了人，他不能就這樣坐視不理。我沒有反駁，沒有試圖說服任何人相信我。我對南溟精神病院已經徹底失望了。要怎麼處置我，是他們的自由。

對他們來說，我只是一隻小白鼠。

一隻小白鼠的生死，也沒有人會關心。

莊嚴看我一言不發，氣得轉身就走。也許明天，他就會用他的榔頭敲碎我的頭骨，取出我的腦髓來研究，看看是腦細胞壞死了，還是海馬迴出了問題，才會導致一個人失去記憶，人格分裂，做出連自己都不記得的事。我都無所謂，眞正絕望的人是不會恐懼的。和第一天醒來時不同，此刻的我竟嚮往死亡。

只是，我唯一對不住的人是葉萍。

新娘和唐吉訶德也就罷了，可是葉萍卻死了。

我撫摸著身後的水泥牆，葉萍的聲音再也無法透過這堵牆傳遞給我。但是轉念一想，葉萍會不會同我一樣，深深痛恨這個世界呢？她和她的寶寶在天堂也許更幸福呢。想到這裡，我的心情略微好了一些。

我躺在病床上，閉上了眼睛。

突然一陣耳鳴，像是一根鋼釘刺穿了我的耳朵！

「不是她！」

「你說什麼？」

「渾蛋，你這個渾蛋！」

「搞錯了！」

「一切都亂套了！」

「不可能！」

「你看，你自己看照片！」

「不，錯了！」

「亂了，一切都亂了，等等，先別說話……」

「不匹配！」

「什麼？」

「給我縫起來！」

「不對勁？」

「完了，一切都完了……」

我的心中湧起了恐懼。雜亂的聲音充斥著我的大腦，我聽見了無數的聲音，我聽見了好多人，我也看見了好多血！整個畫面是紅色的，全都是鮮血。我看見，我看見他們切開了我的肚子，我渾身抽搐，嘴上有呼吸罩。護士在給我打針，周圍的人亂成一團。

「放開我！你們……」

我奮力掙扎，看上去特別可笑。鎮靜劑進入我的血液，立刻讓我安靜下來。我蹬踏的雙腿開始無力，意識融化在空氣中……

尖叫、咆哮、哭泣、怒吼、摔倒、破碎……

手術台、強光、醫生、護士、注射器、血液……

我突然想了起來。

他們切開了我，把我四分五裂。他們……

起風了，窗外飄進了一片青綠色的葉子，和一位好朋友。

桑丘，我們又見面了。

第八章

1

「你怎麼看？」

看見陳爝放下手中那幾頁手記，我忙問道。

他面無表情，只是感歎道：「我的看法嗎？眞像在讀一部驚險小說。」

眞是江山易改，本性難移，這種時候還有心情開玩笑。距離唐薇失蹤已經有兩天了，兩天前，我突然從一隻鴿子那兒拿到了這些奇怪的手記，開始讀起來。起初，我並沒有在意，認爲可能是哪個精神病患者的囈語，可是越讀下去，越覺得不對勁。

手記裡的失憶女人，竟然自稱唐薇。

如果被關押在鏡獄島的女人是眞正的唐薇，那麼，這和我的推理幾乎一樣！一直和我們在一起的那個所謂的「唐薇」，其實是個冒牌貨。正牌唐薇因為某些事情，被這所醫院的工作人員囚禁了起來。如此一來，事情就複雜了——我和陳爝必須救出真唐薇。但讓我想不明白的是，為什麼假唐薇要躲著我們呢？其動機，我實在無法知曉。難道她有預感，這個謊言會被我們戳破嗎？

我把我的想法整理了一下，然後講給陳熺聽。我覺得真唐薇現在的處境非常危險，我們必須立刻展開救援行動，刻不容緩。當然，一切都要秘密進行，不能讓南溟精神病院的人察覺到我們的意圖。徐鵬雲凶殺案的調查可以先暫緩。陳熺聽完我的闡述，笑著點頭，然後回應道：「韓晉，你的思路很清楚，想法也夠完善。計畫呢？有沒有周密的營救計畫？」

聽陳熺這麼說，我更來勁了，拿出記事本，把自己之前構思的計畫詳細地說了一遍。目前為止，醫院方面應該還沒有起疑心，他們認為唐薇被囚禁的事情我們還蒙在鼓裡。這對我們非常有利。我們可以假裝以調查謀殺案為名，伺機潛入病房。根據手記中的描述，找到真唐薇的病房並非難事。我們可以讓梁護士幫忙，替我們把她帶出來，立刻報警。只要找到這個唐薇，而且證明手記中的一切屬實，我們就能報警。

陳熺鼓掌道：「不錯啊，我感覺自己在和詹姆斯·龐德（James Bond）聊天呢！戰略部署得很有想法，如果我們是在演電影，這次行動我一定有信心。」

就算我再笨，也能聽出陳熁是在嘲諷我。把我和〇〇七比，這句話就是帶有惡意的。

「那你說怎麼辦？就這麼任由他們欺負一個女孩？」我惱怒道。

「不是。」

「那你爲什麼坐在這兒一動不動，一點建議也不給？這兩天你都做了什麼？自從我們去探訪過朱凱的房間後，你就一直待在員工宿舍，連門都懶得出，打飯也讓我去。做這些事情也就罷了，可是關鍵時刻你不能無動於衷啊！」我對陳熁來到鏡獄島後的表現，十分不滿，是以積累了一肚子的火氣，一古腦噴發了出來。

陳熁露出了厭煩的神情，用手指著手記，睥睨道：「你到底有沒有仔細看這東西？」

我不服道：「怎麼沒看，讀了不下二十遍了！第二封信我也讀了十遍不止！圖書室的殺人事件後，她就被抓走了，我真搞不懂作爲一個男人，你讀完這些竟然不擔心唐薇的處境？莊嚴想給她動手術，你也不擔心？莊嚴的手術，很可能毀了她！」

「不會。」陳熁用右手撓著他那亂糟糟的頭髮，漫不經心地回道。

「喂，你是不是知道些什麼不肯告訴我？」我又拿起了那些手記，生怕自己看漏了什麼。不過，再這麼讀下去，我都可以背誦了。陳熁所看的文字和我是一樣的，難道他從手記中察覺到了我沒注意的細節？

「韓晉，你好煩啊。」陳熁用手做了個驅趕的動作，「我還想再睡一會兒呢。」

「你把事情說清楚，我就不煩你，好不好？」

「就算你對我死纏爛打也沒用。你了解我，沒把握的話我是不會說的。」

「可惡，說一下又不會死！那我問你，你只要回答是不是就行了。」

「你眞的好煩。」

「鏡獄島確實有問題，對吧？」

「是。」

「唐薇確實有危險，是不是？」

陳爝歪著頭想了片刻，才道：「也可以這麼說。」

「你已經知道凶手的身分了，是吧？」

「不，完全沒有頭緒。」

「可是你之前卻說……」

「我說的是殺人手法啦。」陳爝鄙視道，「韓晉，你英文不好，沒想到中文更差，理解能力零分。我爲你的小學老師感到羞恥。」

「別扯開話題，我的問題還沒有完呢！」我不依不饒地說，「徐鵬雲的密室殺人事件和朱凱的無足跡殺人事件，凶手所用的手法你都知道了嗎？能不能透露一點，我絕對不會洩漏出去的。我實在好奇，這兩起殺人案如此離奇，凶手到底用了什麼魔法才能辦到？」

「我不行了。」

「什麼？你怎麼了？」

「我們必須分開一下，韓晉，你可以繼續你的越獄計畫。」陳爝說著，披上了他的大衣，「我則去調查一些事情。如果順利的話，立刻就可以推理出凶手的身分。現在公式都已經準備好了，數字知道後，剩下的就是運算。」

「你去哪裡調查？」

「時間……」

「啊？你說什麼？」我不明白陳爝的意思。

「我的意思是，只需要一點點時間。很快，這裡的一切都會解決的。」

陳爝說完，頭也不回地離開了員工宿舍。

我一個人呆坐了片刻，百無聊賴，決定出去走走。我不知道陳爝會去哪裡，但是我確定，無論他在醫院的哪個角落，警衛們一定時刻在他身邊，監視著他。齊磊看上去很不友好，特別對外來人員更是如此。可是，謝力被殺這種大事，他竟然瞞著我和陳爝，這足以讓我相信，他對我們還抱有懷疑。另外，陳爝的舉動也很奇怪。唐薇消失後，他沒有表現出一點點的關心，反倒是更輕鬆了，還一直和我說，唐薇會自己回來的。

眞是一群怪人，不按常理出牌的怪人。

「你這麼早就出來散步啊？」

我轉過頭，看見梁夢佳正站在我身後。

「是啊，你也這麼早。」嘴上這麼說，我都不知道現在幾點。

「廢話，這是我的工作。」說著她舉起手中的藥瓶，在我面前晃了晃。

「確……確實是廢話。對了，你要去哪裡，不如我陪你去吧？」

「好啊，我去醫院大樓。」

梁夢佳邁開步子朝前走去，我趕緊跟上。

「你們還挺辛苦的，這麼早起床工作，晚上又忙到這麼晚。」

「其實還行啦，我們中午有休息啊，而且年假時間還挺長的。」

「對了，我想問梁小姐一件事……」

「哎喲，你別叫我梁小姐，聽上去好奇怪。你叫我佳佳，我朋友都這麼喊。」

「佳……佳？」

「這樣不是挺好嗎？朋友間就應該這樣！」

「朋友……」

「怎麼了？韓晉不想和我做朋友嗎？」梁夢佳瞪大她的雙眼，露出失望的表情。

我擺了擺手，笑著說：「沒有，能和你做朋友，我當然高興啦！」

「那就好！對了，你剛才說想問我一件事，是什麼事啊？」

我們倆並排走著。我能感覺到自己的心撲通撲通狂跳，整個胸腔都在震動。

到底要不要問？我已經失敗過一次了，難道還要重蹈覆轍嗎？我偷偷瞥了一眼梁夢佳。不行，實在太漂亮了，她的樣子我好喜歡。怎麼辦？要不要告訴她我喜歡她？說出去，她會嘲笑我嗎？還是像祝麗欣那樣，跟我說「韓晉你是個好人」？我不想再當好人！

「你沒事吧？」梁夢佳一臉擔憂地看著我，伸手摸了摸我的額頭。

糟糕，心跳得更厲害了！

「哇，韓晉，你在發燒啊！怎麼臉這麼燙？」梁夢佳蹙眉道，「不行，我給你去病房拿退燒藥好不好？」

「真的不用，我只是，只是想問你個問題。」我不敢去看她的大眼睛。

梁夢佳看我的樣子不對勁，支支吾吾地說：「難道……」

「啊？」我緊張起來，難道她看穿了我的心思？這下更丟臉了，還沒表白就被拒絕。

「難道你想問我借錢？」

「什麼？」我差點兒暈過去，「不，完全不是！」

「沒關係，韓晉，我們都是朋友了。你說你要借多少？我能幫你一定幫！」

我雙手一把抓緊梁夢佳的肩膀，直視著她的雙眸，一字一句地說道：「梁夢佳，我不是問你借錢，雖然難以開口，但是，我還是決定說出來！我想問你的是，你有沒有男……」

「媽媽！」

此時，遠處跑來一個小男孩，看上去三四歲的樣子。

「媽媽？」我看著梁夢佳的臉，又看了看那個小男孩，「你是他媽媽？」

梁夢佳露出一個很溫馨的笑容：「是啊，我兒子文文，可愛吧？」說完，便蹲下撫摸著男孩的小腦袋。從她所流露出那關切的眼神，可以看出，他眞的是她兒子。

「叫叔叔好。」梁夢佳讓她兒子喊我。

「臭烏龜。」小男孩撇了撇嘴。

「文文乖。」我擠出一個僵硬的笑臉，一定比哭還難看，「眞是個聽話的孩子。」

我此刻的心，幾乎是崩潰的。如果可以選擇，我寧願凶手把我殺了。爲什麼每次，每次，每次我都會遇上這種脫線的事情？我想哭，我想死，反正我不想活了。

「對了，韓晉，你剛才的話還沒說完呢！那麼神秘兮兮的，你想問什麼呀？」送走她的兒子，梁夢佳又問我。

「哦，沒事，我就是想問……想問一下……哦，對了，我差點兒忘了，陳爝吩咐我的事情還沒做完呢！完了完了，我必須先回宿舍了。」慌忙之中，我隨便找了個託詞，想盡早離開這個傷心地。

「那好，你先去忙吧！」梁夢佳笑著說。

我連滾帶爬地離開了那裡，回到了員工宿舍。

幸好這件事沒有被陳熠知道，不然夠他笑一年。不對，或許那傢伙早就知道，所以才鼓勵我去追求梁夢佳的。我腦海中浮現出陳熠對著我譏笑的樣子，沒錯，這個渾蛋百分之百知道梁夢佳已婚的事實，才故意慫恿我的！太可惡了，我要把陳熠碎屍萬段！

正當我怒不可遏，想找東西發洩時，看見了桌上有一張紙條。明顯是陳熠的筆跡，是留給我的。紙上只寫了兩個字：

快逃！

2

陳熠去了哪裡？爲什麼他留下這樣的字條給我？

即使站在房間裡，背脊也生出一股涼意。不會連陳熠都被他們抓走了吧？可是，他又是怎麼留下字條的呢？不行，好多問題在腦中旋轉，理也理不清楚。既然陳熠讓我逃，我就先離開這裡吧。在醫院裡有太多眼線，我要想辦法離開醫院，躲在某處，等待救援。

這家精神病院，到底隱藏著怎樣的秘密？

來不及收拾衣物了，我把字條撕了，丟在垃圾桶裡，然後披上外套。屋外寒風凜冽，我縮緊了脖子，把下巴埋入衣領中，就這樣低著頭，快步朝大樓外走去。運氣不錯，周圍沒人注意我。我雙腿生風，竟不自覺地小跑起來，腦中淨是一些恐怖電影的畫面——被警衛抓住，關進病房，永世生存在黑暗的囚牢之中，就像寄信給我的唐薇那樣。對了，不知那個唐薇現在的處境如何。我再也沒收到過她的信。

可惡！我的手機沒有信號，無法聯繫島外的人。

與以往的案件不同，這次事件涉及人員過多，案情也複雜至極，讓我無法理解。陳爝一直嘲笑我的智力，或許如此吧，總之我不能理解。我讓自己安靜，試圖分析目前的狀況。首先，這所醫院隱藏著某些不可告人的秘密，所以將眞唐薇囚禁起來，並用某種方式使她失憶。其次，他們曾解剖過她，爲什麼？難道在這個島上，正在進行著某種神秘的人體實驗？

由於職業原因，我曾接觸過大量關於人體實驗的文獻報告。我常常在深夜閱讀這些文件，爲那些無辜的人們暗自垂淚。在人類的歷史上，這種泯滅人性的實驗比比皆是，眞是觸目驚心。且不說第二次世界大戰中，納粹與日本軍國主義的醫生曾用戰俘和難民進行慘無人道的人體實驗，鏡獄島的情況，不禁讓我想起了美國的 MK Ultra 計畫。

說穿了，MK Ultra 計畫其實是美國中情局一項精神控制研究的代號，簡而言之就是企圖對人類進行大腦控制，也就是洗腦。這項計畫始於二十世紀五〇年代初期，有許多發表的證據顯示，這項計畫利用多種藥物來控制人的精神狀態，妄圖改變人類的大腦機能。該實驗讓妓女、精神病人和普通民眾服用 LSD（致幻劑），然後觀察人們對這種藥物產生的反應。其招募實驗對象的過程，都是違法的。政府在一些妓院中下套，並在妓院中設置單向鏡像攝錄那些實驗者的情況，以作日後研究所用。直到一九七三年，中情局局長才下令銷毀一切關於 MK Ultra 計畫的文件。

這說明，美國政府企圖研究的人類大腦控制計畫，最後也以失敗告終。但是，如果那些人並沒有放棄這項計畫呢？能有什麼人，會比精神病人更容易控制？

如果我把這些猜想告訴陳爝，恐怕他又會嘲笑我是一個幼稚的陰謀論追隨者。

「韓先生，您想去哪裡？」

我抬起頭，五個警衛在我面前一字排開，站在中間的人，是警衛隊長齊磊。

「隨……隨便逛逛……」我不去看他的眼睛。

「眞的嗎？可是，醫院在那邊，你再這麼走下去，就要離開圍牆了。」

「是嗎？我對這裡不太熟，那我現在回宿舍去。」

我急忙轉身，假裝原路返回。

「我看是不必了。」齊磊的一隻手搭在我的肩膀上，力量極大，令我動彈不得。

「爲……爲什麼……」

「我們打開天窗說亮話。你們幾個來鏡獄島的目的，恐怕不單單是爲了調查徐鵬雲院長的案子……」

我打斷了他：「對不起，齊隊長，我聽不懂你的話。」

「聽不懂沒關係。」他說道，「那位唐警官，似乎已經離開這座島了。」

「你說唐薇離開了？這不可能！」

她如果走了，爲什麼不對我和陳爝說明？而且，把我和陳爝丟棄在鏡獄島上，她究竟想做什麼呢？難道在兩天前她就離開這裡了嗎？太奇怪了。

「你……你怎麼知道？」

「鏡獄島有多少船隻，我，還是很清楚的。」

他不像在說謊。

「或許是其他人……」

「不可能。鏡獄島有多少人，沒人比我更清楚。每天統計病人不算，工作人員我也會留意。島上少了一艘船，又少了一個人。韓先生，你比我聰明，你能告訴我，這說明什麼嗎？」

「我不知道。」

「既然是同伴，哪有不知道的道理。還是，你們發現了什麼？」

我感覺到身上起了一陣寒意。

「沒有。」

「你騙不了我。」齊磊揚起眉毛，信心十足地說道。

「我沒騙你，沒那個必要。」

也許是察覺到了我聲音中的異常，齊磊瞇起了眼睛，像貓在看老鼠。「別耍花樣，你們心裡打著什麼算盤，我都知道。你是記者吧？打算曝光這所精神病院？很可惜你什麼都查不到，因爲我們完全按照規矩辦事。一切都是按照規矩，你明白我的意思嗎？」

「明白。」我機械般地點了點頭。

「你不明白。」齊磊輕聲歎了口氣，「我想我只能請你回到你的房間，在你朋友沒出現之前，別離開那兒。」

「你們休想軟禁我！」

不知從哪兒來的勇氣，我瞪了齊磊一眼。

「公事公辦，韓先生，看來你不打算配合我們工作，是嗎？」

「你們沒有這個權力！」我喊得更大聲了。

「閉嘴！」

我只覺得臉頰被重擊了一下，整個人向右倒下。剎那間，我的大腦是空白的，但意識卻很清醒，而且我也知道，自己被齊磊打了一拳。頭暈乎乎的，有種想吐的感覺。我剛從地上爬起，又被他狠狠地踹了一腳！

我倒下了，臉朝上，我能看見天空的雲，能聽見四周的哄笑聲。

齊磊上前一步，把我從地上揪起來，對著我的耳朵噴著唾沫：「打從你們來這座島，我就見你不順眼了。是不是特別喜歡探究別人的隱私？啊？你既然這麼喜歡這裡，乾脆住下得了！永遠留在鏡獄島，怎麼樣？」

「你這個……尚未開化的野蠻人。」我對著他說，「等著下地獄吧……」

「媽的！」他的一隻手勒著我的喉嚨，另一隻手握成拳頭，又給了我幾下。我的嘴裡有血。可能是被他毆打的時候，不小心讓牙齒咬到了舌頭，也或許是牙齒被打落了，牙齦流出的血。整個口腔充斥著一股生鏽的金屬味道，是鐵鏽的味道。

「偷窺者！膽小鬼！廢物！」齊磊的臉上罩著一層怒意，口中不停地罵道。

我被他擊中腹部，整個人痛得弓起了背。齊磊並不甘休，他又把我按在地上，我的腦袋撞在一塊石頭上。額頭淌下的血液模糊了我的視線，鼻子裡也湧出了很多鮮血。我想，我必須反擊，不然我會被打死的。可是渾身使不出一點力氣，我開始後悔自己爲什麼平日裡不多鍛鍊鍛鍊，就算不是齊磊的對手，也不至於手無縛雞之力，被人壓著打。

「謝力……」我喘了一口氣，「他人呢……」

聽見我說這個名字，齊磊更惱火了。「這與你無關！」他怒道。

「他死了，你們卻試圖隱瞞這一切……你們究竟在做什麼……」

「這與你無關！渾蛋！」他又說了一遍，打在我身上的拳頭更重了。

只有齊磊在教訓我，其他警衛並沒有動手。他們安靜地站在一旁，像是在欣賞一場精采的拳擊比賽。參賽者是拳王泰森和一個會流血的沙包。忽然間，我有種感覺，這一次，我可能不會活著離開這座島。恐懼纏繞著我，甚至讓我產生幻覺。我彷彿聽見了陳熵的聲音，他讓我堅持住，他告訴我，你不會死在這裡。

「陳……陳熵一定會揭穿你們……」我喘著氣，「等著瞧吧……」

「我讓你閉嘴！」

話音剛落，臉頰上又挨了一記重拳。

我四肢拚了命地掙扎，可哪裡是這個大塊頭的對手。胡亂中，我摸索到身邊的一塊拳頭大小的石塊，握在手中。我們兩個人在地上扭成一團，我嘗試躲避，卻一直在被攻擊。如果再不反抗，一定會被活活打死。於是，我用顫抖的手，艱難地舉起了石塊，然後對準齊磊的後腦勺，猛地砸了下去。

「啊！」齊磊搖搖晃地朝後退去，雙手捂著後腦。這個動作讓他大吃一驚。

我勉強站起身子，跌跌撞撞地站穩，手裡還握著那塊石頭。

「來啊！」我朝他站立的方向走了兩步，雖然我知道一定輸，但反擊的感覺眞棒！

齊磊看了一眼手掌的鮮血，咆哮了一聲向我撲來。看來我的反擊惹惱他了。不僅是他，另外四個警衛也朝我衝過來。密集的拳頭落在了我的臉上、身上、腿上，我除了抱住頭，根本沒有一絲反抗的餘地。我被眾人團團圍住，拳打腳踢。混亂中，我想起了小學五年級時和隔壁班級的同學打架，對方有兩個人，我卻感覺他們有八個拳頭。

「你們在做什麼！」

遠處跑來一個人，順著額頭留下的血液模糊了我的視線，我看不清對方的長相，但是能看清他身上披著白大褂，應該是這裡的醫生。

齊磊直起腰，對著那人笑道：「沒事，處理一個病人。」

「病人？我看不像啊。」那人走到我邊上，我才認出他來。我們曾在監控室見過一面，是吳超。

「眞是病人。」齊磊堅持自己的主張。

吳超指著躺在地上的我，大聲道：「齊隊長，你不要太過分。我吳某雖然不才，但眼睛沒瞎！這人分明是三亞市警局派來的顧問。你們好大的膽子，連警察局的人都敢動？不怕被抓去坐牢嗎？」

「動了又怎麼樣？」齊磊逼近吳超，「有誰知道呢？」

「你……」吳超竟頓時語塞。

「吳醫生，我勸你別管這件事。對你沒好處。」

「別威脅我。」吳超回瞪齊磊，「我有膽來鏡獄島工作，就什麼都不怕。」

齊磊突然大笑起來。「你也不過是一顆棋子而已，和我並沒有不同。別以為你讀過幾年書，就能在我面前擺臭架子。我就一句話，今天你夠膽把這小子帶走，我佩服你。不過，可別怪老子沒提醒你，吳超，你現在是泥菩薩過江，自身難保啊！」

「我不知道你在說什麼！」

吳超不理會齊磊的威脅，架起躺在地上的我，朝醫院走去。

我們兩個走進醫院大樓，原本昏暗的走廊此刻更添一份陰氣，一眼望去，白天與黑夜無異。也許是受傷太重，我不能說話，身體也仍由吳超擺布。我被他架進了診療室，然後躺在一張白色的病床上。他伸出雙手，檢查了我的四肢和腹腔，然後對我說道：「有些骨折，但沒有大礙，休息幾天就行了。你放心，這件事我一定上報給院長，然後讓警察來抓他們幾個！」

對於鏡獄島的秘密，吳超可能並不知情。可是，在這裡工作這麼久，他就一點不懷疑？吳超從金屬櫃子裡取出幾瓶褐色的玻璃罐，然後用棉花棒給我的傷口塗上各種藥水。

正當他準備取紗布爲我包紮時，診療室的門被人推開了。

進門的是一個面無表情的老女人，胸口掛著名牌，上面寫有「袁晶」二字。

「怎麼了？」老女人像是一座雕像，站在門口，看著我和吳超。

「齊磊那個渾蛋，竟然把警方派來的人給打了！從前他教訓病人，我就看他不慣！病人怎麼可以隨意打罵？病人的異常舉動都是疾病的症狀啊！作爲醫生，我們要做的是治療，而不是懲罰！現在是什麼年代？治癒精神疾病還靠棍子嗎？這是開歷史的倒車！」吳超頭也不回，怒氣沖沖地說道。

老女人走進診療室，風輕雲淡地說道：「哦？是嗎？」

她一邊說話，一邊悄悄打開了金屬櫃子，從裡面取出了一支透明的玻璃管。

我有種不好的預感。

吳超用紗布在我手肘繞了一圈，然後用貼紙固定。他說：「我知道齊磊是莊嚴的人，可我不怕他們。莊嚴那套理論早過時了，袁護士長，你應該能明白我的意思吧？」

「明白。」又是淡淡的一句。

「你也是個明事理的人。雖然平時對病人很凶，可我不覺得你是壞人。不過啊，從一個專業心理學家的角度，我認爲你的態度還是要改一改……」

吳超忘我地說著話，沒有注意到他身後老女人的表情正在起著變化。我能看清她從金屬櫃子中取出的是一支針筒，她不慌不忙地將玻璃管內的液體吸入針筒。完成一系列動作後，她開始朝吳超和我走來。

我想喊叫，提醒吳超注意背後，卻發不出任何聲音。

「眞是沒辦法，這群人我也不想和他們共事了。明天我打算去和郭院長談一談，如果我的醫院改革建議他不接受，那我也只有提交離職報告了……咦？韓先生，你的眼睛爲什麼瞪這麼大？」吳超似乎從我的表情中察覺到了什麼，他立刻轉過頭往後看。

那畫面，恐怕會令他終身難忘。

老女人面相猙獰地看著他，扭曲的五官如同夜叉般醜陋，同時，她高舉著針筒，朝著吳超的脖子猛地刺了下去！

「啊——」

吳超一把推開老女人，然後朝門口逃去。此時，針筒前端的鋼針還插在他的脖子上，晃晃蕩蕩。他沒走多遠，腳步就開始凌亂起來，身體也開始左右搖擺。不到三十秒，只聽撲通一聲，他就倒在了地上。

老女人被他推了一把，只是踉蹌一下。眼見奇襲吳超成功，她把視線投向了我。

如同惡鬼一般的眼神。

同樣地，她又取出了一支針筒，開始往裡面注入各種不明的藥物。

恐懼到了極點，我除了睜大雙眼，什麼都幹不了。也許是因爲害怕，喉嚨裡還發出了嘶嘶的聲音。老護士長走到我面前，把針筒的針尖朝上，輕推圓筒，我能看見淡黃色的液體在槽內因受到擠壓而從針尖噴出的情景。

我直冒冷汗，眼睛死死盯著針尖。

她舉起我的右手，把我的袖口推至肘部，然後對準我的靜脈，把針尖挑入皮膚。

一陣刺痛！

針尖狠狠地插入皮肉！

她開始推動圓筒，速度很慢。不過，她對我使用的藥物，似乎和吳超的有些不同。

「放開我……」我終於能說話了，只是聲音極其微弱。

「我是在救你。」她說。

我想罵人，可喉嚨又像是被木塞堵住般，說不出話。

渾身好痛，骨頭像是要散架。我動不了。我想說話，可是張開嘴卻發不出任何聲音。

痛覺慢慢消失了，與此同時，我也失去了意識。

3

左右搖晃。

我感覺自己像是一個水桶，被人晃來晃去。時間停止了，至少對我來說。因為眼前一片漆黑，只覺得身體被推來推去，忽左忽右。這讓我感到噁心想吐。我試著放慢自己的呼吸，讓頭腦冷靜片刻。當覺得內心已經能夠平靜下來時，我問自己，這是哪裡？剛才發生了什麼？爲什麼我像個鐘擺一樣，來回盪漾呢？

是我錯了。這種觸感我怎麼會忘記？我的雙手張開，被人架住了。

想睜開雙眼，卻只能撐開一條縫隙。

眼前是一條筆直的走廊，這景象像是在哪裡見過。

走廊很深，似乎無邊無際，左右兩邊各有好幾扇和我剛才房間相若、鏽跡斑斑的鐵門。我無意間注意到，水泥地上附著不少黑色的血痕，也許是時間太久，它們早已和地面融爲一體。我抬起頭，看見天花板上懸掛著一塊金屬板，上面寫著「病房Ａ區」。走廊的盡頭，立著一座石像。那是一座用布條蒙住眼睛的女人雕像，背上有著一對翅膀，如同天使一般；左手握著一把匕首，右手持盾，動作彷彿隨時會對敵人發起進攻。

對，就是哪裡見過，可是我想不起來了。

——石雕左側的房間。

爲什麼我腦子裡會跳出這句話？

左右搖晃。

兩邊各有一名警衛架著我，我雙腿無力地垂下，鞋尖拖著水泥地板，因爲摩擦發出一陣難聽的聲音。可警衛毫不在意，扛著我朝前走。眼看就要撞上那座雕像，他們轉了個彎，把我丟進了雕像左邊的病房。然後哐噹一聲關上鐵門。

我整個人迷迷糊糊的，像一具屍體般躺在地上，視線只有一條縫隙。

嗒、嗒、嗒、嗒、嗒。

腳步聲漸漸遠去，四周恢復了寂靜。眼皮開始沉重。我不想睡，可那股力量太強大了，我抵禦不了。我勉強轉動脖子，把視線從天花板上移開，朝窗戶的方向投射過去。我看見了一隻鴿子，站在鐵欄杆的中央。對天發誓，絕對不是幻覺，那是一隻鴿子，一隻我曾經見過兩次的鴿子，一隻唐吉訶德把牠喚作「桑丘」的鴿子。

又來送信嗎？唐薇還活著嗎？

繼續昏睡過去。

不知又過了多久。人在昏迷時，對於時間是沒有概念的。我的思維、判斷、言語、記憶以及對周圍事物的反應能力完全喪失。簡而言之，和屍體沒有兩樣。如果永遠不會醒，那我就是真正的屍體了。

——無聊的笑話。

我毫不費力地睜開了雙眼，環視整個房間。

這是個窄小的房間，門是用整塊鋼板製成，看上去特別堅固。右邊是一整面牆，房間裡有一張破舊的木床和用水泥板隔開的馬桶。馬桶前方有個金屬台盆，可以用來洗漱。房間中央還設有一張桌子和椅子，桌腳都被釘死，在這間屋子裡，無法移動任何東西。好熟悉的感覺，像是在哪裡見過。毫無疑問，這一定就是南溟精神病院的病房了。齊磊沒有食言，他把我丟進了精神病院，讓我爛在這裡。我的直覺告訴我，齊磊這次的行動，郭宗義一定知道。此刻，恐怕他正全島搜索失蹤的陳燏，想把他抓起來吧。

我想起身，可剛用手支撐住身體，腰部就傳來一陣劇痛。我懷疑我受了嚴重的內傷。動作要輕要慢，才能避免突如其來的疼痛。

光是從地上爬到床上，就花了我五六分鐘。真是一個艱難的過程。

接下去他們會對我做什麼？像電影中演的那樣，把我逼瘋嗎？說不清。但是從唐薇的手記中陳述的事實來看，如果有人想讓你在精神病院發瘋，簡直易如反掌。他們可以從精神上和藥物上給你雙重打擊。就算我的毅力足夠堅定，精力足夠強壯，可他們若是把藥物混入食物中，我也是無法防備的。絕食的話，過不了幾天我就會餓死。

不過，我倒不認爲他們會這麼快行動。那個冒牌唐薇失蹤好幾天了，陳熠此刻也不知去向，在沒有把他們兩個丟進囚室前，應該不會對我下毒手。當然，這是我給自己的安慰劑，事情會如何發展，只有上帝才知道。孱弱如我，只有等待的份兒。事實已經證明，我的反抗只會激起他們的憤怒，引來更猛烈的報復行爲。我伸手摸了摸下顎，隆起一大塊，腫得很厲害，火辣辣地痛。我現在的尊容，估計連我父母都認不出了，感覺整張臉比從前大了三倍。

不知道陳熠此刻在做什麼。他留下那張字條，人就消失了，是去救唐薇了嗎？很有可能，他總是這樣，說的和做的完全相悖。難道聰明人就喜歡說反話？總之，我是受不了他這樣的性格，我也眞是佩服自己，能和這種怪人保持一年多的友誼。

漫長的等待。我躺在床上，開始胡思亂想。

——等等！

突然，我的腦海中湧入了許多字眼：蒙面的天使雕像、固定住的桌椅、左側的房間、無邊無際的漆黑走廊、A區病房……每個文字都從我的眼前閃過，接著就消失了。對，是文字，不是圖像，我對這一切的記憶是關於文字的。這就是所謂的醍醐灌頂吧！我都明白了！我所處的病房，不正是唐薇在手記中所描述的病房嗎？

手記曾記錄護士長袁晶領著唐薇，初次（失憶後）來到的病房，不就是這裡嗎！整座鏡獄島，只有一棟病房大樓，也只有一個區域是A區，A區盡頭的雕像左側，就是我被關押的地方！我覺得自己越來越興奮了，心跳加速，疼痛感似乎也有所緩解。因爲我看見了希望。這群笨蛋警衛，一定忘記了這間病房可以直通暗道，才把我關押至此。他們太疏忽了，竟然犯了這種錯誤。哈哈，果然天無絕人之路。

我戰戰兢兢地下床，然後蹲下身子，雙手握住支撐床架的柱子。

只需要旋轉，暗門就會打開。

我輕輕吐了一口氣。手臂傳來刺痛，是剛才受傷的地方。但我並不在意。

一、二、三……

開始旋轉。

可是——

床下部的支撐柱紋絲不動。

起初我想，也許是因爲受傷，所以手臂的力量有所減弱。我抖擻精神，雙手上下緊緊握住柱子，使出全身的力氣開始旋轉。掌心傳來疼痛的感覺，我沒有放棄，力道不減，疼痛感也隨之越來越強。也許是用力過度，手掌的皮膚開裂了，皮膚已經受損，可是柱子還是沒有動。我原本滿滿的信心開始沉了下去。

怎麼可能？手記中明明清晰地記載，這裡有暗門的。

我不甘心。於是，我鑽入床底，不按照手記的指示，將床下的四根支撐柱都試了一遍。結果還是一樣，沒有一根柱子是可以旋轉的。我用拳頭敲打床下方的水泥地，傳來的是沉悶厚實的回音，不像有暗門的樣子。我沒有從床下出來，就這麼保持這個姿勢，開始回憶手記的內容。雖然我不聰明，可也不至於無中生有。這一切確實是唐薇的親身經歷，並用筆記錄下來的……不對，警衛們追擊唐薇的時候，他們已經發現暗門了。

會不會，暗道被發現之後，就讓醫院給堵上了？

可是，地上沒有任何痕跡啊？在短短兩天之內，完成這一切，可能嗎？

或者說，一切都是假的？

手記是假的？

是啊，我怎麼沒從這個角度去考慮問題？

這時我突然間明白過來，恍然大悟。

如果這幾篇手記是假的，那麼，一切就說得通了。謝力根本沒有死，被囚禁在精神病院也是荒唐的。沒錯，如果一切都是場鬧劇，惡作劇，就都能解釋了！不，還有一個問題，寫這篇手記的人是誰？假設所有的文字都是假象，那麼，始作俑者的目的是什麼？一個玩笑？不可能。正如陳熷所言，任何看似反常的行爲都有其最終的動機。有些動機藏得深，所以很難被人們發覺，但如果仔細揣測一番，未必不能窺其堂奧。

完全不行，我的大腦運轉速度太慢了。

「可惡啊！」

我衝著天花板大喊，發洩自己不滿的情緒。

——呵呵呵。

有人在笑。這，這是陳爝的聲音。

「呵呵呵。」

更清晰了。我彷佛能看到他那不可一世的表情。

「你還是那麼蠢啊，是不是感覺自己的智商不夠用，所以自暴自棄了？」

「陳爝，是你嗎？喂，你到底在哪裡？」我環視周圍，沒有人影。可是聲音卻離我很近，難道是他的靈魂？

「眞是笨蛋，我在你隔壁呢！」

確實，聲音從牆壁中滲透出來。眞的是陳爝。

「你是來救我的嗎？」我說，「對了，你去了哪裡，怎麼半天見不到人影？」

沉默片刻，陳爝才道：「我去確認了一些事情。」

我迫不及待地問：「發生在島上的殺人事件，凶手是誰，你都知道了嗎？」

「韓晉，所有的一切。」陳熠提高了音量，「我都知道了。」

「眞的嗎？太好了！」

「是啊，如果我沒被抓住的話，眞是太好了。」

「等等，你說什麼？你……你被他們抓住了？難不成你現在也被關在病房裡？」我吸了口氣，努力讓自己平靜下來。

「不然我怎麼會和你說話？你不大喊大叫，我也不會知道，你在我隔壁病房啊。」

陳熠的語氣聽上去輕鬆，不像是要大難臨頭的樣子。

「那怎麼辦？」

「你問我，我去問誰？」

他的話一出口，我就覺得體內所有的正能量都消失了。

「你不會在哭吧？」隔著一堵牆，我也能感覺到他正在偷笑，「其實沒你想的那麼嚴重啦！韓晉，我們會出去的，你別著急。」

「要等到什麼時候？」

我無法再等下去，耐心和信念正在慢慢耗盡。現在想來，或許我有幽閉恐懼症也說不定。總之，關在病房的分分秒秒，對我來說都是煎熬。

「我們要做的，就是等待。」我覺得陳熠欲言又止，在隱瞞某些事情。

「能不能告訴我，凶手是誰？」

咔嚓，咔嚓——

病房那沉重的鐵門，被人從外推開。

「韓先生，就讓我來告訴你凶手是誰吧。」進屋的人，是南溟精神病院的院長，郭宗義。他頓了一下，繼續說道：「凶手，就是你。」

4

「郭院長，難道你想誣陷我？」

很奇怪，這次我沒有恐慌，反而很鎮定。也可能是因爲這種情況早晚會發生，從我被丟進病房的時候開始，我就有了準備。

郭宗義似乎有些驚訝，說道：「不，我從不誣陷任何人。但是自從你們來了之後，凶殺案就發生了。」

「你想怎麼樣？」我緊緊握住了雙拳。

郭宗義瞇起了眼睛。「我是一個實事求是的人，起初我奉你們爲上賓，並且全力協助你們調查徐鵬雲的案子。」說到這裡，他笑了，「可是，之後我卻發現了一件很有趣的事。

韓先生，你猜猜看，我發現了什麼？」

「我不知道。」

「三亞市公安局根本沒有派遣過任何刑警來鏡獄島。也就是說，徐鵬雲的案子在警局已經結案了。可是有人似乎借著這個幌子，偷偷潛入我的醫院，進行違法的調查活動。」

不用他再說什麼，我都明白了。齊磊之所以敢這樣對我，全是郭宗義授意。因爲他們知道了我們的底細。那個唐薇是冒牌貨，眞正的唐薇被他們囚禁，而且我們這次登島調查的行爲，也是非法的。

「那又怎麼樣？因爲我們撒謊，所以你就非法拘禁我們？」我挺直了胸膛，在氣勢上不能示弱。

「當然不是。韓先生，看來你又誤會我了。」郭宗義聳了聳肩，接著低聲說道，「我把你們關起來，是爲了我的病人的人身安全著想。你們已經殺死一個病患了，誰都保不準會不會有第二個、第三個朱凱，是不是？將殺人者關進囚籠，這是理所當然的。」

「朱凱不是我殺的。」

「不是你，就是你的那兩位朋友。總之就是你們幹的。」郭宗義意味深長地說。

我腦中產生了一個可怕的念頭。

「你……你沒有證據。」我覺得自己的身體發涼，並且有些顫抖。

「證據？」郭宗義露出了令人作嘔的微笑，「在鏡獄島，我說的話，就是證據。」

這時恐懼湧了過來。果然如此，我最怕的事情發生了。

郭宗義沉默了片刻，接著說：「擺在你們面前的，只有兩條路。配合我，好好接受治療，或者反抗我，被迫接受治療。我有大把的精神分析師可以證明，你們的大腦出了些問題，並且，你們的所作所爲非常危險，需要留下來。相信我，不會有意外，沒人會看出問題，你們的家人也找不到你們。」

跟我們一起登島的唐薇，難道已經落入了他們的陷阱嗎？

「你以爲你能一手遮天？」我憤怒道。

「你太抬舉我了。一手遮天？我當然不行，不過，如果對象換成這座島的話，可就難說了。」他一邊說一邊大笑起來。

可是，郭宗義的笑聲並沒有持續很久。

「哈哈哈，郭院長，你還眞是幽默呢！」隔壁傳來了陳爝的聲音，「你看你，都把我們的韓先生嚇成什麼樣了？」

「你以爲我在開玩笑嗎？」郭宗義的語氣有些不悅。

「難道不是嗎？」

「陳爝，我還挺佩服你的。死到臨頭，你還能笑出聲來，勇氣可嘉。」郭宗義冷冷說道。

「別誇我，承受不起。我和韓先生一樣，是個膽小鬼！」陳熷說，「我之所以還能笑，是因爲，死到臨頭的那個人，並不是我。」

我不知道自己在期許什麼。但是，我覺得這次陳熷沒有胡說八道。

「抱歉，我沒空陪你們兩個閒聊了。」郭宗義的臉色很難看，我不知道是否是因爲陳熷的關係。難道他也有與我同樣的感受？

「院長留步。」陳熷還是不依不饒。

郭宗義猶豫了一下，然後轉過身：「你還有什麼話想說？」

「你聽。」

窗外傳來一陣喧鬧。像是風的聲音，側耳細聽，卻又不像。那聲響離我們越來越近，彷彿十幾台割草器同時啓動，耳朵被震得嗡嗡作響。

「是直升機？」我說，「陳熷，這是直升機的聲音啊！這是怎麼回事？」

我的心狂跳著，這種感覺前所未有。爲什麼陳熷如此鎭定？答案已經揭曉。

郭宗義面色鐵青，看上去非常震驚。

「很抱歉，雖然這句話會傷害到你，但我必須說出來。郭院長，警察來了，你的遊戲也該結束了。」陳熷聲音很平靜。

一陣沉默。時間彷彿靜止了。

「什麼遊戲，我聽不懂……」郭宗義還在做最後的掙扎。

「對了，怕你誤會，我再補充一句。警察兵分兩路來鏡獄島，爲的並不僅僅是發生在島上的三起凶殺案，而是另一件事。」陳爝話說得很慢，一字一句。

郭宗義呆住了，接著往後退了幾步，彷彿挨了一拳。

「不需要我明說了吧？」

「可惡……」郭宗義面色通紅，露出暴怒的眼神，「你爲什麼要這麼做？」

「爲什麼不把她放回去呢？」

陳爝在說誰？我完全聽不懂他們的對話。

「你要毀了我，是嗎？」郭宗義近乎歇斯底里地吼叫著，「爲什麼要這樣！」

「因爲你們已經喪失了人性。」

你們？到底發生了什麼？陳爝偷偷調查了多少我不知道的事？

「想要一個答案，是嗎？」

「沒錯。」

「這座島的秘密，你幾時發現的？」郭宗義那布滿皺紋的臉痛苦地擠成一團，遠遠看去，像一塊乾涸的抹布。

「很早就懷疑了，不過我不敢相信。直到證據充分……」

郭宗義打斷了陳熁的話，說道：「很神奇吧？」

「確實，眞是異想天開的詭計。」

「唉，可惜還是被你看穿了。」郭宗義悲傷地搖著頭，「眞是不甘心。」

門外傳來一陣雜亂的腳步聲。過了半分鐘，四五個荷槍實彈的蒙面特警衝進病房，把郭宗義按倒在地。我哪裡見過這陣勢，當場驚呆了。然而，更令我震驚的事還在後面。其中一位特警，竟然拿他手中的 CF9MM 衝鋒槍對準了我。

眼前的一切，發生得這樣突然，讓我瞠目結舌。我如同一塊木頭似的站立在那裡，渾身像被凍結般，只是愣著兩隻眼睛，呆呆地看著眼前這位特警。

——這是什麼情況？

——我會被殺死嗎？

全身麻木，完全無法動彈。

槍口抵住我的額頭，隨時可以把我的後腦勺打飛！

——韓先生，凶手就是你。

我耳邊響起了郭宗義對我說的那句話。這個特警，待會兒會不會說出同樣的話，然後一槍把我的腦袋打飛？

誰知，那特警竟然噗哧一下，笑出聲來。

「你還看不出我是誰啊？」

聲音好耳熟。

特警摘下面罩，是唐薇的臉。確切地說，是冒牌唐薇的臉。

「你……你是唐薇……」我瞪大了雙眼。

「韓晉，用不用這麼驚訝啊，我又不是鬼！要不是我，你和陳爝早就被改造成精神病啦！還不快點感謝我？」唐薇嗔怒道。

「不對，不對，都亂了！」我用拳頭敲了敲腦袋，「寫手記的那個人是唐薇，你是誰？你怎麼也是警察？究竟怎麼回事？你眞的是唐薇嗎？」

「喂，你腦子不會已經壞了吧？」唐薇一臉不解地看著我。

如果她是唐薇，那寫手記的那個人是誰？手記果然是假的嗎？可是我親眼見過那隻被稱爲「桑丘」的鴿子啊！這又怎麼解釋呢？不行，我感覺越來越焦慮，大腦失去了思考的能力。世界開始變得虛幻起來。

「韓晉，不要懷疑，她就是唐薇。如假包換。」

陳爝一邊拍打黑色風衣上的塵土，一邊快步朝我們走來。

「可是，我們收到的手記……」

「那也是唐薇。」陳熷面帶笑意地朝我眨了眨眼睛。

「我眞的糊塗了。」

「等回到上海，我會把這裡發生的一切全都告訴你。」陳熷環視這間病房，接著深深歎了口氣，「但在此之前，我們有更重要的事情去辦。」

接下來的兩天，陳熷和唐薇紛紛投入到忙碌的工作中。我則被安排在員工宿舍，發呆度日。鏡獄島發生的事情牽連很廣，直到我和陳熷離島，收尾工作也才剛剛開了個頭。臨走那天，唐薇到泊船處來送行。

也許是天公作美，這幾天都沒有下雨，天氣晴朗。

「陳教授，這次多虧了你，眞是感激不盡！」唐薇說，「還有韓先生，這麼些天難爲你了，還連累你受了傷。」說完，她還朝我們鞠躬。

「別客氣，正好出來散散心嘛！」我有些不好意思。

「眞的嗎？你沒生我氣？」

「奇怪，我幹嘛要生你的氣啊？我們既然是朋友了，就別這麼拘束！」我想都沒想就脫口而出道，「以後可以常聯繫嘛！」

「陳教授，眞的可以嗎？」唐薇激動地看著陳熷，我似乎明白了什麼。

「不對，有陰謀。」陳爝微微皺眉，察覺到了一絲不尋常的氣氛。

「不愧是名偵探！哈哈，既然被你看穿了，我也直說啦。昨天我已經打報告給領導，申請調到上海，以後我們可能要經常見面啦！」唐薇拍了拍陳爝的肩膀，高興地說。

陳爝立刻露出一臉嫌棄的表情，不知道是不是裝出來的。

看來他和唐薇的緣分，才剛剛開始呢。

告別了眾位前來送行的人，我和陳爝坐上了船，向海南島出發。

晴空萬里。眞是奇怪，連來時見到的烏鴉都不見了。鏡獄島原來不是黑色的，在陽光照射下的這座浮在海面上的島嶼，是淺灰色的。

船開出去之後，我轉過身子，回望那座島嶼。

海風吹在我的臉上，沒有一絲寒意。船周圍激起的浪花，把滴滴水珠濺起，在半空中劃出一道道弧線。突然間，我的胸口有一股莫名的感動。我不知道那算是什麼感情，面對這樣一座特別的島，或者說，世界上獨一無二的島嶼，我突然想大哭一場。

我不由自主地高舉起右手，朝著島嶼的方向揮舞起來。

「再見，鏡獄島……」

終章

薛飛：

很抱歉這麼久才回信，還望兄長海涵。

關於兄台想要的陳爝最新的案件記錄，我已連同這封信一同寄了過來。薛兄可以先讀我那份筆記，再來看這封信件。這樣的話，鏡獄島殺人事件的全貌，就會完全展現在薛兄面前，對於了解案件的來龍去脈，也是很有幫助的。

自從回到上海，鏡獄島發生的那些事還時常會在我腦海中浮現。我不是一個容易驚訝的人，但是鏡獄島事件的眞相，眞是讓我目瞪口呆。相信薛兄讀完這份筆記，胸中一定有萬千個問號，等著解開。當時的我又何嘗不是抱著這樣的心情回到家中的呢。陳爝一直沒有向我主動提及關於鏡獄島的事，整日整夜不見蹤影，不知在忙些什麼。直到前天，我實在忍無可忍，便當面質問他。

大約是晚上十點，陳爝剛回家。他一進門就一頭倒在沙發上，一副快要死了的模樣，讓我給他泡一杯即溶咖啡。

「關於鏡獄島的殺人事件，你打算幾時告訴我眞相？」我問。

「眞相？什麼眞相？」陳爝在沙發上蹺起二郎腿，一副優哉游哉的模樣。

「你別對我裝傻充愣！在島上你說沒時間解釋，現在我可有大把時間陪你。你要是不把話說清楚，今天大家誰也別想睡覺！」我怒氣沖沖地說。

「韓晉，你眞是煩人！」陳爝撓了撓亂糟糟的頭髮，露出爲難的表情，「鏡獄島事件已經落幕了，眞相對你來說眞的那麼重要嗎？還是你爲了發表那些無聊的推理小說，所以才需要一個眞相？其實你自己編一個就行了，何必來麻煩我呢！」

我怒道：「其實在鏡獄島的時候，你和唐薇早就串通好了，爲什麼不早些和我講？害我蒙在鼓裡，擔驚受怕！還說唐薇可疑，我看你才是最可疑的！」

「韓晉，要怪就怪你嘴巴太大，什麼事情都跟人說，讓你保守秘密，我眞的很不放心啊！所以在不得已的情況下才騙你的。」

「你別誣陷我，我的口風可是很緊的！」

「況且我也沒撒謊啊，我只是說，三亞市的警方沒有派唐薇調查徐鵬雲的殺人案，又沒說他們沒派遣她幹點別的事。是你自己理解能力差，不能怪我。」

「少囉唆！鏡獄島的眞相，你到底說不說？」我眞的生氣了。

「好，好！」陳爓舉起雙手表示投降，「你要我從哪裡開始講起呢？」

「徐鵬雲的案子。」我站起身來，去廚房沖了兩杯黑咖啡，然後回到沙發上。「唐薇最初來找你，爲的就是這起密室殺人案吧？凶手到底用了什麼手法，殺死了身處密閉空間中的徐鵬雲呢？況且四周都有監視器監視，徐鵬雲進屋子的時候也被搜過身，根本沒有凶器嘛！怎麼看都是幽靈作祟！」

陳爓拊掌笑道：「幽靈作祟？韓晉，你要這麼理解也行！」

我沒聽明白他的意思。

「就是幽靈作祟啊！你想，沒人能夠靠近徐鵬雲，那一定是有一股我們無法預測的力量，悄悄殺死了他！」

「你別故弄玄虛！你先告訴我，那無形的凶器是怎麼回事？」

「先別急，且聽我慢慢道來。凶器其實一開始就在禁閉室裡了。」

「怎麼可能！」我大聲說道，「徐鵬雲在進入禁閉室之前，被警衛搜過身，什麼都沒有，他連一顆螺絲釘都帶不進去！」

「我剛才說的，可能不太嚴謹。我的意思是，凶器確實是徐鵬雲帶入禁閉室的。只是方式比較巧妙，那些警衛永遠不可能搜得出來。」陳爓認眞地說。

「怎……怎麼可能……」

「韓晉，你是否還記得，徐鵬雲患有亞伯斯坦氏異常。郭宗義還告訴我們，爲了治癒這種心臟病，徐鵬雲還回北京動過一次大手術。」

我點點頭，說道：「這個我知道啊。」

陳爝取出手機，然後翻出一篇新聞報導，遞給我看。那是一篇標題爲〈長沙孕婦剖腹產後不適，醫生竟將手術刀留體內〉的新聞。說的是湖南長沙一名孕婦，在醫院進行了剖腹產手術後，身體感到很不舒服。向醫院反映後，醫生再次替她進行手術，方取出異物。我讀完文章後，看著陳爝，好像明白了什麼。

「你的意思是……」

「郭宗義還說過，雖然動了手術，可是徐鵬雲的心臟病顯然沒有好轉。胸口還是痛，實際上，是因爲醫生操作失誤，把手術刀留在了徐鵬雲的體內。這種醫療事故其實很常見，我給你看的只是其中一起案例，還有不少因爲醫生失職導致患者死亡的事件。留在體內的異物也不單單是手術刀，還有剪刀、針線、紗布等各種醫療用品。嚴重的會引發感染，有些則是過了十多年後才被發現的。」陳爝端起杯子，喝了一口咖啡。

「好，就算我接受你的解釋，但手術刀留在體內，好端端的，爲什麼會突然刺向心臟呢？」我無法理解。

「答案就是我剛才所說的，一股我們無法預測的力量，悄悄殺死了他。」

「請你說明白一點！」

陳熻皺起眉頭，露出嫌棄的表情，說道：「韓晉，你就不能稍微動一下腦子？」

「你不是經常說我沒腦子嘛！」

「真拿你沒辦法，好吧，我就直接宣布答案了。」陳熻放下杯子，攤開雙手說道。

「是什麼力量？」

「磁力。」

「什麼？」我目瞪口呆，「磁力？你沒開玩笑吧？」

「有必要開玩笑嗎？我們一起來回顧一下案發時的情況吧！一開始，徐鵬雲在禁閉室來回踱步，大約過了半分鐘，他坐上了床，背靠牆上。請注意，這時候徐鵬雲做了一個關鍵的動作，背，靠在了牆上。」陳熻頓了一下，繼續說道，「然而，徐鵬雲自己並不知道，就在此刻，隔著一堵牆的背後，有一個手持電磁鐵的凶手，正準備利用磁力控制金屬手術刀，取他的性命。」

「一塊磁鐵，有這麼大的吸力嗎？」我提出質疑。

「不是磁鐵，是電磁鐵。你是否還記得Alice手記中記載，她潛入莊嚴辦公室時，從他的抽屜中見到了一個東西。她是這麼形容的：『這裡面放置著一顆很奇怪的金屬圓柱體，中間有一圈黑色的條紋，看上去很小，有點像隨身聽的耳機，不過體積比耳機要大。

圓柱體的尾端，有一根長長的電線纏繞著。』實際上，這就是小型吸盤式電磁鐵。這種小型吸盤式電磁鐵通電後吸力可達到 6000N 以上。凶手知道徐鵬雲的習慣，他只須等待恰當的時機，打開電磁鐵就行了，這樣，他就能隔著一堵牆，控制徐鵬雲體內的手術刀，令其刺破徐鵬雲的心臟，甚至把他的胸口刺出一個血窟窿來。」

「啊！」我不禁叫出聲來，這簡直是只有魔鬼才能想出的詭計。「殺死徐鵬雲的凶手，原來是莊嚴醫生！」

陳爝伸出手掌，說道：「現在下結論，還爲時尚早。」

「可是，手術刀雖然刺破了徐鵬雲的心臟，但也不會在他體內消失啊！」

「確實是這樣，你說到點子上了。其實作爲凶器的手術刀，是被人帶走的！」陳爝冷靜地說道。

「是誰帶走的？」

「第一個檢查徐鵬雲屍體的人是誰？」

陳爝沒有回答我的問題，反而拋出了另一個問題。

「莊嚴……果然凶手是他！」

可能是一口氣說了太多話，讓他口乾舌燥，陳爝端起桌上的杯子，將咖啡一飲而盡。喝完後，他又給自己倒了一杯。我坐在沙發上，還在回味剛才聽到的一切。難道這就是密室殺人的眞相嗎?簡直比推理小說中的詭計還要離奇!

「那麼,朱凱的案子呢?」當我回過神來的時候,陳爝已經坐在我對面了。

「一樣的道理。」

「怎麼可能?朱凱的頭顱是被砍掉的,可是四周沒有腳印啊?你也知道,朱凱的死亡時間是凌晨三點,凌晨兩點左右的時候雨就停了。之前可是一直在下雨呢!除非凶手長著翅膀,或者他能夠隔空取物,不然是無法辦到的!這起案件,簡直和推理小說中的雪地無足跡殺人一樣,唯一的區別就是小說是雪地,而這次的現場卻是泥地。」我一邊說,一邊把朱凱被殺案件的情況在自己腦中整理了一遍。

誰知陳爝突然鼓起掌來。他笑著說:「韓晉,有時候我發現你挺有名偵探潛質的。」

「你又想諷刺我是不是?」我從他的言語中,感覺到了深深的惡意。

「不,你剛才說到了重點。」

「啊?」

「隔空取物。其實凶手取走朱凱的頭顱,關鍵就在這裡。」

「我還是不太明白。」

「朱凱脖子這裡的斷面,並不像用利器切開的,反而像是被某種動物用蠻力生生扭下來的。其實這是一個重點提示,聯繫 Alice 的手記,其實我們便可以知道凶手所使用的詭計了。」

「朱凱的死和手記有關？」

「韓晉，你沒有明白我的意思。回憶一下，在Alice的手記中，有一個人丟了某件東西，最後一直沒能找到。你還記得嗎？」

「唐吉訶德騎士盔甲的頭盔！」我不是老年癡呆，這件事我當然記得。

陳爝滿意地點了點頭，繼續說道：「關鍵點就在這裡。另外，你是否還記得，我們剛踏入南溟精神病院時，警衛隊長齊磊告訴我們，新的病房大樓正在建造，尚未竣工，所以工地上堆滿了各種建築材料和隔離用的圍板，起重機和攪拌機都在，只是沒有施工人員而已。」

「嗯，記得。」

「聯繫這三件事，詭計就呼之欲出了。」陳爝露出一絲狡黠的笑容。

說實話，我還是無法理解。

「還是磁力。」

「什麼？」我感覺大腦有些混亂。爲什麼又是磁力？

陳爝像是看穿了我的心事，笑著說道：「犯罪手法其實很簡單，但也天馬行空。凶手先將朱凱捆綁在泥地中央的十字架上，替他戴上唐吉訶德的頭盔。然後，凶手走到施工現場，啓動了一台電磁起重機。電磁起重機是利用電磁鐵來搬運鋼鐵材料的裝置，能產生強大的磁力，幾十噸重的鐵片、鐵絲、鐵釘、廢鐵和其他各種鐵料，不裝箱不打包也不用捆紮，就能很方便地收集和搬運。只要電磁鐵線圈裡電流不停，被吸起的重物就不會落下。像施工現場那種起重機，一下子能提起近百噸重物，想要吸走朱凱戴著金屬頭盔的腦袋，簡直易如反掌。」

「原來如此！眞是異想天開的詭計！無須踩入泥地，在操場外就可以取走被害人的頭顱！所以你說，用隔空取物來形容這個詭計，再合適不過了！」我驚呼起來。這個詭計同徐鵬雲的密室手法相比，簡直毫不遜色。雖然不合時宜，但我卻情不自禁地佩服起凶手那惡魔般的智慧。

「只不過雕蟲小技而已。」陳爝似乎對我的讚嘆很不滿意，冷冷道，「即便再炫目的手法，只要用來殺人，也不過是些卑劣醜陋的障眼法罷了。」

「爲什麼要大費周章地用這種方式殺人呢？」

「因爲密室小丑啊。」

「不明白。」

「凶手是想利用密室小丑的傳說來製造恐慌。換句話說，是爲了讓不必要的人別惹麻煩。所以，他才會在半夜嚇唬你。」

我想起那個夜晚，月光下消失的小丑。

「說起這個，小丑為什麼會突然在 T 字路口消失呢？我確定沒眼花，可是追過去卻什麼都看不見！這又怎麼解釋？」

陳爝微微皺眉，一臉鄙夷不屑的模樣。他說：「這種拙劣的手法還需要解釋嗎？韓晉，你用你的手指頭想想都會明白，那個時候根本沒有什麼小丑！」

「我沒瞎，親眼看見了！」我朝他大聲喊道。

「親眼看見的事，就是真相了嗎？你親眼看見過《侏羅紀公園》裡的暴龍，牠存在嗎？你親眼見過《星際大戰》裡的黑武士，他存在嗎？」

「那是電影！」剛說出這句話，我似乎明白了陳爝的意思。

「幻象！」陳爝輕聲歎道，「那只是投影機製造的幻象而已。凶手想讓你對鏡獄島這些不可思議的事件感到恐懼，他不希望我們插手。凶手有自己的計畫，在他完成之前，不想被任何人打斷。這就是為什麼他要利用密室小丑的傳說恐嚇我們的原因。」

「可是，莊嚴為什麼要做這些事呢？為什麼要殺這麼多人？」我不解道。

「我都說了，現在下結論還為時過早！」陳爝說著看了我一眼。

「明明犯罪手法都說了，而且，剛才不是你自己說，凶器是被莊嚴帶走的嗎？」

「莊嚴確實帶走了凶器，但不代表他就是動手殺死徐鵬雲的真凶。」

「電磁鐵可是在他抽屜裡發現的啊！」

「是的，這也不能說明問題。」陳熷很堅決地說。

「那兇手是誰……」

聽陳熷說了這麼久，都沒有點破兇手的姓名，我不禁感到有些意興闌珊。

「靠邏輯推理。」

「什麼？」

「想知道鏡獄島殺人事件的眞兇是誰，就得靠邏輯推理。」陳熷舉起右手，用食指指了指太陽穴。

我沉默了，頭腦好像又開始混亂了。明明證據確鑿，莊嚴就是兇手，可陳熷卻說要靠邏輯推理。

「靠猜測永遠不會知道兇手的身分，我們就試試推理吧。根據Alice的手記，在她從暗道逃亡後，出現在一間圖書室中。韓晉，你還記得她對這間圖書室的描寫吧？需不需要我再複述一遍？」陳熷揚起單邊眉毛，開玩笑似的說。

我搖了搖頭。

「那就好，我繼續。警衛副隊長謝力被人殺害，後頸處插著一把尖銳的手術刀。這把刀是Alice從暗道的手術室中偷出來的。那麼殺死謝力的兇手，會不會是Alice呢？我認爲不是，她沒有這個必要撒謊。而且，她不符合成爲凶手的條件。你聽下去就知道了。那麼，我們先來看看現場的情況。首先引起我注意的，是她提到的一本書。她在手記中說，有一本名爲《眩暈》的小說，在第一百八十頁上，有一枚清晰的鞋印，不僅如此，在第一百八十五頁上，還有一枚相同的腳印。爲什麼會這樣呢？難道是凶手對著書，踩上一腳後，又翻過幾頁，再踩一腳？凶手爲什麼在現場做這種無謂的行爲呢？」

「凶手會不會討厭這本書？」我說出了自己的想法，「或者討厭這本書的作者？」

「只有你會這麼做吧？」陳爝用絕望的眼神看著我，「韓晉，聽好了，凶手絕對不會因爲討厭一本書的作者去踩他的書，而且是踩一腳，又翻了幾頁，再踩一腳。沒有任何意義！所以，我的推理是，書並不是凶手翻開的。」

「那是誰？」

「風。」

「你的意思，書翻頁是因爲風的關係？不對啊，Alice手記中說，整個圖書室都是從內部上鎖的，怎麼可能有風？」

「這說明兩個問題。首先，窗戶的狀態，或者說曾經的狀態，是開啓的。所以才會有風，也才會把地上的書吹得翻頁；第二，凶手踩上一腳，又踩一腳，並不是抬起腳踩了兩下，凶手不會這麼做。手記中，這本書的位置，位於書架前，也就是說，凶手只有站到書架前才能踩在書上。好，我們得出了這麼一個結論——凶手踩書的時候是站在書架前，這個時候窗戶是開著的，風會吹進房間，所以書會翻頁。書翻頁的時候，凶手一定不會踩在書上，這個邏輯對不對？綜上所述，韓晉，告訴我，你明白了什麼？」陳爝充滿期待地看著我，他似乎還未徹底放棄我。

「凶手曾經兩次踩到書上，說明他曾經兩次經過書架？並且在書架上尋找什麼？」我小心翼翼地說。

「沒錯！凶手不可能在書上踩兩腳，只有一種可能——凶手爲了尋找什麼，來到書架前，可是他並沒有找到，所以離開了。這時風吹進了房間，書翻了幾頁，凶手不甘心，再次來到書架前尋找，這時，他的右腳又在同一個位置，踩上了同一本書。只不過他自己並不知情。風和書頁，卻記錄下了他這個舉動。」

我端起黑咖啡，一邊小口啜飲，一邊仔細傾聽陳爝的推理。

「那麼問題又來了。我們現在得知，窗戶曾經開啓過，或者說，在凶手做關上窗戶這個動作之前，一直開啓著。可是，不知道你有沒有印象，圖書室窗台後方一公尺左右，還有一張大書桌。書桌上什麼都沒有，只有一張皺巴巴的紙。Alice 拿起那張紙，上面什麼字都沒有。」陳爝在這裡停止了敘述，等待我的回應。

「我記得，而且手記中還說，紙上有一些白色的粉末，桌上也有一些。」

「很好，有進步！你剛才說的白色粉末就是關鍵！其實那天我離開你，就是去調查了一些事情。我特意去詢問了梁護士，問了她一些圖書室的情況。就在謝力屍體被發現的前一天，心理治療師在圖書室組織了一次朗誦會。爲了配合治療，治療師在大書桌上用粉筆寫了一句話—— Life is beautiful，一句很簡單的英文。」

「然後，有人用一張紙擦掉了桌上的英文？」

「沒錯。」

「是凶手幹的？」

「我們來用很簡單的邏輯推導一下。我剛才論證過，窗戶在凶手來之前，或者凶手關閉它之前，曾經開啓過一段時間。那麼，紙片離窗口那麼近，如果是凶手之外的人擦拭掉這句英文的話，紙片早就被風吹到地上了，不可能還安安穩穩地躺在桌面上，等待 Alice 去發現它。這個動作，只有關閉窗戶後才能做。那麼，排除不可能的，剩下的只有一種可能，就是擦拭桌上英文的人，就是關閉窗戶的那個人，也就是凶手本人。」陳熵停下來，深吸了一口氣。

「他爲什麼要這麼做呢？」

「這就是重點了，如果你是凶手，在案發現場，你會擦掉什麼東西呢？」

「對我有威脅的證據。」思考片刻後，我回答道。

「對，這是人之常情，凶手也是這麼想的。他擦掉桌上的英文，是因爲，這段英文威脅了他。」

「Life is beautiful？威脅他？」不知爲何，我突然想笑，「一句理療師寫的話，怎麼會威脅到他？」

「如果他不知道呢？」

「你說什麼？」

「如果凶手不知道，這句英文是理療師寫的呢？如果他以爲，這句英文，是死者在和他搏鬥時候，悄悄留下的呢？」

我怔住了。突然間，我明白了陳爝的意思。所以剛才陳爝才說，Alice 不是凶手。她會英文，所以沒必要擦拭那句話。

「我們無法還原當時的情景，但我肯定，當凶手殺死謝力，完成犯罪現場布景的時候。突然發現了這句英文。但是他無法確定這是誰寫的、什麼時候寫的，甚至是不是謝力寫的；而且，他看不懂這句話。所以對於他來說，最最保險的做法，就是用紙擦掉這句話。」

「凶手是個不會英文的人！」依據陳爝的推理，我得出了結論。

「沒錯。按照這張紙片，我們可以得出兩個條件：第一，凶手不會英文；第二，凶手是前一天沒有參加圖書朗誦會的人。」

我屏息不語，等待陳熌繼續說下去。

「很順利，我們現在已經有了兩個條件，看看還能得出什麼結論。韓晉，現場還有一個不尋常的地方，你知道是哪裡嗎？」陳熌看著我的眼睛問道。

我還是搖頭。

「窗戶，爲什麼凶手要關上窗戶？」

確實，這是個問題。我想了一會兒，然後放棄了思考，說不知道。

「爲此，梁護士還提供給我一個很有趣的線索。她說，那天朗誦會之後，她是最後一個離開圖書室的，臨走的時候，她把所有的窗戶都關上了。」

「你不是說，是凶手關上窗戶的嗎？」我疑惑道。

「發揮一下你的想像力，韓晉，這說明什麼問題？凶手和謝力來到圖書室的時候，整個圖書室窗戶都是關上的！由於書頁和紙片的推理，我們可以肯定窗戶曾經開啓過，對不對？答案顯而易見啊，凶手來到圖書室，打開了原本緊閉的窗戶，最後才關上了它們。凶手既然最後關上了窗，爲什麼又要打開它呢？」

「我……我不知道……」我已經徹底放棄思考了。

「這是個反常的舉動，但絕對不是一個沒有意義的舉動！至少對於凶手來說，他必須打開窗戶，不然……」

「不然會怎樣？」
「不然會暴露他是凶手的身分。」陳爔的聲音聽上去很冷酷。
「啊？」
「還不明白嗎？我從頭開始說起吧，謝力被殺那天，發生了什麼事？」
「Alice發現了密道，然後逃走了。」
「所以呢？」
「所以就被追捕了啊！」我不知道陳爔想問什麼。
「沒錯，你說得對，病人突然逃走了，醫院的工作人員第一個反應，是必須把他們追回來。所以就兵分兩路，一隊從密道裡去找，另一隊則去尋找密道的出口，以便堵住逃跑的病人，是不是這樣？」
「是的。」
「那天正在下雨，進密道的人自然無所謂，可是在外部分頭搜索密道入口的警衛，就沒那麼好運氣了。他們會被雨淋濕，變成落湯雞。」
我突然明白了，原來如此！但我並未打斷陳爔的演講。
「我諮詢過相關人員，當時情況緊急，警衛們來不及披上雨衣就衝了出去。所以回來的時候，大家從裡到外都濕透了。試想一下，這個時候，一群警衛中，突然有一個人渾身上下都是乾的，大家會怎麼想？」

「這個人沒有離開醫院，他沒有去戶外搜索病人。」我機械般地回答道。

「沒錯！如果按照這個思路來推理，眞相就呼之欲出了！凶手之所以打開窗戶，是因爲他需要被雨淋濕，讓自己看上去濕漉漉的，這樣才不會被人懷疑。韓晉，正因爲如此，凶手才會打開原本禁閉的窗戶，又再次關上窗戶來掩蓋自己的行爲。你看，我們又多了一個條件，凶手是那天戶外尋找病人的警衛。」

「竟然不是莊嚴？」

「所以我說，你下結論爲時過早。那天的朗誦會，莊嚴也在場。」陳爝平靜地說。

如果按照陳爝的推理，那麼凶手的範圍可以大大縮小。第一，凶手是戶外尋找病人的警衛；第二，凶手不會英文；第三，凶手是前一天沒有參加圖書朗誦會的人。符合這三點的人，就是凶手。

「之後，我對醫院的人員進行了排查，按照這三個條件來鎖定殺人凶手。」

我看著陳爝，似乎他已經知道了凶手的身分。

「凶手到底是誰？」我用略微顫抖的聲音問道。

「姚羽舟。」

聽到這個名字的時候，我簡直不敢相信自己的耳朵，甚至以爲陳爝說錯了。

「很遺憾，他就是凶手。」陳爝淡淡道。

「他……有沒有承認……」

「認罪了。」陳爝苦笑道，「他說，他的任務也完成了。」

「殺死徐鵬雲、朱凱和謝力，這就是他的任務？」我不禁脫口問道。

「他的任務，是拯救鏡獄島。不，嚴格說來，是拯救南溟精神病院的病人們。」陳爝抬起頭，但視線卻看著另一個方向，「他不願意見到病人再受折磨。他說，徐鵬雲是個好人，只是被郭宗義暗算了，他殺死徐鵬雲，一方面是爲了引起警方的注意，另一方面，是爲了拯救他。姚羽舟不希望徐院長被他們折磨，人不人鬼不鬼地活在這個世界上。重申一遍，徐鵬雲不是精神病，只是因爲發現了郭宗義的陰謀，被他們聯合起來暗算了。」

「聯合？」郭宗義的陰謀又是什麼？

「沒錯，這個待會兒我會和你詳說。姚羽舟還說，朱凱是個眞正的殺人魔，他不是精神病，只是個殺人犯。而謝力，是比朱凱邪惡千倍萬倍的傢伙，他參與了郭宗義的陰謀，助紂爲虐。這兩個人，才是姚羽舟眞正想殺的。」

「所以他借助密室小丑的傳說，製造了兩起不可能犯罪？可是，他爲什麼又把 Alice 留在圖書室中？」

「來不及。」

「啊？」

「Alice進入圖書室的時候，整個人的精神是恍惚的。別說Alice，就連姚羽舟自己都大吃一驚。接著，謝力就進來了。姚羽舟原本是在圖書室尋找他要的東西，誰知圖書室竟然有機關，書架移開後，Alice就出現了。他當然不能眼睜睜地看著謝力把Alice帶走，他必須殺死謝力，因爲從謝力在圖書館見到他的那一刻起，他的身分就暴露了。我相信姚羽舟在圖書室殺死謝力，是計畫之外的事。因爲殺人凶器用的是Alice從地下手術室帶走的手術刀，應該是和謝力搏鬥的時候，他從Alice那裡拿走的。殺死謝力之後，姚羽舟不是不想帶走Alice，而是無法帶她離開那裡，風險太大了。」

「他爲什麼不報警？」我說，「姚羽舟直接報警的話，那不是方便很多嗎？」

「韓晉，你是白癡嗎？」

「啊？」

「他不能報警啊！如果把鏡獄島的秘密抖出去，確實可以查封這座島，救下許多病人，可是他的殺人計畫也泡湯了！」陳爝正色道，「謝力和朱凱，這兩個人必須死。不然姚羽舟所做的一切都沒意義了。」

「爲什麼他們必須死呢？我覺得姚羽舟的目的，一定不止拯救精神病人這麼簡單。」

「不錯啊，韓晉，你變敏銳了！」

難得陳熁會誇獎我。

「果然是這樣嗎？姚羽舟他確實有殺死謝力和朱凱的另外一重動機？」

「這件事，是我委託刑警隊宋隊長替我調查的。姚羽舟曾經有個未婚妻，名叫周紅，他們已經到了談婚論嫁的地步。可是，厄運降臨在了這個女孩身上。一天夜裡，她剛和朋友看完電影，獨自回家。路上，她被一個變態尾隨了，但周紅毫不知情。變態一直跟蹤她，直到她家。」說到這裡，陳熁微微皺眉，露出了痛苦的神色，「周紅被強姦了。如果不是她竭力掙扎引來隔壁鄰居，恐怕早被那個變態殺死了。」

「那個變態最後被抓住了嗎？」

「被抓捕歸案了。可是周紅卻因此受到了極大的刺激，思維開始不正常。換言之，周紅瘋了。但即便如此，姚羽舟也沒打算拋棄她。他想一直守護周紅，然後和她白首偕老。但是癲狂的周紅開始出現暴力行爲，只要有人靠近她，她就會覺得那人是想侵犯她，連姚羽舟都被她傷害了好多次。最終……她用一把水果刀，差點兒殺死一名護士。於是，周紅被調到了鏡獄島，接受治療。」

「所以姚羽舟來到鏡獄島，是爲了周紅？」我確認道。

「剛開始是這樣，可是當他完成入職，登陸鏡獄島之後，他發現，周紅不見了。」

陳熁故作神秘地朝我笑了笑。

「不見了？」

「是的，因爲周紅早就死了。」

「難道又是謝力幹的好事？」

「嗯。周紅是個漂亮的女孩，謝力當然不會放過她。可如果周紅寧死不從的話，下場可想而知。」

聽到這裡，我竟說不出一句話。

陳熁接著說：「姚羽舟也不是省油的燈。他開始私下展開調查，知道了謝力對周紅所做的一切，而且，他還有個新發現——當年強姦周紅的變態罪犯，也在這座島上。天網恢恢，疏而不漏，朱凱，就是當年強姦周紅的元凶！」

我愣了片刻，又問道：「原來如此！這樣就說得通了。可我還是不明白，爲什麼姚羽舟要用如此複雜的手法犯罪呢？」

「韓晉，你還記得我們同莊嚴初次見面的情景嗎？」

「嗯。」我點點頭。

「郭宗義是這麼介紹的，他說，這位是莊嚴醫生，國內磁力導航顱內手術、大腦立體定向手術的專家。」

「磁力導航……」我喃喃道。

「姚羽舟想把殺人的罪行，嫁禍給莊嚴。」陳熌一字字說道。

「我明白了！所以當 Alice 在莊嚴辦公室找到電磁鐵時，姚羽舟的出現並不是偶然的！那東西是他偷偷放入莊嚴抽屜中的？」

「是的。」

「難道他一開始就打算被我們揭穿詭計嗎？」

「姚羽舟做過背景調查，我們的能耐他很清楚。」陳熌用諷刺的口吻說道，「這還多虧了韓老師的著作啊！」

「你就別揶揄我了！真是沒想到，凶手竟然是姚羽舟。對了，你還沒告訴我，郭宗義的陰謀是什麼呢！」

儘管凶手和作案手法都已知曉，可關於鏡獄島，我的心裡還有很多很多疑問。

「在你看來，南溟精神病院是個什麼地方？」陳熌用開玩笑的口氣問道。

「精神病院啊。」我立刻答道。

陳熌一臉認真地說道：「這只是表面現象。實際上，南溟精神病院可是全球最黑暗的人體器官交易市場。」

雖然做好了心理準備，可是，當聽到陳熌這句話的時候，我還是不由自主地顫抖起來，身上起了一層雞皮疙瘩。

「你……你沒開玩笑吧？」

「我會拿這種事開玩笑嗎？當然，原本建立南溟精神病院的時候，眞的只是一間精神病院而已。不過，郭宗義看出了其中的利益，和莊嚴聯手，布下了一個局。他們把進入精神病院的病人作爲人體原料，將他們的器官摘除，提供給醫學院，甚至賣給製藥公司讓他們來測試新的藥物。」

「這……」

「精神病人有口難言，即便說了，又有誰會信呢？在一座孤島上，即便你是個思維正常的人，也什麼都做不成，更何況是一個原本思維混亂的人呢？徐鵬雲發現了這個問題，試圖阻止，可是他失敗了，成了階下囚。而郭宗義利用不法買賣得來的大量資金，上下打點，瞞天過海。」

「可是，世界上眞的有專門販賣人體器官的組織存在嗎？」我不敢相信。

「人體器官交易市場的產值高達數十億美元呢！人體的任何部位，無論是韌帶、子宮、腎臟，都是市場上炙手可熱的產品。韓晉，你知道不丹的佛教嗎？不丹佛教教義是要了解生命之有限，他們崇尚在遺體旁長時間凝神沉思。所以，大部分虔誠的佛教徒都會準備人骨法器。其中最常見的，就是把人的脛骨雕成長笛，顱骨切割成法缽。要製造人骨法器，除了盜墓之外，只有在人體市場上購買。」

「這太恐怖了，這種事，我是第一次聽聞。」

「你不知道的事還多著呢！在法律或經濟上，存在三種市場：白市、灰市和黑市。顧名思義，黑市所交易的都是非法的商品和服務，走私槍械和販毒屬於此類；白市不需要我多解釋，一切都是合法的。然而，人體器官買賣與上兩種交易又有所不同。人體器官交易是充滿矛盾的，可以救人，亦可以殺人。在埃及、印度、巴基斯坦、菲律賓一些村落中，大部分的窮人都在販賣自己的器官，成百的人排隊簽署死後出讓自己屍體的條約，爲的僅僅是換取一些少得可憐的錢。當然，更有甚者，比如南溟精神病院，他們勾結國際上收購人體器官的團體或組織，殺害精神病人，把他們的器官取出來販賣，從中獲得巨大的利益。」

陳爝說完，喝了口咖啡，又繼續說道：「在中國，目前的器官移植中，供體與患者的比例大約是一比一百。在這種『供不應求』的情況下，只有百分之一的患者能得到供體，保住性命。由於我國當前還沒有完善的器官捐獻體系，面對供體少、患者又多的現實，黑心掮客崛起了。巨大的市場需求催生出了活體器官買賣的黑市，也就是鏡獄島存在的意義。」

「簡直不是人！」我憤怒地說。

「那些精神病人對於郭宗義來說，只是一具具新鮮的供體。拿到訂單之後，他們會開始物色哪些供體的血型能夠匹配客戶的要求，然後殺害他們。有點人體養殖場的意思。朱凱也是受害者，你還記得我們曾經推理過，他的眼睛看不見嗎？是的，他眼角膜被郭宗義取走後，便被丟棄在了禁閉室。就算姚羽舟沒有殺死他，也活不長了。」

「等等，如果這麼說，Alice 身上的傷痕，也是因為他們拿走了她的器官嗎？」

「倒也不是，在 Alice 這件事上，他們搞錯了。」

「什麼意思？」我睜大眼睛，「另外，Alice 到底是誰？為什麼她會以為自己是唐薇？我實在是想不明白！」

「郭宗義以為，Alice 就是唐薇。」陳嬸回答得很乾脆。

「等等，為什麼他會這麼以為？」

「我說過，他們搞錯了。他們要的人是唐薇，卻找到了 Alice。可是，經過檢查發現，她不是唐薇。」

「他們怎麼會盯上唐薇？」

「你錯了，不是他們盯上唐薇，而是警方早就盯上了鏡獄島。唐薇只是負責這次行動的關鍵人物罷了。郭宗義早就視她為眼中釘，想借機除掉她，順便做一單生意。沒想到抓錯了人。」

「那這個 Alice 是誰？為什麼和唐薇長得一模一樣？」

「她叫唐茵。」

「唐……她也姓唐？難道……」我想到了推理小說中最爛俗的橋段。

「沒錯，她倆是雙胞胎。」陳爝苦笑道，「他們認錯了人，把唐薇的妹妹唐茵帶走了。發現搞錯後，給她服用了他汀類藥物。這是一種有效降低膽固醇的藥物，也會導致失憶。不過，現在唐茵恢復得很好，許多事情都能回憶起來了。」

原來如此，一切都解釋得通了。

「眞是沒想到啊，鏡獄島的秘密，竟然是這個。」我伸了個懶腰，感覺腰痠背痛。可是能夠得到一直求之不得的眞相，一切都是値得的。

「鏡獄島的秘密？」陳爝笑了起來。

「怎麼了？」我狐疑道，「鏡獄島的秘密，不就是打著精神病醫院的名號，背地裡販賣人體器官嗎？」

「當然不是啦！這只是南溟精神病院的秘密！」

「難道鏡獄島還有不爲人知的事？」

「也沒這麼嚴重，只是你不知道。」陳爝一臉壞笑，「你難道一點也不奇怪，爲什麼最後你來到 Alice 的病房，卻無法轉動她的床腳？爲什麼找不到暗門？」

經陳爝這麼一說，我才想起來。確實，爲什麼沒有暗門呢？

「而且你有沒有注意到，在Alice的手記中，她曾經提到過，不下雨的時候，操場那邊的建築工地總會傳來鼓譟的聲音。你知道爲什麼嗎？因爲新病房大樓正在建造，工人們正在施工。可是，我問你，我們有沒有聽到過工地傳來的噪音呢？」陳熵看著我，意味深長地問道。

「沒有。」確實沒有，從未聽到過。就連工人的影子都沒見過！爲什麼會這樣？

陳熵察覺到了我驚愕的表情，哈哈大笑起來。

「明明我們在同一個地方，爲什麼她能聽見，我卻聽不見？」我急忙問道。

「誰告訴你，我們和Alice在同一個地方？」

「我們都在鏡獄島啊！」

「確實，我們都在鏡獄島。」陳熵點頭，但好像另有所指。

「別賣關子了，到底怎麼回事？」

陳熵突然站了起來，在房間裡來回踱步，然後突然停下腳步，轉過身子看著我。他說：

「你知不知道鏡像理論？」

我對著他搖頭。

彷彿早就知道我會如此反應，陳熵也不驚訝，自顧自繼續說了下去：「這個理論，是由一位名叫雅克·拉康（Jacques Lacan）的法國精神病學家提出的。他認爲，人類意識的確立，是發生在嬰兒的前語言期，而這個時期被稱爲鏡像階段。鏡像階段之後，才會進入佛洛伊德提出的俄狄浦斯階段。簡而言之，尚處在鏡像階段的嬰兒看見鏡子時，他並不知道，這個鏡子裡的人是自己。因爲嬰兒還沒有『自我』的意識！」

說實話，我還是沒聽懂他的意思。爲什麼推理案件，會扯到精神分析學？

陳熷站在原地，用食指指著我，大聲說道：「拉康的鏡像理論從嬰兒照鏡子出發，將一切混淆了現實與想像的情景都稱爲鏡像體驗。而你，韓晉，正是因爲身處鏡像體驗中，無法分清現實與虛幻的區別，也無法察覺到這座島的眞相！」

我瞪大眼睛，感覺身體被定住了，不能動彈。「你說什麼？」

「鏡獄島，是兩座島！」陳熷大聲宣布。

聽完陳熷這句話，我不禁咋舌。

——我還猶如存在鏡像階段的嬰兒般，分不清現實與虛幻……

——如鏡像般對稱的兩座島嶼……

——開什麼玩笑……

「這……這不可能，Alice的信我爲什麼能收到？明明我們這座島上的人，也出現在她的手記中啊？你的說法並不成立！」

我想戳穿陳熷的謊言，這一切都是他編造出來騙我的，一定是這樣！

陳熷毫不畏懼地直視我，臉上彷彿罩著一層寒霜。他冷冷道：「其實兩座鏡獄島之間的距離，並不遙遠。它們是兩座遙相呼應，相互對稱的島嶼。這也可以看作大自然的奇蹟吧！郭宗義利用了兩座島的特性，借由一次機會，特意在另一座島上，蓋了一棟一模一樣的南溟精神病院。一座用來收容精神病人，而另一座，則經營著他惡魔般的計畫。一座是白色的，就算有公職人員來檢查，也是手續齊全；另一座，負責把精神病人大切八塊，把他們的身體賣往世界各地。」

竟然有兩座鏡獄島，說實話，這個眞相令我受到了相當大的衝擊，遲緩的大腦久久沒有從極度的驚愕中恢復過來。過了好一會兒，我才喃喃自語般地說道：「原來如此，所以鴿子桑丘才可以靠翅膀越過兩座島之間的海洋，把信件送到我的手上。因爲牠是鴿子，能夠飛翔。」

「韓晉，你又天眞了。」陳熷冷笑道。

「啊？難道不是嗎？」

「你還眞以爲，Alice的手記是那隻叫桑丘的鴿子送到你手上的嗎？如果沒有人爲的安排，你認爲會這麼順利？說到底，牠也只是一隻鴿子罷了。」

「人爲的安排，你的意思是……」

陳熷用不緊不慢的口氣說道：「是姚羽舟在暗中幫忙。他希望我們能夠知道，有個陌生的女孩被關在某處，希望我們可以拯救她。但是，他又不便把鏡獄島的眞相直接告訴我們。因爲這會妨礙他的殺人計畫。我們對姚羽舟來說，是個矛盾的存在。一方面，他寄希望我們可以解救這裡的病患，另一方面，他又生怕我們會擾亂他的殺人計畫。畢竟我們是代表警方來處理案件的，再怎麼說都不會同意讓他殺人。」

我歎了一口氣，接著又想到了另一個問題：「唐薇知道唐茵被綁架的事嗎？」

陳熠搖搖頭，說道：「一開始並不知情，以爲是妹妹不告而別去了什麼地方。但是她很快就追查到了鏡獄島這條線。登島之後，唐薇就開始了獨立偵查，但是在我們所在的鏡獄島上，她並沒有找到妹妹。爲了便於理解，我把我們所在的鏡獄島稱爲Ａ島，唐茵所在的島稱爲Ｂ島。我們所有的行動都限制在Ａ島上，而唐茵被囚禁在Ｂ島。你雖然通過信件得知她的情況，她也知道有警察登陸鏡獄島，可是你們雙方都不知道，其實你們根本不在同一座島上。但是，醫院一些特殊的工作人員，卻可以在幾小時內往返於Ａ島和Ｂ島之間。他們都參與了郭宗義的計畫。但是部分工作人員還是不知情的，比如你喜歡的那個叫梁夢佳的護士。」

「我可沒說過喜歡！」我反駁道，「照你這麼說，Ｂ島的病房下是有密道的，可是Ａ島卻沒有？我明白了，Ｂ島是郭宗義用來交易人體器官的據點，而密道則是他們荒廢的手術室。Ａ島面對社會，面對政府，是用來掩人耳目的地方。」

陳熁點頭道：「可以這麼理解。」

「不對啊，就算是這樣，那也沒必要將A島和B島建造得一模一樣吧？這樣成本也太大了。」我覺得，這個問題很值得探討，「爲什麼郭宗義要按照A島的樣子造呢？仔細想想還是很奇怪啊！」

陳熁笑了起來，說道：「你果然搞錯了。」

「我搞錯了？」

「郭宗義並不是照著A島的樣子來打造B島，而是恰恰相反。」

我又聽不明白了。

「實際上，在接手南溟精神病院專案的時候，班寧頓集團委託的建築公司犯了一個嚴重的錯誤。當時集團向政府買下使用權的是A島，但由於兩座島太過相似，並且距離很近，建築公司搞錯了，登陸了B島開始施工。於是，他們在B島上建造了一座醫院。當醫院快要竣工時，他們發現了問題，於是放棄了B島，趕緊回到A島重建了精神病院。由於是按照同一圖紙設計建造的，加之兩座島的形狀驚人相似，所以才造成了現在這種局面。」陳熁進一步解釋道。

「你的意思是說，A島建成之後，B島就荒廢了。」

「沒錯。可是郭宗義知道這個秘密，爲了他那邪惡的計畫，他利用了B島，開始猖狂地走私人體器官。」

「原來是陰錯陽差啊！」我感歎道，「眞是無巧不成書！」

「是啊。」陳熵的答覆聽上去很敷衍。

「那鏡獄島上的工作人員和病患，現在身處何地呢？」我突然擔心起了梁夢佳。

「病人當然都被轉移了，送到了海口市的一家精神病院，是省衛生廳批准建立的醫院，很正規，你放心吧。至於工作人員，參與郭宗義器官販賣的當然都被警方逮捕了。主犯郭宗義，從犯莊嚴、齊磊、袁晶等人，都得進監獄。部分不知情的也都解散了，各回各家，另謀出路吧。」

「吳超呢？他沒事吧？」畢竟他救過我一次，不關心一下說不過去。

「被發現的時候同你一樣，也是被關在一間病房裡。他對郭宗義的計畫一無所知，只是被雇來裝裝門面的。」

「那……那個……那個……」我有點問不出口。

「你是想問梁護士的情況吧？」陳熵故意這麼說，他其實什麼都知道。

「是……是的。」

「好像是去了北京。說起梁護士，這個女孩子挺不錯的，我也不明白你爲什麼不去追求一下呢？你知道嗎？她收養了兩個孤兒呢，現在像她這麼有愛心又美麗的女孩眞是越來越少了！韓晉，你眞是個笨蛋啊！」陳爝不無可惜地歎道。

「你說……你說她收養了孩子……收養？」

「是啊。」陳爝用一種奇怪的眼神打量著我，「怎麼了？」

「沒……沒事……」

很難用文字來形容我此刻的心情，如果當初多問一句就好了。唉，陳爝說得對，我眞是一個笨蛋。

陳爝打了個哈欠，看樣子是要去睡覺了。如果我不趁這個時候把問題都提出來，第二天他恐怕就沒這個興致了。

「對了，我還有個問題。」

「你的問題怎麼這麼多？」陳爝厭煩道。

「是徐鵬雲的案件，剛才我一直以爲，利用電磁鐵製造密室殺人的凶手是莊嚴，所以你說莊嚴帶走死者體內的手術刀，我能理解。但是，現在可以肯定凶手是姚羽舟了。如此一來，莊嚴就沒有帶走凶器的動機了呀。」

「雖然他不是凶手，可在那個時候，莊嚴看見了一個機會。」

「什麼機會？」

「一個幫助凶手完成不可能犯罪的機會。」陳爝說，「聰明如莊嚴，不會想不明白凶手所用的手法是什麼。當他看見刺破死者胸膛的手術刀大部分還在體內，就什麼都知道了。而且，電磁鐵又是從他這裡偷走的。仔細想想，如果徐鵬雲這個案子破獲了，會發生什麼？對於鏡獄島來說，未必是一件好事。凶手會被緝捕歸案，警察也不會放過這裡，鏡獄島的秘密有可能被公開。反之，如果警方破不了這個案子呢？這將會和密室小丑所犯下的罪行一樣，被列爲懸案，時間一長就會不了了之。」

「莊嚴知道凶手的身分嗎？」

「恐怕不知道。不過我推測，他懷疑的人是謝力，並且想除掉他。謝力的野心太大了，絕對不甘心只做齊磊的副手。我想，他或許威脅過莊嚴，甚至郭宗義。韓晉，你還記得謝力曾潛入莊嚴的辦公室嗎？他在找一本書，嚴格來說並不是書，而是書中夾著的一份名單。」

「關於什麼的名單？」

「供體的資料，可以說是近期的計畫。他們和國外走私器官的組織簽訂了合約，在規定時間內，交出這些名單中需要的器官。謝力這麼緊張的原因，是他聽見了一些流言蜚語——莊嚴把他也安排進了計畫中。如果情況屬實，謝力在鏡獄島的處境就岌岌可危了。」

陳爝冷靜地說道。

「那麼，姚羽舟在圖書室尋找的也是這本書了？你怎麼什麼都知道啊？」

「姚羽舟在圖書室找到了這本夾有名單的書籍。莊嚴知道辦公室不安全，所以特地藏在了圖書室的隱秘處。誰知，姚羽舟發現了這本書，並把它交給了唐薇。然後，我就知道了。」

「謝力眞的被當成供體，被莊嚴寫進了計畫中？」

爲了金錢，他們連醫院的員工都不放過，太可怕了！

「沒錯，就算姚羽舟不殺死他，謝力也活不長了。」陳熵拿起咖啡放到嘴邊，卻停下了動作，「啊呀，都涼了！」

我抬起頭看了一眼掛鐘，已經是深夜十二點了。

鏡獄島殺人事件到此告一段落。雖然我肚子裡有很多疑問、許多細節方面的問題，還沒有搞清楚。可是自從那次徹夜長談之後，陳熵對於鏡獄島發生的一切都避而不談。他總是說，事情已經過去了，我們要向前看。也許是我的性格不好，喜歡糾結一些不必要的小事。不過從另一個方面來看，也恰恰說明了我是個認眞的人。薛兄，你說是不是？

好啦，一不留神，竟然寫了這麼一封長信。不知你有沒有耐心讀到最後。

祝你生活愉快！

韓晉

二〇一六年二月

解說

本格推理的勝負手

陸燁華

（本文有關鍵情節透露，請看完正文後再行閱讀）

推理作者都有極其強烈的好勝心。

愛倫．坡寫完世界上第一篇推理小說的時候，就給這個文學類型定了性，它是「遊戲小說」，隨著推理小說的發展，中間也出現過一些流派，承擔著反映社會現狀、揭露資本黑暗的任務，但「本格推理」這一項，自始至終是烏托邦式的遊戲小說。

當然，「遊戲」是對讀者而言——謎底揭曉前，作者只會挑戰「讀者」。

但當世界上有第二個作者開始嘗試寫推理小說的時候，一場「明爭暗鬥」的競賽就已經拉開了序幕——遠比作者和讀者之間的「遊戲」更為殘酷和刺激。

約翰．狄克森．卡爾和克萊頓．勞森關於「膠帶密室」進行過競作比賽；若竹七海、有栖川有栖、法月綸太郎等也圍繞「五十元硬幣」的日常之謎寫過競作，被收錄到同一本集子中；艾勒里．昆恩據說寫過一篇無人生還模式的稿子，但還沒來得及發表，阿加莎的《一個都不留》就已經爆紅，他只好把稿子餵了狗……

當你開始進行推理創作，就好像被置身到了奧林匹斯的競技場中，同樣的模式要構思新穎的設定，同樣的謎面要想出不同的詭計，別人寫過的優秀詭計就是擋在你前面的高牆，甚至你曾經的創作也有可能變成阻礙你的天花板，如果你想寫下去，必須更快、更強、更新穎。

所以，沒有強烈的好勝心，不可能成為優秀的推理作者。

我最早認識時晨的時候，對他作品的認識是「算得上優秀的邏輯流短篇」。故事是中規中矩的推理小說模式，有人死，有人作死，有人撒謊，有人機智，通過現場某個切入點，進行一段邏輯流的推演，最終得出真相。這樣的短篇他寫過不少。

一段優秀的邏輯推演——自己的小說停留在這樣的程度，當然是不滿足的，所以時晨又開始寫各種亂七八糟的小說來練筆：武俠小說、懸疑小說、鬼故事、幽默小說，甚至某種男性特別喜歡的類型小說[1]。有了一定的沉澱和積累之後，他開始創作長篇本格系列作——「數學家陳爝」系列。

1 體育小說。

在第一本《黑曜館事件》中，時晨在長篇的構架方面有了很大的進步，這離不開之前的練筆。除此之外，他將本身就擅長的「邏輯推演」倍數放大，寫出了可能是國內「邏輯推演」比重最大的推理小說。如果說之前的短篇小說是精緻點心，那麼《黑曜館事件》就是乾貨大餐。

所以在時晨構思新作的時候，我對它的期望值非常低，甚至隱隱有些擔心，因為連作者本人也曾坦言，這樣高密度的推理以後可能不會再寫了。不管多有好勝心，要超越前作的目標終究是越來越難的。但「陳爝系列」第二作《鏡獄島事件》放在我面前的時候，我這份擔心消失了，邏輯確實不如前作密集，但布局、敘述、推理方式這些他之前尚未窮極之處，居然變成了他更上一層樓的助跑器。用二階堂黎人的話說，簡直是惡魔的智慧。

而且，比起前作的滿足自我、滿足特定讀者，這一本時晨開始有了野心，在完成推理小說之餘，融合了更多市場喜歡的元素，對於這種誠懇的進步。我不能再像上一次一樣寫一篇〈擼擼姐尋訪黑曜館所在地〉，而是有必要認認真真剖析一下我在《鏡獄島事件》中看到的感動。

布局

這本書的布局有兩個亮點，一個明，一個暗。

明的是「雙線敘述」，很多日系推理作品常用的套路，兩條線在前期平行發展，最後匯聚到一起，得出一個令人震驚的結論。

《鏡獄島事件》的雙線同樣如此。一條是偵探線，是時晨最擅長的通過「已經發生的事」牽引偵探的行動，也是《黑曜館事件》的寫法。讓人驚訝的是另一條線，跟著Alice面對「未發生之事」，這是時晨在他的懸疑小說《盜影》中使用的寫法。如此兩條主線，一條朝著真相穩步前行，一條在未知中歷經驚險，彼此交織，彼此依靠，由於之前有過推理小說和懸疑小說的練筆過程，兩條線都收放自如。在中後段某一處，它們真正相交，進行到這一步，鏡獄島也在壓抑氛圍中迎來了第一道曙光。

另一個暗的亮點，是伏線。

「伏線」是推理小說特有的寫作技法，草蛇灰線，延綿千里，在讀者不注意的地方，作者已經將謎底全盤托出。這種大膽的玩笑一般作者不敢多開，在時晨以往的作品中，關於伏線，值得稱道的地方確實不算多。

說到這裡，補充一下我個人對「伏線」的定義——伏線不等於線索。

伏線不等於線索，意思是通過伏線可以洞悉某一部分真相，甚至偵探也可以將其當作思考切入點。但沒有這些「伏線」，案件依然成立，推理依然成立，所以它不等於線索。舉個例子，某人被槍殺了，而全世界只有A有槍，所以A是凶手——「全世界只有A有槍」這一點不是伏線，只是線索而已，最後推理的時候不談及這一點，推理就不成立。

回到《鏡獄島事件》，時晨在文中一直在暗示「鏡獄島其實是兩座島」這個真相，所謂的「鏡獄島」，小說一開頭引用的「鏡地獄」只是其中一層含義，另一層就是就「鏡像島嶼」。但這些伏線最終沒有，或者說不能放到正文的解答中，如果讀完後忽略了，也是一個小遺憾。相反，如果又回頭想到了那些忽隱忽現的伏線，彷彿能看到那些鉛字下面作者在賤賤地笑著。

首先比較明顯的是手記女主角的英文名——Alice，來自於路易斯·卡羅爾（Lewis Carroll）的童話《愛麗絲鏡中奇遇記》（有趣的是，《愛麗絲鏡中奇遇記》（*Alice in Wonderland:Through the Looking Glass*）關於愛麗絲的第二部作品，第一部名為《愛麗絲夢遊仙境》（*Alice's Adventures in Wonderland*），在時晨《黑曜館事件》開頭，曾經引述過該小說的文字，不知是作者刻意為之，還是巧合），暗示Alice和童話女主角一樣身處於鏡中，不僅所處環境是鏡像的，連自己這個人，都有「二重身」。

文章開頭，薛飛給韓晉的信中，寫到盎菲斯比納島（Amphisbaena）這個典故。且不論故事的真偽，更值得我們注意的是，作者為什麼要用這麼複雜的名字？我也是太無聊，查了一下，發現Amphisbaena是希臘神話中的一種怪物，牠有兩個頭，可以同時向兩個方向前行。這也預示著這個故事是從兩個方向，齊頭並進。

「二重建築」詭計日本推理作家也用過，比較著名的是島田莊司的《XX》和綾辻行人的《XX》，而這兩本書，時晨也都寫進了文中，算是個小小的彩蛋。另外，在陳爝和韓晉溫馨的小窩中，韓晉曾經隨手指了書堆裡一本書問陳爝，這本書研究的是「卡拉比猜想」。這個猜想比較深奧，我看了半天也只看懂裡面的「鏡像對稱」四個字。

「郭宗義的桌上，放置著一本美國作家山姆·斯卡德（Samuel Scudder）創作的最新古典推理小說《死神的重量》。」

這裡包含了兩個伏線，這位美國作家也是作者杜撰出來的，山姆·斯卡德這個名字是DC漫畫中的一個反派，綽號是「鏡像大師」。而《死神的重量》是時晨在雜誌上發表過的一部短篇小說，其中的密室詭計和對稱有關。說到這裡，讀者諸君就沒必要去雜誌找這篇小說看了。

謝力曾經說了一句「去一下那邊」，當時沒有解釋「那邊」指代的是哪裡，當時我還以為是山的那邊海的那邊呢。

南溟精神病是由一個叫「班寧頓集團」的企業所控，艾勒里·昆恩是著名的兩個作家共用一個筆名，其中一人的名字就叫曼弗雷德·班寧頓·李。

……此外可能還有更多暗示「二重島」的伏線，但我眼睛已經瞎了。就把樂趣留給讀者們吧！

敘述

我們再來談談這部小說的敘述和故事。

先說文筆。推理小說有出眾的文筆當然更好，如果稍遜也無妨，畢竟是類型文學，看點不在這裡。與此相比，我更重視作者足以把故事講完的文字能力，以及整個邏輯的完整性。文筆，可以是錦上添花的加分項，但在完成它講故事的任務前提下，無需對這一部分過多要求。當然，我並非在為這部小說的文字開脫，相反，我認為比之作者之前的作品，《鏡獄島事件》有了很大的進步。

《鏡獄島事件》在文字敘述上，保持了一貫的平鋪直敘，沒有過多的描寫和渲染，我覺得一點問題都沒有。

但時晨依然在這個上面有進步，因為他讓故事飽滿了起來。這是比較討巧的寫法，用曲折的情節，將故事帶到最終的解答，而不是尷尬地憋名言名句，那不是他所長。

之前的時晨，作品遵循著本格推理「案發—調查—調查—偵探憋住—調查—破案」的結構。

在這部作品中，變成了「怎麼回事—案發—什麼情況—調查—要完要完—調查—我的天哪—偵探憋住—不許憋我們攤上事了—破案」的結構，能不能一口氣讀完，只取決於讀者氣息有多長了。

時晨筆下的偵探陳爝，有兩個自古以來大偵探的常見病：一個是什麼都懂，明明只是個數學家，卻連醫學方面的知識都知道；另一個是喜歡憋住不說，不等到最後一塊拼圖拼上，就不解答。其實大家都玩過拼圖，別說缺一塊了，缺十塊都不影響你看圖案啊！

主人公的性格不可能說變就變，於是《鏡獄島事件》用了第二條線的主人公Alice，讓她在故事中段的時候，就預先點燃一個爆點：她是唐薇！這「一部分真相」在這個地方爆出，就是設置給讀者的一個鉤子，看似揭曉了什麼，實則謎團更重了。

另外，說一下陳爝和韓晉的互動。在陳爝初次登場的《黑曜館事件》中，這位偵探的一切行為都是一個標準的「神探」，有獨特的氣場，不與任何人過從甚密，履歷裡只有天才的光輝，動不動就蹲在地上像個神經病一樣寫符號，他對整起事件的作用就是一把刀，扎進去，剖開來，完成任務。而韓晉這個助手，自始至終是個旁觀者，和讀者一樣。

但在本作中，陳爝和韓晉的互動多了起來，隨著兩人感情的升溫（誤），陳爝的吐槽越來越犀利，天才開始展露其人性的一面，他不再是置身事外完成任務的刀，而是水，潤進了整個故事，是不可或缺的血肉飽滿的主人公。

時晨用人物和劇情的改變，完成了敘述上的進步。這一點，可能比他在推理上的進步更讓我感到驚喜。

推理

既然說到了推理，那麼最後就說說時晨最依賴的武器——邏輯。

先說結論，本作的邏輯推理過程，沒有《黑曜館事件》那麼密集，但是更高級。

《黑曜館事件》中的邏輯，數量很多，單獨拆開來每個品質也都很高，雖然，它們能拆開來。作者的誠懇體現在他在一個故事中，構思了可以撐十個故事的邏輯橋段。這些邏輯橋段都是「伏線——切入點——聯想——排除——收束」式結構，每一個都是完整的小循環，這樣的邏輯結構已經被國外很多優秀邏輯流作者驗證並且多次使用過，是成熟的邏輯鏈。

數量上無法再達到這樣的程度了，因為一個個堆砌邏輯鏈最終會導致一個不可避免的後果——犧牲故事。（當然，還有犧牲自己的腦子。）

反之，如前面所說，時晨對《鏡獄島事件》的故事性有了跳躍式的追求，只能犧牲邏輯鏈的數量，所以我們看到，《鏡獄島事件》中真正意義上完整的邏輯鏈，只有一條，就是最後通過書頁腳印指證凶手的那一條。

時晨已經證明了，完整小循環的邏輯鏈他可以在一本書裡面塞十個，既然如此，那就不妨挑戰一下更有難度的邏輯循環吧。

我們分析一下《黑曜館事件》的邏輯鏈形式：「因為A1，所以B1；因為A2，所以B2；因為A3，所以B3——因為B1+B2+B3，所以凶手就是你」，同樣這種邏輯形式也可以在青崎有吾的小說中看到。

這種形式的構思難處在於如何設置A1、A2、A3，但它們是可以拆開來的，A1遇到的屏障不影響A2，三條線齊頭並進，最後拼成一個變形金剛，在最終成型之前，它們互不干擾。

再分析一下《鏡獄島事件》中那個唯一的邏輯鏈形式：因為A，所以B，所以C，所以D；又因為C，所以C2，所以C3；又因為D，所以D1，所以D2——因為D+C2+D2，所以凶手就是你。

我的天，用英文字母都覺得煩！當然，相信讀者已經看過這段邏輯了，所以這裡的ABCD分別指代什麼，肯定是清楚的。

這個邏輯的難點在於它不可分割，不是組合式的真相，而是純粹的因果式長線條。但是在長線條中間的某幾個點，又分叉衍生出另外的線。一個線頭最後變成了一張網。

這就是為什麼我說，從十條邏輯鏈變成一條邏輯鏈，邏輯上還是進步了——這條邏輯鏈是「長線+網狀」的，中間每一個關鍵點，設置難度都是倍數級的增長。而且每一個因果結論都繞不開，它們彼此糾纏，互相影響，一個地方不通，整條邏輯鏈崩潰。

可惡，這種推理小說，連洩底都很累好嗎！

布局、敘述、邏輯，時晨的《鏡獄島事件》在這三個方面都做了具有突破的挑戰，挑戰是否成功，還需要讀者的檢驗。至少在我看來，以上幾項，是這部小說的勝負手。作者在作品上能否實現自我的超越，這是三座繞不開的大山。

我承認，時晨確實具有一名推理作者的基本品質，具有強烈的好勝心。

但同時，我覺得他不夠聰明。真正聰明的作者，不會這麼不給自己留後路。接下去的「數學家陳爝系列」第三作，還能寫出來嗎？

（本文作者為推理小說家、譯者）

SMART 22

INK PUBLISHING

鏡獄島事件

作　　者　時　晨
總 編 輯　初安民
責任編輯　林玟君
美術編輯　林麗華
校　　對　吳美滿　宋敏菁　林玟君

發 行 人　張書銘
出　　版　INK 印刻文學生活雜誌出版有限公司
新北市中和區建一路 249 號 8 樓
電話：02-22281626
傳真：02-22281598
e-mail：ink.book@msa.hinet.net
網　　址　舒讀網 http：//www.sudu.cc

法律顧問　巨鼎博達法律事務所
施竣中律師
總 代 理　成陽出版股份有限公司
電話：03-3589000（代表號）
傳真：03-3556521
郵政劃撥　19785090 印刻文學生活雜誌出版有限公司
印　　刷　海王印刷事業股份有限公司

出版日期　2018 年 2 月　初版
ISBN　978-986-387-223-8

定　價　360 元

國家圖書館出版品預行編目資料

鏡獄島事件 / 時晨 著；
--初版，--新北市：INK印刻文學，
2018.02　面；14.8 × 21公分（Smart；22）
ISBN 978-986-387-223-8（平裝）

857.7　　106023443